IL PRINCIPE DEL CONTROLLO

GLI EREDI DELLA BRATVA – NEXT GENERATION
LIBRO 1

RENEE ROSE

Traduzione di
CRISTINA ZAPPALÀ

Renee Rose Romance

PRELUDIO
RENEE ROSE
USA TODAY BESTSELLING AUTHOR

PARENTELE

Nota dell'autrice

Gli eredi della bratva narra le vicende dei bambini, ormai cresciuti, della serie *La bratva di Chicago*. Non dovrai per forza leggere tutta la saga per goderti il volume, ma se l'hai fatto, non darti alla matematica – lascia perdere le età! Mi sono presa qualche libertà... insomma, l'età è solo un numero, no? :-)

Per i fan della serie *La bratva di Chicago*, ecco le parentele – che i nuovi lettori possono saltare. Non volevo annoiarvi appesantendo la storia.

Gli eredi della bratva

Ben "Baron" Baranov – figlio di Lucy e Ravil (*Il direttore*)
Lilija "Lili" Baranov – figlia di Lucy e Ravil (*Il direttore*)
Lennox Taylor – figlio di Oleg e Story (*Il sicario*)
Jude Taylor – figlio di Oleg e Story (*Il sicario*)
Tuesday Taylor – figlia di Oleg e Story (*Il sicario*)
Leonid "Leo" Popov – figlio di Maksim e Saša (*Il risolutore*)

Mila – figlia di Pavel e Kayla (*Il soldato*)
Zoja "Zoe" Novikova – figlia di Dima e Nataša (*L'hacker*)
Anja Novikova – figlia di Dima e Nataša (*L'hacker*)
Lara Turgeneva – figlia di Adrian e Kat (*Il pulitore*)
Dar'ja Taylor – figlia di Flynn e Nadja (*Il playboy*)
Rustik Taylor – figlio di Flynn e Nadja (*Il playboy*)
Aleksej "Alex" Petrov – figlio di Kira e Majkl (*Il guardiano*)
Feliks Petrov – figlio di Kira Koslova e Majkl (*Il guardiano*)

PROLOGO

Nota dell'autrice: il primo capitolo è stato scritto in origine come epilogo bonus della serie della Bratva di Chicago *per i miei supporter di Kickstarter... ma mi sono resa conto che era troppo importante per* Gli eredi della bratva *– quindi eccolo qui! Sarà l'unica parte del libro scritta dal punto di vista di Ravil.*

Ravil Baranov

Mi bruciano gli occhi nell'uscire insieme a mia moglie Lucy dal dormitorio per le matricole della Thornecroft.

"Eh, adesso il nido è ufficialmente vuoto." Le stringo la mano.

Ben, il maggiore, è all'ultimo anno, e abbiamo appena aiutato la piccola Lilija – Lili, abbreviato – nel trasloco. Le ho appeso le bacheche e sollevato i mobili per metterle il tappeto dove lo voleva, e poi non c'è stato più niente da fare; ce ne siamo dovuti andare. Non era più necessaria la nostra presenza nella singola del dormitorio. Finché restavamo lì Lili non poteva andare a conoscere la nuova coinquilina.

Ma è una fitta al cuore lasciar qui la mia preziosa figlia. Che emozione inaspettata... con Ben non c'è stata, ma lui è sempre sembrato più grande di quel che è. Lily è la mia protettissima *princessa*. La nostra bambina.

La Thornecroft però, anche nota come l'Harvard del Midwest, è l'università più sicura del mondo; annidata nella periferia di Whisper, nell'Illinois, è il luogo in cui i ricchi, l'élite − e quelli come me, ossia le persone più pericolose al mondo − mandano la progenie a studiare da più di duecento anni. Figli di senatori, figlie di ambasciatori e nobili frequentano lezioni con figli di ricchissime star del cinema, ricchissimi spacciatori del cartello... e ricchissimi mafiosi.

La sicurezza è rigida, e il rettore Ogden, già di suo pericolosetto, riesce pure a evitare lo sfondamento di guerre, assassinii e paparazzi all'interno della bolla nella quale ha racchiuso il campus. Si vocifera faccia parte di un'inquietante congrega che gestisce il mondo, o che fosse della CIA. Possibile ci sia un po' di verità in tutte e due le storielle.

Lucy inspira profondamente, come trattenesse le lacrime, e io mi giro per abbracciarla. Ci fermiamo in mezzo al marciapiede, ostruendo il passaggio a genitori e studenti con carrelli pieni d'arredi da portare nei dormitori delle matricole.

Le do un bacio sulla testa.

Lo svuotamento del nido mi apre dentro una voragine che non mi aspettavo. Credevo che oggi si sarebbe festeggiato, invece, il raggiungimento del traguardo; abbiamo cresciuto due ragazzi brillanti e capaci che ormai sono diventati adulti, e adesso noi avremo il tempo di riavvicinarci. Invece mi pare mi strappino via un pezzo del corpo.

"Mi mancherà tantissimo..." Le muore la voce.

"Lo so. Anche a me." Le faccio scivolare il braccio attorno alla vita per portarla al Gravity della Lucid. "Adesso andiamo a salutare Ben. Poi ti rapisco per un fine settimana alla spa."

Mi guarda con gli occhi nocciola luccicanti di lacrime, ma con espressione ancora calorosamente dolce. "Davvero?"

Mi fermo di nuovo per metterle la mano sulla guancia. "Sì, *kotjonok*. Ho pensato a un posticino dove ritrovarci, prima di tornare a Chicago."

"Ottimo." Il tono è ancora intasato di lacrime. Mi fa venir voglia di sguainare la spada per affettare ogni singolo mostro nei paraggi... salvo che mostri da affettare non ce ne sono.

Ed è giusto così. I figli crescono e se ne vanno. E mentre noi ci affacciamo alla mezz'età, la loro vita adulta comincia. Mica però la nostra sarà smussata, senza più i ragazzi a casa.

Sono il *pachan* di una dinastia che ormai occupa due continenti. È Lucy a tirare le fila dell'impero politico – perché quando sei a capo di una dinastia, aiuta avere amici nei posti che contano.

Arriviamo a Casa Baranov, un'ampia villa vittoriana ai margini del campus. Sì, porta il mio nome. Ben mi aveva chiesto di donare cinque milioni all'università solo per avere una fortezza ancora più sicura dei dormitori – per proteggervi gli amici. I giovani più che altro si riversano – o almeno ci provano – nelle confraternite o in una delle associazioni d'élite della Thornecroft... il mio invece ha trovato il modo di crearsene una sua. È venuto da me a propormela a metà del primo anno, spiegandomi a cosa gli servisse una sua casa – che tra l'altro sarebbe stata ammessa ai circoletti solo-su-invito del campus – come rifugio per le persone cui tiene.

La Thornecroft ha le sue confraternite, ovviamente, ma è famosa per le associazioni. Una volta i ragazzi vi si dividevano per genere, ma alcune adesso sono miste. Sono molto esclusive e selettive e vanno ben oltre le confraternite. Non si tratta solo di fratellanze e conoscenze; le associazioni della Thornecroft mirano al tipo di potere e influenza che decide le elezioni di tutto il mondo.

Ben mi ha promesso di restituirmi ogni centesimo.

Io gli ho detto che non è necessario, che volevo solo si divertisse con gli amici, che non m'importerebbe neanche trasformassero l'università in una sorta di *Animal House* – come in quel vecchio film americano.

Invece mi ha stupito: l'ha trasformata in un'azienda. In Casa Baranov – o quello che gli studenti del campus chiamano il 'gulag' per ragioni che forse preferisco ignorare – fra Ben e il suo gruppo di amici... e *amiche* (ah, i tempi sono proprio cambiati!) si svolge tutta una serie di danarose attività. Legali e meno. Mi fanno un bonifico al mese, come una vera cellula della bratva.

Avevo cercato di tenerlo lontano dal nostro lavoro, ma Ben è finito col modellarsi a mia immagine e somiglianza. In pratica si è creato una bratva sua, anche se non la chiama così.

Parcheggio in doppia fila nel vialetto, dietro alla sua Range Rover; smontiamo e andiamo al portone. La casa è un colosso di quattro piani e venti camere, con open space che Ben e i suoi hanno trasformato in pista da ballo e dimora delle feste dei fine settimana.

Ho insistito per farci installare un sistema d'allarme e finestre a prova di proiettile quando l'hanno comprata, ma dall'ultima volta che ci sono stato mi pare abbiano aggiunto qualcosina: serrature attivabili con l'impronta del pollice alle porte, telecamere su ogni aggetto – probabilmente pure qualcuna che non vedo – che osservino e registrino ogni singolo centimetro della proprietà.

Premo il pulsante, perché l'esagerata sicurezza non ci fa entrare così. All'interno ragazzi e qualche ragazzina bivaccano su divani, poltrone e sgabelli. Una volta Ben mi ha raccontato di tutti i residenti. Notevoli, i diversi talenti.

Mi apre Anders, il suo migliore amico, il norvegese asiatico responsabile dell'animazione – nonché leader della maggior parte delle attività.

"*Hei, hei!*" urla nella sua lingua. "Baron è qui."

Abbreviazione di Baranov, Baron è il nomignolo di Ben; ci sta anche, visto che è bratva di sangue blu. A quel che ho capito gliel'ha affibbiato Phoenix, il suo compagno di stanza del primo anno.

Ben si gira; sta dando istruzioni a Zoja – che si fa chiamare Zoe, all'americana – una delle gemelle ramate del mio hacker. Sono al secondo anno. All'inizio alloggiavano nei dormitori per matricole per fare amicizia, come Lili, ma hanno traslocato alla Baranov il primo mese su spinta di Ben, che ha un bisogno fin compulsivo di proteggere la famiglia – sembra proprio che i legami della bratva siano più densi del sangue pure per la generazione successiva.

"Faccio io," dice a mio figlio sorridendoci con uno sventolio della mano. La gemella Anja è sul divano con un portatile sulle cosce. Tanto relax mi ricorda il padre Dima, quando stravaccato nel mio attico faceva volare le dita sui tasti per violare un'agenzia governativa buttando un occhio di tanto a un film d'azione insieme al fratello. I nostri figli sono cresciuti insieme – contando anche quello del mio risolutore, Leo, e quelli del mio guardiano, Aleksej e Feliks, che hanno solo sedici mesi di differenza ma una stazza analoga. Adesso giocano a football per la Thornecroft – probabilmente verranno presi dall'NFL.

Gli altri della cellula originale ormai vivono a Los Angeles. Il gemello di Dima, Nikolaj, si è trasferito qui perché la moglie è a capo delle relazioni pubbliche del gruppo Storytellers – vincitore del Grammy, eh – composto da amici nostri. Lui e il mio ex sicario e soldato gestiscono per conto mio un legittimo impero immobiliare a Hollywood. I figli sono cresciuti sotto i riflettori della fama e della fortuna, grazie alla musica. La moglie di Pavel – mio ex soldato – e la figlia diciannovenne Mila ormai sono attrici famose.

Anja e Zoe vengono di corsa a baciarci e abbracciarci.

Per quest'estate tutto il gruppo di figli più grandi è rimasto a Whisper per occuparsi delle aziende.

"Ciao, Ravil. Ciao, Lucy." Leo viene ad abbracciare Lucy sparandomi un sorrisone. Ha diciotto mesi meno di Ben, ma anche all'università i due sono amiconi come da piccoli.

Gli stringo la mano.

"Siete in partenza?" chiede Ben. Abbiamo cenato con loro ieri sera, quindi abbiamo già avuto il tempo di stare con lui.

Lucy se lo spupazza tutto. È più alto di me ormai, con le spalle larghe, i capelli biondo sabbia e gli occhi nocciola di Lucy. Le dà un bacio sulla cima della testa – un po' come piace fare a me – e mi si serra il petto d'orgoglio.

Mi spiace la serietà dello sguardo, il suo sembrare molto più vecchio; la maniera vigile e controllata in cui si comporta, sempre all'erta nel caso in cui qualcosa sfuggisse al suo volere.

È colpa mia. Ho cercato di tenere al riparo i miei dalla violenza insita nel mio lavoro... che però comunque trapela. Ben si è sporcato le mani di sangue da giovane – la situazione era disperata.

Per controllare il mondo ed evitare altri incidenti, è diventato un capo. Ha imparato a saper sempre da dove vengono le persone, a valutare ogni cosa possibile per proteggere chi lo attornia.

Io gli stringo la mano, ma poi me lo tiro a me per un abbraccione. "Tieni d'occhio tua sorella." Gli do una pacca sulla schiena, ma il tono è severo.

E lui vi si adatta. "Sì." Lo sguardo è intenso, serio. "Vorrei potesse traslocare qui da noi."

"Lo so, ma vuole essere libera. Ho controllato il dormitorio; la sicurezza è ai massimi livelli. Se sta' attenta non avrà problemi."

"Ho il suo orario, quindi saprò sempre dove sarà e quali potrebbero essere i rischi." Dà un'occhiata ad Anders. "Mi sono già occupato dell'unico professore del campus famoso come cacciatore di studentesse."

Mi scattano in su le sopracciglia. È la prima volta che ne sento parlare. Spengo l'allarme che mi dice che avrei già dovuto saperlo per avvertirlo. Gli ho insegnato molto, ma forse non sa evitare ripercussioni legali... o dove scaricare un cadavere.

Bah – probabilmente non è quello che ha fatto. Sa arrangiarsi a modo suo. E malgrado la voglia di intervenire, devo lasciarlo volare con le sue ali.

Non riesco però a trattenermi dal ricordargli una cosa... "Sai che se avessi bisogno di aiuto – per *qualsiasi cosa* – posso mandarti qui qualcuno o venire di persona. Basta una telefonata." Non posso parlar più chiaro davanti a Lucy: manderei un risolutore. O un soldato. Un pulitore. Quel che gli serve, insomma.

"Lo so." Parla con autorità da leader. Gli vedo sulle larghe spalle il peso della responsabilità per tutti i suoi – chiunque viva qui con lui – e, chissà, magari dell'intero campus.

So che è stato l'incidente a renderlo così. E la cosa mi turba quanto turba lui.

Però indossa il mantello del re. Ha la forza e il coraggio di portare la pesante corona che gli hanno messo sulla testa.

Il giovane principe è cresciuto.

Mi arriva un messaggio. È il mio *pachan* di Mosca, Adrian Tergenov. Mi manda il codice delle emergenze.

"Scusate," dico a Lucy e Ben. "Devo fare una telefonata." Attraverso la casa per andare alle portefinestre dell'enorme e bel giardino che usano per le frequenti feste.

Lo chiamo.

Un tempo era il mio miglior pulitore. Diciotto anni fa l'ho spedito insieme alla moglie Kat a Mosca perché mi gestisse quel ramo della bratva.

"Che c'è?"

"Un problema. E grosso, anche." Si sente bene la violenza che non sentivo dagli anni in cui era venuto da me a cercare aiuto per trovare sua sorella e gli schiavisti che l'avevano rapita.

"Dimmi."

"Si tratta di Lara."

Raggelo. Lara è la loro unica figlia; studia in un'università di Parigi.

Gli affari sono affari, certo, ma qualsiasi cosa riguardi i figli è roba grave. Sposandoci e facendo figli abbiamo violato il codice della bratva; sono stato io il primo, e poi l'ho consentito anche agli altri. Il matrimonio è escluso dal codice perché donne e bambini possono esseri usati contro di noi.

Ecco perché mi sono sbattuto tanto per costruire un impero e diventare importante: tutto ciò che ho fatto era mirato a tenere protette le nostre famiglie.

"L'ha puntata Abraša, il figlio di Anatolij Rostov. Che adesso mi chiama per chiedermi un'alleanza col matrimonio!"

Anatolij Rostov è uno dei membri più ricchi e pericolosi dell'oligarchia russa. Ha case in Turchia, negli Emirati arabi e sulla *Rivière* francese. Controlla quasi completamente la politica russa. Ben si è imbattuto in suo figlio l'anno in cui è andato in un collegio svizzero.

Abbiamo dovuto combattere per accumulare abbastanza potere da stare alla larga dagli affaracci di Rostov, per costruirci un impero senza invadere il suo. Io in particolare ho dovuto dimostrare d'aver abbastanza potere – di natura sia politica sia... armata – da esser lasciato in pace.

Credevo fossimo riusciti a superarlo in Russia, ma se sta cercando di rovesciare Adrian abbiamo un bel problema.

Rostov è famigerato per il sadismo delle sue torture e i raccapriccianti omicidi. Usa la paura per farsi potente. E Ben ci ha detto che il figlio è uno psicopatico fatto e finito.

"L'ha rapita? Vuole usare tua figlia?!"

"No. Sembra siamo usciti un paio di volte. Quando ho chiesto a Lara di Abraša, lei si è mostrata indifferente. Stando a Rostov però stanno già insieme. Vuole unire le casate col matrimonio."

Digrigno i denti. "Cosa gli hai detto?"

"Che non si può perché mia figlia è già promessa da tanto a tuo figlio."

Ammutolisco per pensarci su.

"Non mi è venuto in mente altro. Con te non se la prenderà − soprattutto se il matrimonio è stato stabilito alla loro nascita."

Mi rigiro verso mio figlio, che è ancora con la madre. Ben mi vede e crede lo voglia qui da me. Annuisce e s'avvicina.

Bljad'. Lo farebbe pure. Ha lo stesso istinto di protezione mio. Protegge i deboli, i vulnerabili. Per questo solo alla Thornecroft mi sentivo a mio agio a mandare Lili; so che la terrà d'occhio eliminando ogni pericolo.

Glielo chiedessi, confermerebbe la bugia di Adrian e sposerebbe Lara per tenerla al sicuro.

Ma così non avrebbe più scelta. È già molto più vecchio dell'età che ha... voglio davvero che si sposi a ventidue anni?

Be', potrebbe essere un matrimonio solo di facciata. Si terrebbe la sua vita; basterebbe tenesse Lara qui, nella Casa, e si comportasse come fosse sua moglie.

Lucy mi ucciderà però. Non ha mai voluto che i nostri figli finissero invischiati negli affari. Però non vorrebbe neanche sapere la figlia di Kat e Adrian costretta a sposarsi con un uomo che da ragazzino torturava chiunque si dimostrasse più debole di lui!

Mi arrovello. Potrebbe non essere per sempre. Cinque anni magari, finché Rostov non si dimentica di Lara.

Espiro. "Mettila sul primo aereo per Whisper."

Sento il sospiro di sollievo anche attraverso la cornetta. "*Spasibo, pachan*. Mi fai onore."

"Sei mio fratello. Non permetterò mai che vi facciano del male."

Aggancio e mi rimetto il telefono in tasca, e osservo le siepi curate come potessero svelarmi loro in che modo dire al ragazzo che probabilmente gli ho regalato un'esistenza di prigionia.

Le porte si aprono ed esce Ben. "Volevi parlarmi?"

"Sì." Mi passo la mano sul viso. "Devo chiederti una cosa."

CAPITOLO UNO

Tre giorni dopo

Baron

Non sono tipo da 'grandi sentimenti', certo... ma ho sempre pensato che il giorno in cui mi sarei sposato almeno *qualcosa* avrei provato.

Be', m'immaginavo pure di conoscere la sposa. E d'essermi già laureato.

Nella Range Rover, sull'asfalto della pista privata, tamburello con le dita sul volante in attesa del jet con la mia futura moglie.

La donna che, stando a ciò che mi ha detto papà tre giorni fa, posso proteggere infilandole l'anello al dito.

Lara Turgeneva non ha social da spulciare. Forse perché è una principessa della bratva e, come a tutti noi, le è stato insegnato a tenere un basso profilo.

Ho chiesto ad Anja di passare al setaccio tutto internet, ma non ne è uscito niente... finché hackerando il governo russo non ha scoperto un passaporto e la foto di una patente. Non utilissimi comunque. Forse è carina, ma non è detto.

Le fototessere non fanno bello nessuno.

Presumibilmente ci siamo conosciuti da piccoli, prima che

la sua famiglia abbandonasse Chicago per tornare a Mosca. Io non me la ricordo. Vorrei tanto saper qualcosa di lei... avrà paura. Non ho intenzione di darmi a romanticherie vere, ma farò del mio meglio per metterla a suo agio. Sarà imbarazzante per entrambi. E voglio che sappia che non dovremo consumare né usare lo stesso letto.

Potrà pure uscire con chi le pare... se sta' attenta e non si fa scoprire.

Il rombo dei motori mi fa sollevare la testa; un piccolo aeroplano scivola nel mio campo visivo e atterra con eleganza. Attendo abbiano aperto lo sportellone e attaccato la passerella, prima di scendere.

Sono in giacca e cravatta. Non per far colpo sulla sposa, ma come segno di buona fede. Per dimostrarle che non ho voglia di farlo, ma mi c'impegnerò. Seguirò le istruzioni di papà: vengo a prenderla, la sposo e la sistemo a Casa Baranov, dove potrò proteggerla. Solo che dovremo aspettare ventiquattr'ore a sposarci, dopo aver avuto la licenza.

Non eseguo perché me l'ha chiesto papà − anche se l'avrei fatto pure per lui. Anche se sono sicuro che è uno spietato omicida e so che è a capo di un'organizzazione criminale internazionale, gli unici ordini che può dare a me sono relativi all'affetto e al rispetto.

Come ho detto, avrei accettato di sposarla anche senza che me lo chiedesse. Quando ho saputo chi vuole averla e perché Lara ha bisogno della mia protezione, non ho potuto rifiutare.

Braša Rostov è uno psicopatico. Sono stato in un college svizzero con lui per un tristissimo anno. È figlio del famigerato oligarca russo Anatolij. Fosse solo arrogante e pieno di sé come tutti i ricchissimi stronzetti con cui ho dovuto dividere l'aria in quel periodo gli lascerei Lara... ma al mondo non c'è donna − nemmeno una sconosciuta − cui farei sposare quella bestia sadica quando per salvarla mi basta darle il mio cognome.

Fui cacciato dal college proprio perché lo riempii di botte.

Brash incarnava tutto ciò che c'è di perverso e sbagliato nell'oligarchia russa: è un odioso sadico che torturava docenti, animali e ragazzini più giovani.

Le ragazze lo trovavano affascinante, a quel che ricordo, perché con loro nascondeva quel lato. Ma io lo beccai a strozzare la figlia del bibliotecario – e così dissi addio alla Svizzera.

Avessi saputo che sarebbe stato tanto semplice farsi cacciare avrei alzato le mani ben prima! Odiavo vivere con quegli arroganti *svoloč* figli di papà... anche se è stato quell'anno a prepararmi al successo della Thornecroft.

Se Brash e suo padre hanno puntato Lara, mi faccio avanti volentieri per ostacolarli. A quanto ne sa il primo, l'hanno promessa a me alla nascita, e non può annullare l'accordo senza rischiare una guerra con noi.

Mi avvicino alle scale quando sulla soglia compare una snella silhouette.

Indossa una tuta nera, come fosse in lutto per le nozze. Ha raccolto i capelli scuri sulla cima della testa in un lento chignon. Sulla spalla ha una borsa grande, e quando posa lo sguardo su di me la stringe col braccio, come temendo che gliela rubi.

Sono perplesso. Ci avviciniamo.

Ha un portamento autorevole: spalle dritte, mento alto. Bene. Non è un topolino spaventato da consolare. Meno ci facciamo prendere dalle emozioni meglio è. Ci sarà più facile divorziare quando il matrimonio non servirà più.

Ne esamino il volto a mano a mano che si avvicina. È stupenda. Capelli scuri e spettinati folti e selvaggi. La pelle è pallida, gli occhioni azzurro brillante. Una spolverata di lentiggini le incipria il naso. Non si è truccata – o comunque pochissimo; la bellezza è tutta naturale. Mi scruta pure lei da sotto le folte ciglia. Ha labbra piene ma tese in una riga, come fosse arrabbiata.

È allora che comincio a vacillare sul mio bel destriero bianco. Mi vedevo come il cavaliere dall'armatura scintillante venuto a salvare la damigella in pericolo...

...ma la damigella in questione sembra più pronta a rifilarmi un pugno alla gola.

Mi fermo e lascio sia lei a venire. Avevo pensato di darle un bacio sulla guancia, magari persino un abbraccio veloce, se è il tipo. Ma dato che sembra più una calciatrice di palle, dico addio al contatto fisico.

"Lara."

Ha un che di familiare anche se non me la ricordo per niente. Quando se n'è andata non andavamo ancora a scuola.

Strizza gli occhioni chiari e mi si ferma davanti, sempre schiacciandosi la borsa contro al fianco. "*Da*." Il tono è tagliente. Alza il mento, allarga la mano libera e si indica. "Eccomi qui... dopo la convocazione come mogliettina," fa in russo. "Spero di non averti deluso."

Batto le ciglia – comunque attento a rimanere impassibile fuori mentre il cervello, dentro, va nel pallone.

Poi capisco. *Hanno mentito anche a lei.*

Chissà per quale maledetta ragione, il padre non s'è fidato a raccontarle la verità. O teme non sia in grado di fingere o è davvero innamorata di Brash.

Nel secondo caso io mollo. Che se lo prenda pure. Non esiste che mi accolli il disprezzo di una donna che crede i miei vogliano controllarla come una schiava!

Anche se... mentre lo penso qualcosa in me si oppone. Non solo il mio lato protettivo – anche se la difenderei comunque da qualunque uomo volesse farle del male – non solo la parte più competitiva di me, che ha bisogno di vincere sempre contro Brash. Mi sale pure una possessività che non avevo mai provato.

Mentre osservo l'impetuosa donna che mi guarda in cagnesco, abbandono il piano di fare di questo matrimonio una finta. È mia. Ci apparteniamo. Non so neanche perché lo penso, ma questa qui ha un che di familiare. Non come se la conoscessi; più come se avessi aspettato tutta la vita d'incontrarla. Tutto di lei mi eccita. E poi – ultima ma non meno importante ragione – è una sfida.

Il punto è uno: Lara è mia.

M'è stata promessa per finta ma ci sposeremo legalmente; perciò sarò l'unico – *l'unico* – ad averla.

Questo si aspettava? Rispondo secco in inglese. "Non esattamente."

Arrossisce sul pallore. Almeno so che mi capisce.

Tendo la mano. "Vieni. Dobbiamo farci dare la licenza."

———

Lara

Benjamin Baranov non ha l'aria minacciosa di papà e della maggior parte dei suoi colleghi, ma ho la sensazione sia pericoloso. I capelli biondi gli ricadono sulla fronte secondo il disinvolto stile da spiaggia, ma gli occhi – incorniciati da ciglia fole e scure – sembrano antichi su un viso tanto giovane.

E col completo costoso non sembra un universitario tirato a lucido. Lo porta con serena eleganza. Nessuna apparente aggressività nella postura; solo un mite potere nella posa delle spalle. Come governasse il suo regno con controllo e decisioni fredde e calcolate.

Mi stringo addosso la borsetta quando gli assistenti di volo ci seguono verso il SUV nero scintillante coi cinque valigioni giganteschi pieni di tutto ciò che sono riuscita a infilarci nell'oretta che papà mi ha concesso prima di portarmi al jet.

Solo ieri tornavo a casa esausta dopo una giornata di

lezioni all'Académie Internationale des Langues de Paris seguite da tre ore di turno per il nuovo tirocinio – quello per cui mi sono preparata per due anni di studi. E aperta la porta ho trovato papà al tavolo della cucina con una bella ruga fra le sopracciglia.

Non mi aveva mica detto che sarebbe venuto a Parigi. Quando gli ho chiesto se avesse portato la mamma, ha detto che era troppo arrabbiata con lui.

Stupida che sono.

Credevo volesse dirmi che avrebbero divorziato.

Mai – neanche in un milione di anni! – ci sarei arrivata.

"Fa' i bagagli, Lara. Vai nell'Illinois."

Sbatto le ciglia. Il cervello s'inceppa. "Eh?"

Annuisce serissimo. "C'è una cosa che avrei dovuto dirti molto, moltissimo tempo fa."

Il cuore mi sbatacchia come un matto contro alle costole. "In che senso? Di che parli?"

"Quand'eri piccola firmai un contratto con Ravil Baranov."

Lo fisso. Assurdo. Ravil Baranov è il potente pachan della bratva di Chicago, nella quale entrò papà. Sono colleghi intimi. Amici.

"Sposerai suo figlio Benjamin."

Sposto il peso da un piede all'altro; d'un tratto ho le vertigini. "Ma... ma è una pazzia."

"È trascorso un sacco di tempo... non credevo lo volesse ancora! Sicuramente non così presto, mentre ancora state studiando."

Arretro. "No." Il capo mi fa un cenno di diniego di sua sponte. "Non lo sposerò. Non posso. Ho appena cominciato il tirocinio! Mi manca ancora un anno d'università! È follia... perché devo sposare uno che neanche conosco?!"

"Devi sposarlo subito. L'ha preteso Ravil – un uomo troppo pericoloso da contraddire."

"Ma... perché?!" Non ha senso. Non siamo mica nel medioevo. Il patriarcato sta morendo. Non posso fare la schiava della bratva!

"Non so perché proprio ora, ma avrà le sue ragioni. Ti ho organizzato il trasferimento alla Thornecroft, dove studia Benjamin, così potrai laurearti. È una delle università più prestigiose del mondo."

Mi bruciano gli occhi, che s'annacquano di rabbia. Ma è follia! "E se mi rifiutassi?" Mi trema la voce, ma cerco di parlare con tono piatto.

Papà si fa ancor più cupo. "Allora nessuno di noi sarà al sicuro."

Com'è possibile? Mio padre, uno degli uomini più potenti della Russia, non riesce a tenere in salvo moglie e figlia dalla bratva di un altro continente?!

Questo è ben peggio di un divorzio... è tutta la mia esistenza che si sbriciola.

Per forza la mamma ce l'ha con lui.

Scivola giù una lacrima, e gli scorgo in lampo l'angoscia sul volto.

Fa per toccarmi, ma io mi scosto.

"Mi dispiace, ma l'unico modo di tenerti al sicuro è farti sposare Benjamin Baranov."

Al sicuro... da cosa?

Cosa vogliono i Baranov – o la bratva di Chicago – da me? Ancora non ci credo che mi abbia spedita qui... *da sola*. Forse è una trappola. Magari mi terranno in ostaggio per manovrare papà.

Forse il punto è proprio *il matrimonio*: sarò ostaggio per il resto della mia vita. Dopotutto è uno dei più antichi metodi per allearsi fra regni.

Rubo un'occhiatina al principe che mi cammina accanto. Si aspetta che ci vada a letto? Che consumiamo? Che porti in grembo i suoi eredi?

Mi viene la nausea – e già avevo lo stomaco aggrovigliato da quando mi sono trovata papà in casa.

Benjamin recupera le mie valigie dagli assistenti di volo e le infila con tranquillità nel bagagliaio della macchina. Gli scorgo dei tatuaggi sul retro di mani e polsi. Quindi c'è dentro anche lui. Mi chiedevo se fosse già nella fratellanza, dato che studia ancora.

Ovviamente sì.

Ah, vorrei tanto essermi studiata il significato di quei disegni! Mi sposo uno che ha già ucciso? Torturato?

Mi si secca la bocca. *Stuprato?*

Mi farà violenza?

I palmi delle mani mi sudano freddo. Questa gente è tanto pericolosa da esser riuscita a terrorizzare *papà*. Un mostro di suo, praticamente. Non mi avrebbe strappata dall'università di Parigi se avesse avuto un'altra scelta. La mamma non gliel'avrebbe permesso. Lui non ha di sicuro avuto parola in merito.

Benjamin mi accompagna al SUV e apre la portiera.

Ah. L'assassino cui sono stata promessa conosce le buone maniere. Che bello.

Attende che entri, come un autista. Mi rifiuto di guardarlo finché non mi rendo conto che, con l'avambraccio posato sul tettuccio, mi osserva.

"Hai una pistola in borsa, Lara?" È divertito.

Mi sbiancano le nocche da quanto la stringo, e lo sguardo mi scatta in su. Gli leggo divertimento negli occhi scuri e nella lieve curva delle labbra.

È una doccia fredda. È tanto sicuro di sé da non aver paura di un'arma carica!

Non mi vengono in mente risposte. Serro la mascella e gli rifilo un'occhiataccia.

"Hai intenzione di spararmi?" Rieccolo: rilassatissimo. Fin divertito.

Ma guarda un po': la bella sposina si è presentata armata per farmi secco.

Cerco invano di deglutire. Mi arrovento in viso. Mi tremano le gambe; sono pronta a fuggire come una gazzella davanti al leone.

Tende la mano. "Dammela, *princessa*. Non ci faremo del male... così."

E come allora, Benjamin?

Pensierino che mi fa venire in mente un piacere misurato. Del tipo sofferenza piacevole.

Aspetta un attimo... no!

Col cavolo che m'immagino Benjamin Baranov mentre mi lega e batte con un frustino da cavallo!

È... da malati. Non son cose che m'interessano, queste.

Gli adocchio le nocche tatuate e mi chiedo come sarebbe ritrovarmele attorno alla gola mentre lo facciamo.

Mi costringerebbe?

E perché immagino mi costringa a qualcosa?!

Non lo voglio mica. Figurarsi.

Non mi muovo, quindi mi fa segno con le dita. "La pistola, Lara." Il divertimento è sparito. Il tono trasuda solo una fredda autorità.

Seduta qui, mi chiedo cos'accadrebbe se mi rifiutassi di consegnargliela. O se la estraessi per puntargliela contro.

Mi rendo conto che ha uno sguardo intenso, malgrado la posa. Concentrato. Devo mirare solo se voglio tirare poi il grilletto.

Scuote la testa, come leggendomi nel pensiero. "Non sei un'assassina, *princessa*. E con me sei al sicuro. O almeno lo sarai... se ti comporti bene."

Qualcosa nella sua delicatezza mi fa crollare. Mi bruciano gli occhi di lacrime.

Non voglio le veda, quindi gli passo malamente la borsa e distolgo lo sguardo quando la apre per prendere l'arma e infilarsela da vero professionista nella cintola.

Quando si siede al posto di guida gli chiedo: "E tu sei un assassino, Benjamin?"

Si gira a studiarmi. Lo sguardo è tanto intenso che trattengo il fiato. "Ho ucciso, sì."

Non respiro.

Avvia il motore e ingrana la prima. "E ucciderei ancora... per te."

Mi esce tutta l'aria in un soffio. D'un tratto sono stordita. Sconvolta – e leggermente eccitata. "Perché?"

Le spalle tradiscono una lieve tensione. Ma quando continua, lo fa con parole piatte e prive d'emozione. "Sei mia moglie."

CAPITOLO DUE

Baron

Dopo un salto in tribunale per la licenza, porto la sposa a Casa Baranov – o il gulag, com'è nota sul campus. Lara mi ha ignorato per quasi tutto il viaggio, e io non mi sono opposto.

Non sono un affascinantone io; quelli sono Anders e Leo.

Io sono quello delle strategie e della bocca chiusa. Quello sempre cinque mosse avanti a chiunque altro, capace di controllare l'esito di qualsiasi cosa accada. La mamma ci vede un disturbo post-traumatico da stress. Io la capacità di essere un leader.

Al momento di piani da riconfigurare ne ho parecchi. Devo capire come proteggere una moglie poco amichevole; per tenerla al sicuro dovrò controllarla, ma ho la sensazione che mi darà filo da torcere.

Il cervello mi restituisce istantaneamente l'ideuccia di rinchiuderla permanentemente nella segreta della Casa.

Sì, ce l'abbiamo. Mica per niente la definiscono il gulag. Si vocifera ogni assurdità in proposito... assurdità che io incoraggio sempre. C'è chi dice sia una camera di tortura della bratva, il luogo dove portiamo i nemici per vendicarci.

C'è poi chi sa: è un sex club.

Non ci facciamo quasi mai entrare gli esterni, cosa che non fa che nutrire il mistero a livelli incommensurabili. Quasi tutti i festaioli non fanno altro che cercare di farsi invitare di sotto. Ecco cosa mi permette di chiedere somme esorbitanti nelle serate in cui apriamo le porte solo su invito.

Devono firmare accordi di riservatezza e giurare segretezza sotto velata minaccia.

Io penso che l'immaginazione metta sotto controllo i comportamenti molto meglio di minacce e promesse.

Fantastico di strappare a Lara tutti i vestiti di dosso e legarle polsi e caviglie alla croce di Sant'Andrea, di stuzzicarla tramite il perfetto uso di un piacere intermittente fino a farla impazzire... e implorare.

Anzi, ancora meglio: fantastico di darle una relazione vera.

La preparerei all'orgasmo.

Pensiero squisito.

Ovviamente però metterla sotto chiave con la forza non funzionerà. Dovrò convincerla a scendere nella segreta come convinco tutti gli altri: negandole l'accesso.

Intanto me la terrò vicina, in modo da tenerla d'occhio. Il piano in origine era di chiamare un operaio per dividere in due la mia grande stanza da letto. Per fortuna non ho avuto il tempo di telefonargli!

La sposina dormirà solo ed esclusivamente nel mio letto.

Se il padre pensa sia tanto in pericolo da spedirmela qui non appena ho dato l'ok, dovrò prendere molto seriamente la minaccia; e ciò significa tenermela a portata.

Far pensare a tutti che il matrimonio sia vero.

E le altre ragioni che mi spingono a infilarmela nel letto – quelle più personali – evito di esplorarle.

Parcheggio nel vialetto, accanto a Leo. "Casa nostra."

Lancia un'occhiata sospettosa alla dimora, come d'un tratto potesse animarsi e aggredirla. *"Nostra?"*

"Non solo mia e tua. Ci vivono venti persone. Ventuno con te. Vieni, dai. Ti presento gli altri."

Le prendo due valigie e vado al portone, che apro con l'impronta del pollice.

Metà della gente bighellona in soggiorno. Eccola, la versione mia della fratellanza coltivata da papà nel grattacielo di Chicago dove tanti di noi hanno trascorso l'infanzia.

Siamo eredi della bratva. La generazione nata nel regno di mio padre. Un gruppo di fratelli con regole sue: occhi aperti, proteggersi gli uni con gli altri e difendere i possedimenti a qualunque costo. Difendere i deboli dai prepotenti. Derubare gli autocrati del campus del loro potere. Finanziarci spremendo fondi fiduciari.

Quando entriamo ci guardano tutti, esaminano i bagagli. La mia mano sulla schiena di Lara. Il sottile proclama che gli dice che è mia. È sotto la mia protezione, e l'accetteranno come accettano chiunque gli porti all'ovile.

Zoe siede a gambe incrociate sul divano accanto a Phoenix e alla sua gemella Anja, spaparanzata sulla L col portatile in grembo. Il padre, Dima, è l'hacker della cellula di papà. Non c'è firewall che quello non sappia violare; e l'anno scorso, al trasloco qui, Anja ha fatto un salto di qualità: dall'-hackeraggio al complesso riciclaggio di denaro.

Uno dei tanti servizi che offriamo a tariffe esagerate. Insieme a molte altre cosucce illegali.

Papà ha provato a tenermi fuori dalla bratva; è arrivato persino a mandarmi in collegio quando l'idea d'entrarvi mi ossessionava... però mi ha permesso di osservare. Quando poi mi sono sporcato le mani di sangue – ero giovane – mi ha permesso d'allenarmi in tutte le tecniche d'autodifesa: dalle arti marziali miste al cecchinaggio. Ne ho assorbito la vita in tutti i modi possibili e immaginabili. È proprio vero che la mela non cade lontano dall'albero.

"Ciao." Mi viene in mente che non gli ho detto del matrimonio combinato. Bah, forse mi rifiutavo di pensare all'effetto che avrà la sua presenza sulle nostre dinamiche, sulle attività della Casa.

Vabbè; li informassi uno magari un bel giorno si lascerebbe sfuggire che è una finta – e Lara non può saperlo.

"Vi presento Lara Turgeneva, la mia fidanzata."

"La tua... eh?!" Phoenix posa il joystick e mi guarda; giocava sul divano con Zoe.

Cenno del capo verso la porta. "Nel bagagliaio ci sono altre due valigie."

Salta in piedi. "Faccio io."

La supera stringendole la mano. "Phoenix. Piacere di conoscerti." A me spara un'occhiata alla *che cazzo combini.* Poi esce.

Anders e Leo mi guardano in modo analogo; il primo va ad aiutare Phoenix, fermandosi anche lui a stringerle la mano e presentarsi.

Phoenix è stato mio coinquilino al primo anno d'università. In quanto transgender della Carolina del Nord, nella prima settimana si è guadagnato qualche odiatore seriale... finché non li ho raddrizzati io. È stata la necessità di proteggere lui a spingermi ad aprire la Casa; avevo bisogno di un posto in cui costruire la comunità nella quale sono cresciuto. E proteggere gli amici.

"Ti sei fidanzato?" domanda Anja saltando in piedi.

"E quando?" fa Zoe, alzandosi a sua volta. "Non capisco..."

Guardo Lara, rigida accanto a me; si rifiuta di restituirmi lo sguardo. Mi schiarisco la gola. "Ci hanno combinato il matrimonio i nostri genitori alla nascita."

"I *vostri* genitori," ripete Anja incredula.

"Sì."

"Accidenti. Ok." Le due vengono da noi; Zoe le butta le braccia al collo. "Benvenuta alla Thornecroft."

Lara s'irrigidisce e non risponde alla stretta, ma in lei qualcosa s'addolcisce. Rivolgo a Zoe uno sguardo grato quando si scosta.

"Loro sono Anja e Zoja. Che però si fa chiamare Zoe." Gliele presento in russo, così capisce che qui c'è chi parla la sua lingua – non che il suo inglese non sia perfetto, eh. Ovviamente: i primi anni di vita li ha trascorsi qui. E poi a Los Angeles ha zii e cugini cui probabilmente ogni tanto fa visita.

"Piacere," fa.

"Leonid. Chiamami Leo." Usa il russo anche lui; le dà poi un bacio sulla guancia, che Lara accetta.

Un po' sono contento del suo fascino disinvolto... ma vorrei anche stenderlo adesso che ha osato toccarla!

"I miei si sono sposati per un matrimonio combinato."

"Davvero?!" Zoe fa guizzare lo sguardo da lui alla sorella. "La zia Saša e lo zio Maksim avevano un matrimonio combinato?" Zoe è la direttrice della pubblicità e dei social della Casa; annuncia le feste e in cambio le facciamo uno sconto sull'alloggio.

Annuisce. "Mio nonno era sul letto di morte e mia madre stava per ereditare tutti gli interessi dei suoi pozzi petroliferi. Voleva tenerla al sicuro, e mio padre era l'unico uomo di cui si fidasse."

Anja si volta verso di me. "E perché hanno combinato il vostro?"

Accidenti a lei.

"Lo sanno mio padre e il suo." Il tono dice *cazzi miei*.

Lascia perdere. "*Pozdravlenija*," si congratula.

"Leo, devi impostarle l'impronta." Attacco con gli ordini. Tipico mio. "Anja, accedi al registro e vedi se ha già il piano di studi." Le lezioni cominciano domani.

Anders e Phoenix ricompaiono con le valigie. Passo all'inglese, dato che loro non conoscono il russo. "In camera mia."

Anders prende uno dei bagagli che ho portato io per mano e sale le scale. Phoenix lo segue col terzo.

"Hai fame?" chiedo a Lara.

Scuote il capo. Sembra sotto shock. Per forza. Casa Baranov e i suoi ospiti non sono poca cosa; figuriamoci poi se ti hanno brutalmente strappata dalla tua vita per farti sposare uno sconosciuto. "Ti porto a letto; è stata una giornata lunga."

Affonda sul pavimento quando cerco di spingerla verso la rampa; mi scocca un'occhiata furibonda.

La guardo anch'io, ma con espressione mite.

Storce la bocca da ribelle, ma incede verso i gradini e sale.

Raccolgo le ultime valigie godendomi il suo squisito sculettamento e la seguo.

Incazzati quanto ti pare, princessa. *Adesso sei mia.*

Lara

Non so dove devo andare, il che toglie non poca teatralità all'uscita. So solo che non mi piace ritrovarmi sotto il controllo un delinquente ventiduenne che si dà il doppio delle arie della metà degli scagnozzi di papà.

Ma... che sia *solo* questo?

Fatico a digerire ciò che sta succedendo.

A una prima occhiata sembra una normale convivenza fra universitari. Non avevo mai messo piede in un college americano, certo, ma qualche film l'ho visto. Da quando viviamo in Russia sono tornata negli Stati Uniti diverse volte. Mia zia Nadja e mio zio Flynn abitano a Los Angeles.

Osservo bene tutto. La casa è grande, come quelle delle commedie piene di giovani carini e socievoli. Ma questa è vittoriana e in condizioni perfette, come fosse appena stata ristrutturata. Ci devono aver spesso *parecchio.* E l'impronta del pollice per entrare serve proprio? I mobili sono di qualità e tutto è pulitissimo – altri elementi poco comuni alla situazione, secondo l'idea che mi ero fatta. E la cosa più strana è che gli studenti ubbidiscono agli ordini di Benjamin come fosse il *pachan*. Una sua sola occhiata e saltano sull'attenti. Molti però parlano russo, il che significa che forse erano già di quel mondo. Come lui. E come me.

Vengo percorsa da un brivido.

Qui sono in pericolo. Lo sento.

Ancora non ci capisco niente. C'è un quadro generale che non vedo, e il sottotesto di violenza e segretezza mi mette paura.

Supero l'asiatico con nome e accento norvegesi – Anders, mi pare – e l'esile Phoenix – forse un trans – per imboccare le scale. Mi sa che ho preso la direzione giusta. Mi fermo al primo pianerottolo.

"Ancora avanti, *malyška*," mi mormora Benjamin.

Arrossisco e mi giro. "Non sono la bambina di nessuno io."

Mi guarda senza emozioni... se non un accenno di divertimento. E potere. Ah, quanto detesto farmi dare sui nervi dalla sua aria impenetrabile! Non dice nulla; si limita a guardarmi. Riuscendo a essere più inquietante di qualunque risposta.

D'un tratto trafelata, mi rigiro e continuo la salita. Mi fermo al pianerottolo successivo.

"Un altro."

In cima all'ultima rampa c'è una camera enorme; è chiaramente quella del principe. Bella come il resto della casa, ha un parquet di quercia tirato a lucido coperto da un fitto e sfarzoso tappeto a pelo lungo arancione. Finestroni su tre pareti. Sulla quarta ci sono l'armadio e il bagno, con una finestrella.

Sorprendentemente allegro per essere il covo di un criminale.

Il letto è grande: a baldacchino e con quello che sembra

un morbido piumone d'oca rivestito di seta grigio colomba. Come Benjamin, la biancheria trasuda misurato controllo. Il letto è fatto, ma gli enormi cuscini di piuma sono ammassati a caso contro alla testiera.

Benjamin posa la valigia accanto a sé, su un poggiapiedi; la apre. "Ti faccio portare un'altra cassettiera per i capi da piegare. Intanto nell'armadio trovi tutto lo spazio e tutti gli appendini che vuoi."

Va lì e si estrae la mia pistola dalla cintola. Apre una cassaforte nella quale scorgo una catasta di banconote; ce la mette dentro.

Sono troppo stanca per disfare i bagagli. Voglio solo fare la doccia e andare a dormire.

"Io dove dormo?"

Chissà perché lo chiedo, poi. È chiaro: nel suo letto da giganti.

Con lui.

Per quanto sfinita, al pensiero mi surriscaldo.

"Nel mio letto."

Qualcosa nel tono mi spinge a girarmi per guardarlo in faccia. Schiudo le labbra per prendere fiato quando vedo come mi osserva.

Come un cacciatore che ha appena preso la preda. Come un leone affamato che guarda l'imminente pasto.

E m'innesca una sferzata elettrica fra le gambe. Mi si serra la figa. Il clitoride pulsa.

No, mi rifiuto di eccitarmi al pensiero che mi faccia sua!

"Io in quel letto con te non ci dormo." Partita già persa, temo, ma mi mancherei di rispetto se non provassi a tenere il punto.

Benjamin scuote il capo con finto rimorso. "Mai la mia mogliettina dormirà per terra!"

"Potresti dormirci *tu*." Avrei potuto inventarmi di meglio, sì. Come ho detto, non ho mai sperato di vincere la battaglia.

"Non a casa mia. E non quando in questa stanza c'è mia moglie."

"Non siamo ancora sposati," dico rigida.

Gli occhi gli luccicano di trepidazione. "Lo saremo domani, *princessa*."

Lo fisso retta da gambe tremanti. Non so immaginarne la ragione, ma ho le mutandine fradice e non riesco a smettere di chiedermi cos'accadrà domani... quando torneremo in questa camera.

"In bagno troverai asciugamani e salviette per il viso. Ti serve altro?"

"Sì: tornare a Parigi." La voce vacilla; che stupida a fargli vedere quanto soffro!

Copre la distanza che ci separa... e mi ritrovo di colpo fra le sue braccia.

Lo spingo via dal petto, ma lui mi afferra la nuca per voltarmi il viso verso in su − verso il suo. "So che non l'hai voluto." Mi cattura lo sguardo e non lo molla più. "E nemmeno io. Ma tanto vale approfittarne."

Vorrei ribellarmi, ma le lacrime mi offuscano il suo volto.

"Insieme, *malyška*. Siamo una squadra adesso."

Con una certa compassione, mi libera dal suo sguardo per portarsi la mia faccia al petto.

Non voglio farmi consolare, odio il singhiozzo che mi s'arrampica su per la gola... ma quando mi bacia sulla cima della testa mi esce in uno sbuffo. Chiudo forte gli occhi inzuppandogli la camicia di lacrime.

Mi massaggia col pollice la base del cranio. Bellissimo...

No! Non m'innamorerò di questa recita da bravo ragazzo. So che non lo è.

"Smettila," dico con voce strozzata spingendolo via. Stavolta mi lascia fare. "Non siamo una squadra. Io sono tua prigioniera. Condizione cui mi ribellerò sempre." Barcollo fin in bagno. Quando mi giro per chiudere la porta lo vedo ancora lì, a osservarmi. E il minuscolo sorrisino che gli smuove le labbra mi dice che il mio istinto c'ha visto giusto.

Benjamin Baranov *non è* un bravo ragazzo.

È il demonio.

CAPITOLO TRE

Baron

Scendo; di sotto mi aspettano tutti.

Ah già. Un'altra veloce revisione del piano e decido di dirgli tutto.

Terrò all'oscuro mia moglie, ma preferirei non sottoporre allo stesso trattamento la squadra, i miei migliori amici. Il loro sostegno mi serve.

"Fra mezz'ora nella segreta." È insonorizzata e si apre con l'impronta. Gli altri abitanti della Casa – e soprattutto l'infelice sposina – non sentiranno niente. "Alex e Feliks sono tornati dall'allenamento?"

Leo guarda i monitor delle telecamere sul telefono. "Stanno arrivando adesso."

"Bene. Informateli della riunione. Ah... Melinda Tracy per quest'anno è bandita dalla Casa. Fatelo sapere a tutti."

Ad Anders scatta in su la testa alla menzione di una delle frequenti visitatrice della segreta. È una personalità di tipo A che usa il dolore per rilassarsi. Credo che gli piaccia, ma dato che di solito lei si rivolge a me non se n'è neanche accorta. "Per via del padre?"

Annuisco. È stato dato l'annuncio: si candida alla vicepresidenza. Dovesse vincere, per via di Melinda il campus diventerebbe un crogiuolo di agenti dei servizi segreti: dovrà stare alla larga dai nostri affari.

Prendo il telefono per scrivere a mia sorella Lili di venire. Deve sapere anche lei.

Non volevo scoprisse della segreta. Quando credevo che sarebbe venuta a stare nella Casa pensavo di chiuderla. Fosse stato per me sarebbe qui, dove posso proteggerla... ma non so com'è riuscita a convincere mamma e papà a darle la libertà.

Che fastidio! Vabbè, ho chiesto a Leo di metterle un localizzatore nella chiave magnetica del dormitorio e nel telefono, e gli ho fatto pure installare altre telecamere di sicurezza attorno a camera sua – così possiamo star tranquilli.

Dato che la segreta non l'ho chiusa, che la scopra mi sa che è inevitabile. Tanto prima o poi al campus ne avrebbe sentito parlare e per avere una confessione avrebbe assillato me o le gemelle – di cui è molto amica.

Vado in cucina a mangiare un boccone. Dopo aver snellito e ampliato le nostre imprese finanziare, ho assunto una cuoca, oltre a quelli delle pulizie. Emma, giovane ragazza madre di Whisper, viene cinque volte alla settimana per fare la spesa e preparare la cena. Il lavoro le piace perché può portarsi dietro la figlia May.

E a me piace la scenetta: tutto nella Casa deve sembrare sufficientemente innocuo agli occhi altrui... quindi una bambina di tre anni è la benvenuta.

Mezz'ora dopo ci raduniamo nel salottino della segreta, dove si possono spostare lussuosi divani di pelle, amorini e poltrone per assistere all'azione o conversare ai tavolini.

Conversiamo, al momento.

"Siete dei pervertiti totali." Lili scende le scale insieme a Zoe con gli occhi strabuzzati.

Mi scappa una smorfia. Avrei preferito non scoprisse

questo mio lato. "Non dire a nessuno ciò che vedrai stasera," l'avverto dopo un abbraccio veloce.

"Ma dai," sbuffa. "Al dormitorio del primo anno non si parla d'altro che del gulag... soprattutto a me quando scoprono che cognome ho. Vogliono tutti sapere cosa c'è al piano di sotto e perché non vivo qui. Già raccontano che tra noi sia successo chissà cosa e che ci odiamo!"

Mi saltano su le sopracciglia. Mi sono inventato io il pettegolezzo sul gulag, quindi non importa. "Non smentire niente. Sono queste assurdità a portarci gente."

Scuote il capo e mi guarda. "Sei proprio uguale a papà."

"Lo prendo come un complimento. So che stai ancora facendo l'orientamento, ma questa settimana ho bisogno di vederti in palestra per l'autodifesa."

Mi osserva vacua e mi rendo conto che non sa del rigoroso allenamento cui sottopongo obbligatoriamente gli abitanti della Casa; tutti imparano bene il Krav Maga. E nella palestra della Casa ci diamo a combattimenti settimanali. "Ma di che parli?"

"Ti mando il programma," fa Leo. "Puoi fare coppia con me."

Sembra scocciata con me. Credeva che all'università avrebbe avuto più libertà.

"Com'è andato l'orientamento?" Mi torna in mente come dovrebbe comportarsi un fratello normale. Già so dov'è stata e cos'ha fatto, visto che ne seguo ogni mossa — controllare ogni esito possibile aiuta a tenere a bada gli incubi. E adesso devo aggiungere alla lista delle preoccupazioni pure Lara!

"Mi sono divertita," dice con leggerezza. Lili ha subito il mio stesso trauma, ma su di lei non ha avuto lo stesso effetto. Forse era troppo piccola per farsi scavare tutte le cellule del corpo dal pericolo. O magari confida troppo che io riesca a proteggerla da qualsiasi cosa.

Le credo: è raggiante. Felice. Bene — voglio risolverle ogni problema. O ammazzare chiunque la ferisca. Solo che nell'ultimo caso poi mi odierebbe.

"Mi sono fatta degli amici. La mia coinquilina è forte. Tutto bene. Ma qual è la grossa emergenza?"

"Mi sposo."

A bocca spalancata, mi guarda come gli altri quand'ho portato in Casa Lara. Spiego a tutti la situazione; inclusa la parte sulla menzogna che il padre di Lara ha rifilato ad Anatolij Rostov e il fatto che Lara non sappia nulla.

"Quindi praticamente devo tenerla al sicuro, ma mi ha preso per il nemico."

Leo annuisce, come avesse tutto senso. Alex e Feliks sono uomini di pietra; assorbono tutto inespressivi aspettando ordini. Non potrei combattere nessuna battaglia senza di loro. Anders e Phoenix paiono dubbiosi. E alle donne la situazione sta poco bene, a giudicare dai cipigli.

"E se glielo dicessi e basta?" azzarda Lili.

"Sì. Non sei tu il nemico. Dovrebbe saperlo!" rincara la dose Zoe.

"Non posso. Il padre non gliel'ha detto perché ha bisogno che il matrimonio sembri vero. O forse teme torni di corsa da Brash Rostov."

"Ah già," fa Leo. "Secondo te è innamorata?"

Mi stringo nelle spalle senza manifestare nulla, malgrado l'irritazione. Se lo ama sarà ancor più difficile proteggerla... e ancor più in pericolo rispetto ai sospetti paterni.

Fortuna che l'istinto ha detto ad Adrian di togliergliela di torno il più velocemente possibile.

"Devo scoprirlo. Anja, se stanotte ti do il suo telefono riesci a installarci qualcosa che tracci lei, le telefonate e i messaggi?"

Lili sbuffa. "Ma non puoi farlo. È invasione della privacy!"

"Mi hanno incaricato di tenerla al sicuro. E farò tutto il necessario."

Mica c'entra qualcosa il brutto groviglio di gelosia che m'intasa la gola all'idea che la mia adorabile sposina ami un altro.

Figurarsi.

"Mi serviranno solo venti minuti," promette Anja.

"Ottimo. Te lo porto quando va a letto." Guardo mia sorella. "Lili, ho bisogno che corrobori la storia: papà organizzò il matrimonio anni fa e noi due l'abbiamo sempre saputo."

Leva gli occhi al cielo con un sospiro, però annuisce. "E quand'è? Dovrò venire, no, visto che sono tua sorella. Non farò la damigella?"

"Voglio fare io la damigella!" Zoe s'illumina. Anja sbuffa.

"Sarà solo un salto al municipio dopo le lezioni." Scocco un'occhiata ad Anja. "A proposito..."

"Ecco il programma." Mi porge la stampa delle lezioni di Lara; le do un'occhiata veloce. Sono quasi tutti corsi del dipartimento di linguistica. Pare che la mia sposina si laurei in lingue moderne. Ed ecco spiegato perché studiava a Parigi.

Scatto una foto e la mando a tutti. "Tenetela d'occhio. Fatemi sapere se la vedete con qualcuno di preoccupante. Io troverò una foto di Brash da mandarvi."

Alex si schiarisce la voce, come volesse dire qualcosa. Alzo le sopracciglia. "Non so se è il momento giusto, ma..."

Il controllo aziona tutti gli allarmi. Se c'è una debolezza nella sicurezza, nelle imprese, nei sistemi... devo saperlo! "Dimmi."

"Ho sentito dei tipi parlare, prima dell'allenamento. Non sapevano ci fossimo anche io e Feliks."

Bljad'. "Cosa dicevano?"

"Non ho capito tutto, ma di sicuro: *'far chiudere Casa Baranov quest'anno'*."

Feliks annuisce. "Abbiamo fatto sembrare le feste di Casa Titan uno schifo, l'anno scorso." Quello è un posto per soli uomini. Ospita metà della squadra di football. Gli altri sono entrati perché ne avevano fatto parte i padri. Parliamo di un retaggio che risale fin alla fondazione dell'università.

Prima che alla Thornecroft facesse la sua comparsa Casa Baranov, era tutto loro... e delle loro feste elitarie da maschi alfa che attraevano quasi tutte le ragazze più popolari.

Faccio un cenno del capo anch'io. Li saprò gestire. Mi aspettavo problemi; ho già escogitato dei piani. "Ok. Cercate di capire come colpiranno; io intanto olierò tutti gli ingranaggi che servono prima della nostra festa."

"Torniamo al matrimonio, allora. Ce li avete gli anelli?" domanda Lili.

Mi scappa una smorfia. Gli anelli. Non male come idea per delle nozze... soprattutto se devono sembrare vere.

Cioè, saranno vere. Entro domani sera Lara Turgeneva sarà mia moglie.

Pensierino che m'inonda d'una cupa soddisfazione... che però respingo. Legarla legalmente a me sarà solo la prima mossa della battaglia; le variabili sono troppe perché possa già cantar vittoria.

"Li prendo io. E verrò alla cerimonia!" proclama convinta. "Con cosa li pago? Uso l'Amex di papà?"

"No." Pesco la carta oro dalla custodia del telefono che avevo in tasca e gliela porgo.

Lili la esamina con uno scossone della testa. "Hai una carta oro. Non... non voglio neanche sapere cosa succede qui."

"No. Non vuoi," fa Leo, con mia sorella protettivo quanto me.

"Ti vengo a prendere io per la cerimonia," le dico.

"Vengo anch'io," dice Leo.

"Anch'io!" aggiunge Zoe.

Anja alza la mano, neanche fossimo a una votazione. E anche Phoenix e Anders.

"Noi abbiamo l'allenamento di football..." si scusa Alex con un cenno al più giovane eppur ancora più prestante fratello.

"Non importa," dico. "Non sarà niente di che."

"Niente di che?" sbotta mia sorella. "Ti *sposi*. E anche se fai come sempre lo stoico imperscrutabile, ho tutta l'impressione che..." Ammutolisce e alza le sopracciglia – per la suspence.

"Che?" intervengo, visto che la tira troppo per le lunghe.

"Che la cosa non ti dispiaccia per niente."

CAPITOLO QUATTRO

Lara

È ancora buio quando mi sveglio, e per un attimo non so dove mi trovo. Poi mi torna tutto in mente; insieme a una bella nausea.

Sono negli Stati Uniti. Nella camera dell'uomo che devo sposare.

Apro gli occhi ed esamino il letto. È qui... con me? Il jet-lag ieri mi ha fatta crollare – ho dormito di sasso finora – e solo adesso il mio corpo ha deciso che era ora di svegliarsi. Se è entrato, neanche l'ho sentito.

Trattengo il fiato, in ascolto, ma non capisco se sono sola. Mi allungo verso il telefono, che ieri ho messo in carica qui accanto. Sotto scivola un foglio che non c'era quando mi sono coricata.

Premo un pulsante: sono le quattro del mattino. Per forza sono sveglia: a Parigi sarei in piedi da un bel pezzo. Il foglio è una stampa delle mie lezioni.

Nessuna invadenza. Nessunissima.

Insomma, sì, mi serviva... ma resta un gesto inquietante. Da maniaco del controllo.

Che mi abbia toccato anche il telefono? Voleva leggermi i messaggi?

Be', tanti auguri. Ho il blocco dello schermo.

Punto la sua luce sul letto e il battito accelera nell'istante in cui individuo una grossa figura dall'altra parte.

Almeno mi ha lasciato spazio. Ieri sera una mezza paura che ci provasse ce l'avevo...

Torno al telefono. Ci sono un sacco di messaggi. Due della mamma.

Non la chiamo da quando papà è venuto da me. Non so neanche se avercela con lei. Pare sia stata tutta un'idea di papà... ma non sono pronta a parlarci. Se è turbata quanto me, riuscirà solo a farmi avere una crisi isterica.

Ci sono una serie di messaggi di Brash, il russo con cui sono uscita un paio di volte prima di partire. È figlio di un ricco oligarca. L'ho trovato pieno di sé, ma nonostante l'egocentrismo gli interesso. Non so se perché sono russa – e si sente più a suo agio con me che con le francesi – o altro. Comunque si è comportato da gentiluomo: attento ma non troppo insistente. Un bacio sulla porta ma nessun'altra pressione.

Per ieri sera avevamo un appuntamento – e non mi sono neanche ricordata di cancellarlo!

Ops.

Si sarà offeso, visto tutto quell'ego...

Non che importi, eh. La situazione mi ripiomba addosso: lì tanto non ci torno. La mia vita parigina è finita. Il tirocinio e i posti di lavoro che mi aspettavamo sono morti. Oggi mi sposo.

Apro i messaggi con una smorfia. Pare sia andato a casa mia, abbia aspettato mezz'ora e poi se ne sia andato. Dopodiché mi ha scritto un altro paio di volte per chiedermi se va tutto bene.

Gli rispondo in russo.

. . .

Scusami tantissimo: mi sono dimenticata di cancellare l'appuntamento. Ero in aereo diretta negli Stati Uniti.

In una follia totale, ho scoperto di dover sposare un americano (non scherzo!).

Non tornerò a Parigi, quindi non ci vedremo più.

Il grosso figuro si sveglia con un movimento; si tira seduto e tende una mano verso il comodino, come per prendere una pistola.

Ho un maritino irritabile la mattina. Buono a sapersi.

Giro il telefono a schermata in giù, in modo che non veda la luce, ma si volta a guardarmi sfregandosi una mano sul viso.

"Jet-lag, eh?" Parla in un profondo rombo assonnato. E sexy. O forse è solo stare nel letto con un uomo che m'inturgidisce i capezzoli.

Giro la testa a guardarlo, facendo splendere di nuovo la lucina.

Oh, maledizione. Ha i capelli biondo sabbia aggrovigliati sulla fronte. È senza maglietta, e i muscoli del petto sporgono meravigliosamente. Ma è nudo?!

Aspetta... che domande mi faccio adesso? *Gospodi*, e se lo fosse?! Si è infilato sotto alle lenzuola con me... senza vestiti?

O ha almeno avuto la decenza di mettersi le mutande? E che tipo di mutande, poi? Quelle piccole e aderenti o dei boxer?

Argh. Adesso me l'immagino pure in intimo...

Uno squillo.

Abbasso lo sguardo. È Brash.

Blin − sì, mi scappa una parolaccia mentale. Di solito scrive. Non ho nessuna voglia di parlarci adesso. Soprattutto visto che sono a letto col mio promesso.

Rifiuto la telefonata e vedo il riflesso di Benjamin sullo schermo.

"Chi era?" Il tono è tranquillo, neanche fossimo una coppietta sposata da tempo che si racconta tutto. Neanche conoscessimo e tenessimo alle stesse persone. Neanche ci conoscessimo... noi due.

"Non sono affari tuoi."

Mi sa che a quest'ora è prestino per mettersi a litigare, ma devo stabilire dei confini. Ancora non capisco che ci faccio qui né cosa voglia da me, ma so per certo che le sue motivazioni non sono buone.

Un lampo e mi ritrovo bloccata sulla schiena: Benjamin è su di me. Alla fine comunque porta i *boxer*. Attraverso il tessuto però gli sento l'uccello indurirmisi fra le gambe.

Mi bagno subito; il mio corpo risponde alla sua dominanza. Alla vicinanza. Profuma di pulito, tipo sapone unito al suo unico odore di uomo.

"Oh, *malyška*," mi sgrida guardandomi con occhi scintillanti. Mi blocca i polsi ai lati della testa. "Sei mia moglie." Ci studiamo. Il suo sguardo è tanto intenso che – ci scommetto – mi legge nell'anima. "Tutto di te è affar mio." Giro la testa di lato per rompere il contatto visivo, intanto lui così prosegue: "Dall'anticoncezionale che usi al tipo di caffè che bevi al mattino." Abbassa le labbra come volesse baciarmi sul collo.

Il cuore galoppa. *Anticoncezionale? Gospodi!* Vuole mettermi incinta! È questo lo scopo?!

E... io gli permetterò di sedurmi?

No. Mai. Non posso. Nemmeno se somiglia a un adone greco. Nemmeno se il mio corpo reagisce come fosse di sua proprietà.

"Fermo."

Raggela subito; la bocca è tanto vicina alla mia pelle che ne sento l'alito caldo. Resta lì un attimo e poi si scosta piano, rotola via e mi molla.

Un po' sono sollevata... ma anche delusa.

Mi rallegra sapere di poter decidere del mio corpo, che si fermerà quando gli dirò di no. O almeno che stavolta l'ha fatto.

Il corpo però soffre alla perdita del suo calore addosso, nel non sapere com'è avere la sua bocca sulle carni. O come avesse intenzione di proseguire dopo il bacio.

Non che pensi ci fosse un piano.

La sua dominanza m'è sembrata istintiva; molto sexy, uscissimo insieme. Non fossi prigioniera, quindi.

"Allora... come ti piace *questo caffè?*"

Mi sconcerta la velocità con cui sa passare dall'intensità alla disinvoltura. Come non ci fosse appena stato un momento in cui i nostri cuori battevano all'unisono, in cui il suo corpo copriva il mio...

Mi costringo a un tono ugualmente pacato. "*Café au lait.*"

Fa per scendere dal letto, ma si ferma a chiedermi: "Ti alzi o vuoi provare a dormire ancora un po'?"

Mi sposto anch'io. "No, mi alzo."

Non lo guardo, ma sono intensamente consapevole che, alle mie spalle, si stia mettendo i pantaloni. Lo sconosciuto con cui stanotte ho dormito si sta vestendo. Ogni singola cellula del mio corpo ne percepisce la vicinanza... e il fatto che siamo tutti e due mezzi nudi.

"Te lo preparo. Poi ti faccio fare il giro del campus prima delle lezioni."

Che premuroso. *Davvero!* Figurarsi se mi fido però.

Ma non ho la più pallida idea di dove andare – e non sono tanto orgogliosa da rifiutare una mano.

"Ok." Entro nella grande cabina armadio e accendo la luce. Per ragioni su cui non mi va di soffermarmi, non chiudo la porta per vestirmi. Mentre mi levo i pantaloncini che mi fanno da pigiama, giuro di sentir Benjamin bloccarsi.

Mi guarda?

Lo *vorrei?*

Be', sì… altrimenti avrei chiuso la porta! Che assurdità.

Insomma, *attraente* è attraente. Non direi che è il mio tipo, ma so perché reagisco così; ha la stessa sicurezza e punta di pericolo di papà. La violenza di papà viene più in superficie, ma in tutti e due c'è qualcosa che spinge la gente a seguirne la guida.

Vabbè, chi se ne frega. Adesso ce l'ho a morte con papà, e non ammirerò di certo uno letale quanto lui!

M'infilo una gonna e giro la testa.

Benjamin mi fissa spudoratamente il culo.

"Il panorama ti piace?" chiedo tirandomi su la cerniera sul retro.

"*Malyška,*" brontola sfregandosi la mano sulla mascella. "Non ne hai idea."

Mi s'inturgidiscono i capezzoli, che mi tendono la magliettina.

Benjamin se ne accorge e fa scendere lì lo sguardo.

In quanto donna come tutte le altre cresciuta nel patriarcato, disprezzo l'idea di farmi scegliere dall'uomo, d'esser considerata sexy, bella, quello che è. Non sono mai stata così. So quanto valgo. Non ho mai voluto né desiderato d'esser considerata valida dagli altri − soprattutto dagli uomini. Però arrossisco di contentezza.

Benjamin mi vuole.

Anzi, a giudicare dalla sua espressione lo faccio *morire di voglia.*

E non mi dispiace.

Gli ridò la schiena, e adesso mi levo la maglietta per mettere il reggiseno con un sorrisino.

Sarò anche alla mercé dei Baranov, ma non sono completamente inerme. C'è sempre la moneta sessuale. Non che intenda usarla, eh… ma male non fa sapere d'avere un'arma a disposizione.

———

Baron

Le tengo aperto il portone. L'alba scende su Whisper, il cielo passa dal nero al grigio metallo. Il dolce profumo dell'erba aleggia nell'aria. Il campus è silenzioso e non tira un alito di vento. È l'ora in cui di solito faccio una corsa o mi alleno al tiro al bersaglio, ma la priorità di oggi è la mia sposina.

Lara mi supera sfiorandomi in una minigonna plissettata color ruggine e un paio di morbidi stivali di cuoio alle caviglie coordinati. La maglia crema dallo scollo quadrato le incornicia e abbraccia i seni alla perfezione, snellendole la vita. Mi viene voglia di leccarle via l'odore del caffè che ha appena bevuto e la calda fragranza di toffee che ha addosso.

Muoio dal desiderio di metterle le mani sulla vita. Di chinare il viso per leccarle di nuovo il collo e respirar il suo profumo.

È stato *bellissimo* averla nel mio letto stanotte. La parte più controllante di me – probabilmente la stessa che mi rende autorevole nella segreta – vuole fare incetta di lei. Come fosse un oggetto. Ne ho avute di donne, ma mai nessuna che volessi far mia. Malgrado la quantità di giovani che mi saltano addosso, nessuna mi suscita mai sufficiente interesse. Nemmeno quelle che si spogliano – letteralmente o meno – per buttarsi ai miei piedi e accettare dolori e umiliazioni. Mi fanno solo tenerezza. Divento protettivo. Ma mai ho voluto conquistare e consumarne una come mi succede con Lara.

Che sia la sfida? Il fatto che sia mia ma senza volerlo?

O magari ha qualcosa di speciale? Insomma, e se fosse tutta opera del destino e a livello inconscio una parte di me lo riconoscesse?

"Casa Baranov è a sudest del campus." Indico con la mano il resto. "Le tue lezioni si tengono quasi tutte per di là." Poso il pollice sul tastierino del garage e la saracinesca si alza. Lara resta sul portico a guardarmi perplessa.

È pieno di bici, scooter e moto; tutti mezzi ottimi per spostarsi qui. La mia moto è elettrica, quindi quasi del tutto silenziosa; perfetta per il primo mattino. Metto il casco e ne prendo un altro per lei, poi avvio il motore ed esco.

"Si può andare a piedi, ma la moto è più comoda. Così posso mostrarti tutto il campus." Glielo porgo.

Comoda. Anche perché così posso starle appiccicato.

Le tendo la mano per aiutarla a montare.

Non si schioda.

Aspetto. Non insisterò. Lara è mia, che lo voglia o no. Non c'è bisogno di comandarla a bacchetta.

Serra la mascella, ma dopo un attimo ignora la mano e s'infila il casco. Quando sale la gonna le risale sulle cosce lasciandomi intravvedere le mutandine.

Mi viene duro. Non riesco a trattenermi... le poso il palmo sulla coscia nuda e stringo.

Raggela, ma prima che possa reagire sposto la mano e parto.

Col fiatone, mi abbraccia la vita. Adoro sentirmi le sue mani addosso. Guardo indietro e m'immetto in strada. I capelli scuri − oggi mossi − sventolano alle sue spalle. Schiude le labbra.

Anja ha sistemato le cose in modo che riceva i registri delle sue telefonate, dei suoi messaggi. Stamattina era Brash. Mi ha piacevolmente sorpreso che non gli avesse detto che se ne sarebbe andata; vuol dire che non erano tanto intimi. Fosse innamorata gli avrebbe detto addio di persona... o forse gliel'ha evitato Adrian. Comunque il messaggio non sembrava tanto personale.

Ma ciò non significa che Brash la lascerà in pace. Lara è una risorsa che suo padre vuole aggiungere al proprio arsenale. E forse pure il figlio ci vede qualcosa, malgrado sia un sociopatico. Non riesco a credere che potrebbe volerle bene...

...magari però vede in lei ciò che vedo io.

Digrigno i denti. Anche Lara non mi accettasse mai e il matrimonio rimanesse solo una finzione, farò il possibile per impedire a Brash Rostov di toccarla o anche solo pensar ancora lei!

Procedo nella fresca aria del mattino, felicissimo d'aver addosso le morbide curve di Lara. "Ecco il dipartimento di Lingue moderne." Accosto davanti allo storico palazzo centenario di tre piani. "Qui hai la prima e la terza lezione."

Annuisce, però muta. Continuo il giro, le mostro dove si terranno tutte le sue lezioni, le indico la biblioteca principale, la mensa e la palestra. All'orizzonte spunta il sole, che scalda il cielo d'un lieve bagliore color pesca – intanto io esco di mezzo miglio dal campus.

"Dove stiamo andando?" Si è sicuramente accorta che ci stiamo allontanando dagli edifici di mattoni dell'università per puntare al centro di Whisper.

"Voglio mostrarti la pasticceria migliore che abbiamo." Mi fermo davanti al *Velvet Crumb*, un luminosissimo bar che apre alle sei. "Non sarà un caffè parigino, ma gli *scone* sono incredibili." Spengo il motore; Lara scende immediatamente, come contenta di sfuggirmi. Si tira giù la gonna mentre io apro la porta. Come entriamo veniamo inondati dal profumino del pane appena sfornato.

I soffitti sono a volta, con antiche piastrelle vittoriane. I pavimenti e le pareti da cinque metri e mezzo sono rivestiti di piastrelle bianche che creano un'atmosfera allegra e ariosa.

"Hai già fame?"

Guarda le vetrine di prelibatezze – trecce ripiene di erbette e formaggio, una gran varietà di *scone*, croissant e crostate – e annuisce.

M'avvicino al banco tenendole le mano sulle reni. La

commessa si precipita da noi. Quando leva gli occhi e mi vede in faccia, sotto al berretto candido va in agitazione, arrossisce. "Ehm... ciao, Baron."

Non la conosco, quindi dev'essere una studentessa.

Lara mi guarda con aria interrogativa.

"Ciao," dico io disinvolto facendo finta di niente. Quasi tutti mi conoscono alla Thornecroft. È il vantaggio di coltivarsi lo status di stronzetto. "Vorremmo un paio di *café au lait* e..."

"Intendi caffelatte?"

"Certo." So che non sono esattamente la stessa cosa perché stamattina li ho cercati su Google per esser sicuro di offrirle il caffè giusto. Ma ci andiamo abbastanza vicini. Tanto negli Stati Uniti non troverà molti bar che servano *café au lait*. "Da mangiare invece..." Mi volto verso Lara. "Cosa ti va?"

"Un muffin alla zucca con scaglie di cioccolato."

"E io uno *scone* con noci d'acero. Consumiamo qui. Grazie."

La cassiera annuisce e batte l'ordine. "Ehm... ho sentito che venerdì a Casa Baranov si tiene una festa per la ripresa delle lezioni," azzarda mentre cerco l'app per pagare.

Ah. Ecco perché tanto gaio nervosismo. Uno dei modi in cui ho trasformato la Casa nella gallina dalle uova d'oro è stato dare feste esclusivamente su invito. Non che siano intime, piccole o gratuite, eh. Figurarsi. Sono un casino.

Tanto che le confraternite che per moltissimo tempo sono state la sola fonte di socializzazione del campus stanno subendo un duro colpo.

Basta solo creare un senso di mistero ed esclusività e ci vogliono venire tutti. Le voci sulla segreta aiutano.

"Sì," dico. "Ci vieni?"

Si fa rossa come un peperone. "Ehm, no. Non ho l'invito."

Pesco dalla tasca uno degli inviti stampati da Zoe; serve la firma di un abitante della Casa, per l'accesso. Prendo la penna. "Come ti chiami?"

"Tori."

Scrivo 'Tori +1' e firmo sulla riga, poi glielo passo sul banco. "Adesso ce l'hai."

Tori prende il biglietto e se lo mette in tasca, poi apre bocca... ma esita.

Che c'è adesso? Alzo le sopracciglia.

"Ehm... con questo posso entrare nella segreta?"

La guardo completamente inespressivo. "Quale segreta?" È la perpetuazione di mistero ed esclusività a far girare le voci per Whisper.

Arrossisce. "Niente. Avevo solo sentito che... ok. Non importa." Sventola le mani in aria. "Non ne so niente."

"Non c'è niente da sapere. Tori, ti presento mia moglie Lara. Si è appena trasferita da una scuola parigina. Voglio che tu ti prenda cura di lei quando viene qui, ok?"

Annuisce. "Certo. Piacere di conoscerti, Lara. Benvenuta alla Thornecroft."

"Grazie." Lara mi posa addosso gli occhi azzurro elettrico mentre Tori va a prepararci il caffè.

Prendo una bella mazzetta di banconote dalla tasca e la infilo nella sua. "Mi sa che non hai dollari. Ecco, tieni questi."

"Sei proprio uguale a mio padre." E non è un complimento, a giudicare dal tono!

"Sospetto non sia un bene." La porto a un tavolino per due presso la grande finestra panoramica e le scosto la sedia.

"Ti comporti come se tutti fossero ai tuoi ordini."

Mi accomodo di fronte a lei, sempre con espressione neutra. Ha ragione. Credo *fermamente* che tutti siano ai miei ordini. Credo che tutti abbiano un punto debole su cui far leva; per Tori è stato un semplice invito a una festa. Per alcuni è sentirsi inclusi... e per altri la paura.

E io sono disposto a far leva su tutti i punti deboli del mondo per ottenere ciò che voglio.

"Non mi comporto così tanto per fare," dico tranquillo.

"Tanto per fare... cosa?" Mi sa che non conosce l'espressione. Parla benissimo, senz'alcun accento, ma era piccolissima quando se n'è andata.

"Per divertimento. Spasso."

Da come le crollano le sopracciglia, capisco che non crede a una parola di ciò che dico. "E perché allora?"

"Faccio il necessario per proteggere ciò che è mio."

Sbuffa. Uh, che voglia di baciare quel broncetto... e mostrarle che saprò prendermi cura di lei. "E io sarei tua?"

Reggo fermo il suo sguardo. "Sì."

CAPITOLO CINQUE

Lara

Seguire le lezioni di un'università che fino a una settimana fa neanche sapevo che avrei frequentato è assurdo. Non ho l'energia per rispondere alle chiamate e ai messaggi di Brash.

Lui non conta più niente. Non fa parte di questa vita.

Benjamin – o Baron, come lo chiamano gli altri – mi ha chiesto di me a colazione. Voleva sapere cosa mi spinge a studiare Lingue moderne, quante ne conosco, a che lavoro aspiro.

È facile parlarci. Tanto quanto star in groppa alla sua moto aggrappata a quegli addominali di roccia. Ha fascino, inutile negarlo.

Ma non m'innamorerò. Mi hanno incastrata in un giochino tutto loro – io non ho scelta. E non glielo perdonerò, charme o meno.

Sopravvivo alla giornata pensando a come cavarmela.

Non c'è spazio per pensare a Benjamin e al fatto che mi ritiene sua. Una proprietà.

Una minuscola parte di me poi adora che si prenda cura di me... ma vorrei calpestare quel pezzetto di cuore sul marciapiede, frantumarlo sotto al tacco dello stivale! Non posso essere attratta da lui. Non posso permettermi di farmi sedurre dalla sua cortesia.

Anche se forse pure io sono nei suoi confronti un po' possessiva, perché quando la commessa è arrossita nel riconoscerlo per un attimo ho pensato fossero andati a letto insieme... e m'è venuta voglia di cavarle gli occhi.

È un dongiovanni? E cos'è questa festa? E la segreta? Volevo chiedergliene dopo colazione, ma me ne sono dimenticata.

Esco dall'aula e svolto l'angolo... solo per finir addosso a un ragazzotto basso e rotondetto. Gli cadono i libri.

"*Bljad'*." Alza gli occhi dal nugolo di capelli spettinati. Poi dice in inglese con accento straniero: "Scusa."

"Non fa niente," rispondo in russo, e mi fermo ad aiutarlo a raccogliere libri e carte volati ovunque.

S'illumina. "Sei russa?"

Gli porgo le carte. "*Da. Ja iz Moskvy.*"

"Piacere, Denis," fa mentre ci alziamo insieme. Si passa il casino di libri e fogli su un braccio per tendermi la mano.

Gliela stringo. "Lara. Piacere di conoscerti."

"Sono appena arrivato. Sono contento di scoprire di non essere l'unico russo del campus!"

"Non lo sei, no! E poi sono appena arrivata anch'io." Inspiro forte e sospiro.

Che giornata. Visto che mi sono alzata prestissimo, sarei pronta a chiuderla qui. Peccato debba ancora sposarmi.

"Anzi, c'è anche un gruppetto di russo-americani." Penso agli abitanti di Casa Baranov, ovviamente.

"Non è la stessa cosa." Sventola la mano. "Ah, mi sa che ho nostalgia di casa..." Mi fa un sorriso dispiaciuto e sbilenco.

Mi si aggroviglia lo stomaco. "Anch'io."

"Non vorrei esagerare ma... mi andrebbe di bere un caffè o un drink con te, una volta." Mi fa con speranzosi occhioni da cucciolo. "Come amici, eh!" s'affretta ad aggiungere. "So che sei fuori dalla mia portata."

Oh, che salame... però è simpatico. Esito. Che male c'è? Denis ha nostalgia della Russia e a me serve qualcuno con cui parlare. Sospetto che a Baron non farà tanto piacere... ma sono problemi suoi, no? "Certo," dico. "Organizziamo qualcosa."

"Stasera al *Whisper's End*?" È il bar all'angolo della pasticceria di stamattina.

"Stasera no. Che ne dici di domani?"

È raggiante. "Domani va benissimo. Alle diciassette?"

"Certo. Ci vediamo lì."

Giro l'angolo e mi ritrovo Leo appoggiato al muro. Guarda il telefono, però mi vengono i brividi. Avrà sentito tutto.

Mi spara un sorriso bianco smagliante. "*Privet*, Lara."

Gli restituisco lo sguardo. Non mi viene in mente niente da dire; rimugino sul fatto che mi spiino.

"Com'è andato il primo giorno? Ti serve aiuto?"

"*Net*," sbotto, poi giro la testa e me ne vado il più velocemente possibile senza correre.

Apro la porta e arranco fuori con gli occhi che bruciano e una voglia matta di libertà. Non dall'edificio... ma dalla mia vita.

Da quest'assurda situazione.

Da Benjamin Baranov e i sinistri piani che sicuramente ha in serbo per me.

CAPITOLO SEI

Baron

"Ecco gli anelli." Lili mi porge due minuscoli sacchettini di plastica; in uno c'è una sottile fede dorata e nell'altra una un po' più grossa.

Lili, Zoe, Anja, Leo, Phoenix e Anders si raccolgono tutti nel soggiorno di Casa Baranov, dove ho detto di andare a chiunque volesse venire in municipio. "Per il momento sono quelli regolabili, finché non li prendete delle misure giuste. O finché non conoscerai abbastanza bene la sposa da comprarle qualcosa che le piaccia. A proposito, dov'è?"

Controllo l'app. "Quasi qui. Grazie, Lils." La prendo in un mezzo abbraccio e le do un bacio sulla cima della testa.

"Com'è andato il primo giorno alla Thornecroft?" chiede Zoe.

"Benissimo. A parte il fatto che per una qualche ragione il prof. di matematica mi odia."

"Vasil'ev?" Ma già conosco il suo piano di studi. Vasil'ev è il mio assillo qui alla Thornecroft.

Mi scocca un'occhiata stupita. "Sì. Credevo sarebbe stato

gentile con me, dato che evidentemente è russo pure lui. È colpa tua, magari?"

Mi stringo nelle spalle. "No. Ma sei fregata lo stesso. Quest'anno ce l'ho di nuovo per statistica. Credo sappia che siamo della bratva, e quindi ci ritiene dei delinquenti. Papà non lo conosce personalmente; gliel'ho chiesto al primo anno perché pensavo avessero avuto problemi loro. Sta' attenta: si appiglierà a tutto pur di abbassarti i voti. Preparati bene."

"Che palle..."

"Già."

"Lara ha preso appuntamento con un *mudak* russo per bere qualcosa domani alle cinque," fa Leo.

M'immobilizzo. Come sempre all'esterno non paleso nulla, ma dentro vado in brandelli. "Chi?"

Mi mostra lo schermo del telefono; c'è una foto scattata nel dipartimento di Lingue moderne di un basso sfigato che le parla. "Questo qui. Hanno parlato in russo. Dice di essersi appena trasferito."

"Mandala ad Anja," sbotto voltandomi verso la mia hacker. "Anja, scopri chi è e se è legato ai Rostov."

"Ricevuto, *pachan*."

"E non chiamarmi così," dico di riflesso. Ancora penso al nanetto. Mi puzza di guai. Quante probabilità ci sono che uno passi da un'università russa alla nostra proprio quando Lara Turgeneva sfugge alle grinfie di Brash Rostov?

"Perché no? Siamo della bratva! Praticamente questa è una cellula di cui tu sei il capo."

Ignoro la domanda; accigliato, ancora rifletto... quando la porta trilla per l'apertura elettronica ed entra Lara. Leo le ha programmato l'impronta stamattina, prima che uscisse per le lezioni.

Si ferma sulla soglia a guardarci.

Sono sicuro che sembriamo dei teppisti pronti ad aggredirla. Cazzo, magari non m'avesse etichettato come nemico...

Faccio un cenno della testa al gruppo. "Vogliono assistere alla cerimonia. Ti sta bene?"

Fuma di rabbia. "Se dicessi di no?"

Mi sta mettendo alla prova. Vuole vedere quanto sono strette le manette dorate che le ho appioppato. Ci ha provato anche stamattina, quando mi ha impedito di baciarla. E adesso vuole sapere se ha diritto di parola sulla faccenda.

Voglio superarlo, questo test – anche se temo che probabilmente sarebbe meglio che i miei amici venissero.

Lili va da lei, le tocca il braccio. "Ciao! Non ci siamo ancora conosciute. Sono Lili Baranova, la sorella di Ben." Piega il capo di lato. "Tua cognata, a breve."

"Ah." La guarda senza muoversi. Si capisce che vorrebbe odiare anche lei, ma Lili è troppo dolce e innocente.

"È un po' colpa mia, sai." Sventola la mano verso gli altri. "Abbiamo appena scoperto tutti e due dell'improvvisa... ehm... accelerata dei piani nuziali, e ho detto a Ben che volevo venire. D'altronde stiamo per diventare parenti..." Le spara un'occhiata dispiaciuta. "E quando ho detto di voler venire, si sono uniti anche loro! Ma se non ci vuoi, non fa niente. Possiamo aspettarvi qui con lo champagne."

Lara scruta tutti in viso fino ad arrivare ad Anders, che per fargliela vedere prende la bottiglia dalla scatola che ha comprato oggi.

"Perché non l'apriamo subito?" dice Lara.

E la tensione si spezza. "Ah! Così si fa!" esclama Anders – però guarda me in cerca di conferme.

"Portiamocela dietro," concedo. "Dobbiamo essere in municipio prima delle quattro e mezza."

Ci dividiamo fra la mia Range Rover e la BMW X7 di Leo. Lara sceglie di stare dietro con Lili e Anders; Anja è davanti insieme a me.

Salta il tappo. "Bagnami la macchina e me la pulisci tu."

Comunque ho già sentito finir tutto a terra e il gridolino di mia sorella.

"Ops." Anders ride!

Nello specchietto lo vedo cercare di riempire un bicchiere. Lara gliela prende di mano per bere a canna.

"Ok! La sposa deve calmare il nervoso. Non c'è niente di male," fa lui.

"Passamela." E Lili prende la bottiglia.

"Ehm... e dovrei lasciare che la minorenne beva?" chiede Anders.

Lili scolla le labbra dal collo dello champagne con uno schiocco. "Vaffanculo, Anders."

"So che è responsabile."

Mica vero. Non mi fido di Lili e non mi fido di nessuno *con* Lili. Per me è ancora una bambina di sei anni cui stanno puntando una pistola alla testa, la bambina che ho dovuto salvare da un omicidio.

Ecco perché sono iperprotettivo.

Ma non posso vietarle granché, altrimenti si allontanerà ancora di più. Ha scelto di non vivere a Casa Baranov, e già questo mi fa sclerare.

Perciò dico di fidarmi per assicurarmi che capisca che ho delle aspettative su di lei. È sveglia e motivata, ma lasciare casa per la prima volta può dare alla testa. Non voglio faccia cazzate che possano metterla nei guai, ma devo ricordarmi che la Thornecroft è uno dei luoghi più sicuri del mondo. E che non permetterò le ricapiti mai più nulla di male.

"Visto?" Lo guarda alzando le sopracciglia. "Sa che sono responsabile."

Lara si riprende la bottiglia e si scola un altro po' di champagne, prima di ripassargliela.

"Non bevete tutto, dai..." È Anders a intercettarla per un bel sorso.

"Allora, perché ho dovuto sapere dai miei amici che venerdì a Casa Baranov c'è una festa?" chiede Lili.

Non rispondo.

"Vogliono l'invito," insiste.

Lo sapevo. Non voglio che mia sorella venga alle nostre feste; vi accadono una o due cosine alle quali preferirei non partecipasse. Ma proibirle di venire non farà che sollevare ulteriori problemi. E poi voglio sia protetta dalla mia reputazione di pericoloso assassino, e comportarmi come non la volessi non aiuterebbe la causa.

"Sei una Baranov, perciò è ovviamente anche casa tua. A te non servono inviti. Puoi portare chi vuoi, ma solo se vengono con te. Nessuno che faccia il tuo nome alla porta verrà fatto entrare. Chiaro?"

"Posso portare *tutti quelli* che voglio?!"

"Sì. Ma solo se vengono con te." Incrocio il suo sguardo nello specchietto; annuisce. "E ti prenderai tu la responsabilità di ogni tuo invitato."

"In che senso?"

"Niente alcol ai minorenni. Niente droghe. Comportarsi bene."

"Che palle di festa però..."

"Allora non venire."

Leva gli occhi al cielo.

Whisper è una piccola cittadina, quindi arriviamo al municipio in sette minuti – viaggio durante il quale i tre dietro hanno finito la prima bottiglia di champagne. Scendo e apro la porta a Lara, che mi sorprende accettando la mano che le tendo.

Sono in giacca e cravatta, per rispetto all'evento. Lei mi squadra bene, come se ne accorgesse solo adesso. Poi guarda sé stessa e si indica la camicetta color crema. "Be', un pochino di bianco l'ho messo."

Le tiro la mano e lei mi s'avvicina, poi le metto il braccio attorno alla schiena. "Sono solo due firme," le dico piano per non farmi sentire dagli altri – che capiscono l'antifona ed entrano nel palazzo. "Lo rifaremo più avanti. Avrai l'anello che vuoi e ti sceglierai un vestito. Fiori. Verranno tutti i tuoi amici e parenti."

Le s'illuminano gli occhi di lacrime e mi si attorciglia lo stomaco.

"Oggi è solo..." Guardo dietro di lei in cerca delle parole. "Una firma. Un contratto. Il domani lo possiamo trasformare in qualsiasi cosa vogliamo."

———

Lara

Singhiozzo in un brivido.

Trattenevo le emozioni, usavo rabbia e tracotanza per schiacciare paura e dolore...

...ma quando Baron ha dato voce all'insensatezza di questa cerimonia – priva di vestito, fiori, amici – è salito tutto in superficie.

Dato che devo reggere fino alla firma del famigerato 'contratto', lo spingo via per marciare verso il municipio.

Leo mi tiene la porta e incrocia lo sguardo di Baron sopra alla mia testa.

Continuo a inghiottire aria per frenare il torrente che rischia di esondarmi dagli occhi.

Lili mi guarda in volto. "Peccato non potersi portar dentro lo champagne, eh?" borbotta con un sorriso caustico.

Concorde, le faccio una risata acquosa.

Ci rechiamo nella sala a noi assegnata e aspettiamo che il giudice ci chiami. Lili e Leo si sono offerti come testimoni. Zoe mi rifila un bouquet di rose bianche strette da un nastrino.

Davanti a noi – che stiamo in piedi – il giudice esamina i documenti. Poi ci guarda. "Vuole prendere il cognome di suo marito?"

Ben annuisce, ma il giudice guarda me! Riesco ad annuire comunque. L'alcol bevuto a stomaco vuoto mi ha stordita.

"Avete gli anelli?"

Benjamin annuisce.

"Volete darvi un bacio?"

Benjamin osa scoccarmi un'occhiatina. "Certo."

Ho lo stomaco in subbuglio.

Attacca allora. "Benjamin Baranov, vuoi tu prendere Lara Tur...Tour-Gineva" – mi massacra così tanto il cognome da farlo suonare come una città svizzera! – "nel vincolo del matrimonio, prometti di amarla e onorarla in salute e in malattia e di esserle fedele sempre per tutta la vita?"

"Sì, lo voglio."

Adesso rivolge l'attenzione a me. "Lara..."

"Turgeneva," lo interrompe Baron.

"Lara Turgeneva, vuoi tu prendere Benjamin Baranov come tuo marito nel vincolo del matrimonio, prometti di amarlo e onorarlo in salute e in malattia e di essergli fedele sempre per tutta la vita?"

Guardo minacciosa lo sposo. Il cuore mi martella contro al petto.

Lui è imperscrutabile. Gli occhi scuri sono fermi, sotto agli sregolati capelli biondi.

E se dicessi di no? Sono salita sull'aereo perché mi ci ha caricata papà, ma adesso mica è qui a verificare che vada fino in fondo!

Riaffiora però alla mente la sua aria patita. Quand'ero piccola è stato iperprotettivo, certo, ma mai l'avevo visto tanto preoccupato. Se dico di no mi metto nei guai? O metto nei guai la mamma, magari?

Baron è imperturbabile, ma Lili trasuda una tensione palpabile. Come trattenesse il fiato per il fratello.

Mi schiarisco la voce. "Sì, lo voglio." Che mi esce arrugginita.

"Con l'autorità di cui mi ha investito lo stato dell'Illinois, io vi dichiaro marito e moglie. Potete scambiarvi gli anelli."

Baron li prende dalla tasca e m'infila una fedina d'oro all'anulare; lui si mette quella più grande.

"Ok." Baron lo dice con fare conclusivo, sempre tenendomi il braccio sulla schiena. Del tipo *e anche questa è fatta: moglie acquisita.*

"Puoi baciare la sposa."

La sposa. Sono una sposa. Assurdo!

Baron mi guarda e m'irrigidisco tutta. Devo permettergielo, dato che siamo davanti al giudice... non vorrà certo che scopra che non volevo sposarmi!

Come percependo che rifiuterò il bacio, Baron mi prende in braccio. Gli amici ridono contenti.

Il conquistatore ha conquistato. È chiaro che sono un trofeo di guerra. Che può portarsi dove gli pare per...

Gli osservo il bel viso, troppo vicino al mio perché mi senta a mio agio.

Fa per uscire dal municipio.

"Aspettate," strilla l'ufficiale. "Dovete firmare il certificato!"

Baron mi gira – velocissimo, mi fa volare le braccia attorno al suo collo strappandomi mio malgrado una risata – e mi riporta indietro.

Firmiamo. Firmano anche Leo e Lili – ed è fatta.

Sono sposata con Benjamin Baranov.

"*Pozdravlenija,*" fa Lili.

"*Pozdravlenija,*" dicono in coro Zoe, Anja e Leo.

"Sospetto siano le congratulazioni," dice Phoenix. "Quindi... idem!"

"*Gratulerer*," aggiunge Anders in norvegese.

Mi accorgo che Baron mi guarda e mi si mozza il fiato. Mi scosta i capelli dal viso col retro delle dita, poi mi prende la guancia nella mano. "Posso baciarti?" mormora in russo.

Vorrei dirgli di no per principio... ma il mio corpo dice di sì. Il mio malmesso e solo cuoricino dice di sì. Bramo contatto umano, pur se proveniente da chi questa situazione l'ha creata. Piego il volto in muto consenso e lui abbassa la bocca sulla mia.

Mi sfiora le labbra con le sue, le tocca a malapena.

Le mie si schiudono.

Mi bacia con più passione e sposta la mano per prendermi la nuca.

Non voglio *assolutamente* che mi piaccia! Non voglio arrendermi a lui, al momento... ma è bellissimo. Bacia da esperto, con sicurezza ma anche delicatezza. Mi accendo tutta sotto al suo tocco, mi s'inturgidiscono i capezzoli, ogni cellula del mio corpo si elettrizza. La stanza prende a girare. Sto precipitando in Baron, nell'ignoto. Non riuscirò forse a impedire a questo nuovo capitolo della mia vita di scriversi da solo... ma devo ammettere che non è così terribile.

Non ancora, almeno.

Baron mi riprende in braccio per portarmi fuori. Sempre baciandomi.

"Baron," lo interrompe Leo a bassa voce ma con una certa urgenza.

Mi si scolla allora per guardare il soldatino della bratva, che alza appena il mento in direzione di una macchina elettrica grigio lucido parcheggiata dall'altra parte della strada.

Lo sguardo di Baron la segue quando questa si scosta dal marciapiede per poi svanire. Lui e Leo incrociano per un attimo gli occhi, dicendosi chissà cosa.

Ci spiano.

Hanno assistito al matrimonio. Uno della bratva di

Chicago che verificava che Baron facesse il suo dovere? È la cosa più probabile.

Un brivido freddo mi riporta alla realtà.

Ho sposato un'estensione di papà. Una gabbia dorata dalle sembianze soldatesche. Un futuro *pachan*. E non esistono fascino o bellezza o baci che possano cambiare la situazione.

CAPITOLO SETTE

Baron

S'è lasciata baciare.

Continuo a ricordarmelo, mentre nel soggiorno si scola sempre più champagne.

Brash ha cominciato a tempestarla di telefonate circa cinque minuti dopo che quello *svoloč* che ieri le ha chiesto di uscire se n'è andato. È una sua spia, ne sono sicuro.

Lei non ha risposto però è ridiventata fredda; si è rifiutata di sedersi davanti, con me, per tornare a casa. Phoenix si è offerto di guidare in modo che potessi andar dietro io – cosa che mi sono piegato a fare. Non mi piace star dietro e subire la guida altrui, ma sembrava necessario vista la situazione. Ho aperto un'altra bottiglia e Lara ha bevuto con entusiasmo.

A casa abbiamo visto che Emma aveva preparato vari *hors d'oeuvre* – credo le abbiano detto che mi sposavo – e sono arrivati anche gli altri ospiti, insieme ad altro champagne e i calici giusti per un mini ricevimento.

Digrigno i denti; vorrei tanto portarla di sopra, in camera nostra, per capire come tornare a prima, a quando mi ha concesso il bacio... ma il momento è passato. E lei sembra contenta di farsi distrarre da quei festaioli dei miei amici.

Leo si sporge per dirmi all'orecchio: "Qua fuori c'è Melinda Tracy."

Cazzo. Adesso proprio non ci voleva. Mi aveva scritto stamattina mentre facevo il giro del campus con Lara e non mi sono sprecato a risponderle.

Non è mica la mia ragazza. Non le devo niente.

Scuoto il capo. "Lei non entra."

"Gliel'ho detto. Insiste, dice di doverti parlare, che non se ne va finché non esci."

Bljad'. So cosa vuole. "Ci penso io," mormoro guardando Lara.

Che se ne accorge. È brilla, non ubriaca.

Sulla scalinata d'ingresso trovo la figlia del senatore dell'Illinois e aspirante vicepresidente Gabe Tracy.

Mi appoggio allo stipite per sbarrarle l'accesso.

Ho detto agli altri di non farla entrare quest'anno perché l'ultima cosa che voglio è che la stampa o i servizi segreti la seguano qui dentro o facciano dei controlli su di noi. Non che su di me ci sia qualcosa da scoprire... ma sono piuttosto certo che la questione della bratva salterebbe fuori.

Scaglia le mani in aria in un'esagerata posa interrogativa. "Che succede, Baron?"

È infastidita perché non la facciamo entrare, ma vuole ciò che posso darle più di quanto le importi d'essere maltrattata. Certo, i maltrattamenti con lei sono all'ordine del giorno... "Baron... Ben... ti prego." Mi chiama col nome vero invece che con l'appellativo che quasi tutti usano alla Thornecroft per spingermi all'intimità. "Non fare lo stronzo. Ne ho *bisogno!*"

Non permetto ai fattoni di gironzolare per Casa Baranov, ma la droga di Melinda è il dolore. E lei sa − benissimo − perché questo posto viene considerato un gulag: ha fatto più puntatine nella segreta di qualunque altro ospite esterno del campus.

Melinda non è la mia ragazza.

Non abbiamo un rapporto del genere. Non l'ho neanche mai baciata!

Ma sono non poco incline a dispensare sofferenze. E la sua personalità da ultravincente con laurea doppia e marea di crediti richiede di sfogare lo stress... di solito tramite lunghe sessioni di cintura o frustino da cavallo.

"Non puoi entrare. E sai perché."

"Ma non è ancora stato eletto... e a nessuno frega niente ci ciò che faccio io!"

"Sai che non è vero."

Ha la coda castana in cima alla testa, strettissima. È tesa come avesse bevuto troppi caffè; gli occhi scuri sono troppo brillanti, i movimenti rapidi e a scatti. Porta scarpe da tennis e pantaloni della tuta con reggiseno sportivo coordinato di Lululemon, come fosse appena tornata da una corsa. Sotto alla scollatura le si vedono le costole. L'ammettessi nella segreta pretenderei di sapere cos'ha mangiato oggi... ma non posso più recitare questo ruolo con lei. Sono sposato. "Mi serve..."

"Trovati qualcun altro."

"E chi?! Sei l'unico di cui mi fidi! *Soprattutto* con la nomina di papà!"

Bella stretta di spalle. Vorrei consigliarle di parlare con Anders – dato che lei gli piace – ma così tornerebbe nel giro. "Un altro. Io quest'anno me ne sarei tirato fuori anche se tuo padre non fosse candidato."

Strizza gli occhi. È abbastanza sveglia da capire il concetto. "Perché?"

"Mi sono sposato."

Spalanca la bocca. "*Cosa?!*" Pare offesa – mi acciglio. Non le avevo mai dato ragione di pensare che avesse dei diritti su di me. Ma non penso mi si sia affezionata in quel senso. Fra noi non c'è mai stato altro che una transazione: io le faccio male perché mi piace affinare la tecnica su partner consenzienti e lei brama le endorfine. Niente di più e niente di meno. "Mia moglie è arrivata da Parigi in settimana. Si è trasferita alla Thornecroft."

Piega il capo. "Cazzate."

"Verità. È un matrimonio combinato con una principessa della bratva russa."

So che parte della mistica di Casa Baranov è che tutti sanno o credono che siamo eredi della bratva; e quando posso io sto al gioco – non perché sia un duro, ma perché questa reputazione ci regala più affari, alleanze e rispetto di quanto farebbero i tentativi di dimostrare che operiamo in modo lecito!

E noi mica operiamo in modo lecito. Non lavoreremo coi nostri genitori, ma ci siamo creati imprese nostre.

Adesso Melinda è sicura che stia mentendo per sbarazzarmi di lei. Fuma di rabbia. "Vaffanculo, Baron. Brutto stronzo!"

"Lo sono, sì," dico pacato.

Sotto alla maschera s'infiltra un lampo d'incertezza.

Non voglio pensi che la sto prendendo in giro. Non è da me. "È la verità, Melinda." Il tono è gentile. Le mostro la mano col nuovo anello scintillante.

Stavolta le mie parole paiono far presa; abbassa le spalle e rilassa i lineamenti del viso. "Davvero?"

Annuisco. "Sì. È combinato da quando eravamo piccoli, ma hanno accelerato la cosa."

"E perché?"

"Un altro si stava interessando a lei."

Forse questo non avrei dovuto dirlo, ma su Melinda si può contare in quanto a discrezione. Su di lei conosco tanti segretucci succosi che non vorrebbe mai girassero per il campus...

"Che resti fra te e me," dico però, per sicurezza.

Si rilassa un altro po'. "Sì, terrò la bocca chiusa davanti ai miei altri amichetti della bratva."

"Dico sul serio."

Fa il gesto di chiudersi la zip della bocca e buttar via la chiave. "Ok. Be', non romperei mai a un uomo sposato. Quindi non ti preoccupare."

Annuisco. "Sono contento che tu capisca." Sente le voci degli amici e cerca di guardar dentro. "Non puoi entrare."

"Neanche per le feste?"

Uffa. Non voglio rovinarle la vita sociale, ma non voglio nemmeno attirare attenzioni sulla Casa! Cedo. "Due volte a semestre. Solo per quelle più grosse."

Leva gli occhi al cielo. "Che rompiscatole..."

Quando si volta per andarsene, riaffiora la parte di me che vorrebbe proteggere tutti. "Ti trovassi mai nei guai..."

Gira la testa con un sorriso di perdono. "Saresti il primo cui mi rivolgerei."

Rientro; Lara è davanti al finestrone. Ha visto tutto.

Ha anche sentito? No. Impossibile. Abbiamo insonorizzato tutto per le feste: non entra e non esce nulla.

"Chi era?"

Nascondo la soddisfazione; le importa. Dubito sia gelosia – ancora non è arrivata a quel punto – però difende il territorio.

Vado a posarle con leggerezza le mani sulla vita. Lei scatta di lato, poi però si placa e mi permette di toccarla. "Melinda Tracy." So che più verità le concederò prima imparerà a fidarsi di me. "Suo padre è candidato alla vicepresidenza, quindi l'ho bandita dalla Casa per quest'anno. E si è incazzata."

Mi guarda. Gli occhi hanno la sfumatura d'azzurro più bella del mondo, sottolineata tra l'altro dai capelli castano scuro. Che voglia di baciarla di nuovo...

Disperatamente.

Vorrei buttarle giù i muri difensivi tanto quanto vorrei levarle i vestiti.

"Perché qui succedono cose illegali," ne deduce.

Mi stringo nelle spalle. "Non voglio attenzioni inutili. E poi mi darebbe molto fastidio che collegassero suo padre al mio."

"Ci sei andato a letto."

"No." Rispondo istantaneamente per calmarla.

Strizza gli occhi. "Le hai mostrato l'anello."

Vero. Ha visto. Penso alle parole da usare. La verità è la politica migliore, certo, ma non sono sicuro sia pronta a sapere della segreta e delle cose che ci faccio... o ci facevo. "Sì. Voleva qualcosa da me; qualcosa che in passato le ho dato. Come hai visto, però, le ho mostrato l'anello e ho chiuso. Sei mia moglie; adesso che ci sei tu non farò cazzate."

La confusione le aggrotta la fronte. "E cosa voleva *di preciso?*"

Uffa. Esito.

Mi spinge il petto e le scollo le mani dalla vita. "Aspetta..." Ma se ne sta già andando.

Marcia su per le scale scuotendo il culo perfetto a ogni passo.

La seguo. I matrimoni funzionano così, no? Le controversie vanno risolte.

Oh, ma che cazzo ne so io. Non ho mai neanche avuto una ragazza vera!

Quando arriviamo in camera le squilla di nuovo il telefono.

Brash di merda. Guarda lo schermo e fa partire la segreteria.

"È il tuo ragazzo?" Il tono mi esce pericoloso. Non volevo mostrarle questo mio lato. Rimetto sotto controllo l'aggressività. È ora che ne parliamo. "Mi par d'aver letto 'Brash'..."

Fingo di non sapere che uscivano insieme. "Non sarà mica Brash Rostov, il figlio dell'oligarca?"

Si volta; la stupisce che lo conosca.

"Ho frequentato il college con lui." Scuoto la testa nel ricordare le torture che l'ho visto dispensare. Mi ha riacceso il disturbo post-traumatico da stress e sono scoppiato. Non fossimo stati ripresi l'avrei ammazzato a mani nude. Invece mi sono fatto espellere.

Come faccio a dirle che è più in pericolo con lui che con me?

"I Rostov non sono chi credi tu. Sono... peggio della bratva."

Sbuffa con gli occhietti piccoli. "Da che pulpito! Brash con me è sempre stato gentile e generoso." Il tono è difensivo. "Sono più in pericolo con te che coi Rostov."

Bljad'. Ha capito tutto il contrario, ma non so come dirglielo! Dovrò aspettare si fidi più di me che di lui. "Hai chiuso con lui adesso che sei sposata?"

S'irrigidisce e si volta verso di me. "Va' a quel paese."

Allento il controllo e cambio marcia. Non si fiderà mai se non la faccio innamorare. "Ah-ah." Copro la distanza che ci separa. Fa uno scatto quando m'avvicino... ma la prendo solo fra le braccia. "Noi non ci parliamo così."

"Ma se l'abbiamo *appena fatto*."

La spingo indietro fino a farle toccare la cassettiera col sedere, poi le prendo nella mano la nuca per sollevarle il volto verso il mio. "No," le mormoro contro alla guancia accarezzandogliela col pollice. "Così vuoi mi rivolga a te?"

Non risponde. Contro di me trema; chissà se per paura o desiderio...

...comunque la segreta mi ha insegnato che entrambe le emozioni possono andare a mio favore.

Le faccio scivolare la mano dietro alla schiena per esplorarle le curve del culo e lo strizzo. "Eh?"

"Levami le mani di dosso," bisbiglia.

Esito. L'esperienza da dominatore mi dice che è il momento d'insistere, non di cederle il controllo. Ma lei non è una sottomessa consenziente...

E nemmeno una moglie! Però siamo sposati. Buttarle giù le barriere difensive per costruire qualcosa di tenero è il sistema migliore, l'unico per tenerla al sicuro da Brash.

"Vuoi che ti mostri cosa voleva Melinda?"

Le leggo una nuova confusione negli occhi. "Cosa?"

"Girati," mormoro ruotandola delicatamente.

Mi lascia fare – miracolo!

"Mani sulla cassettiera." Gliene prendo una e la poso giù; poi faccio lo stesso con l'altra.

Le abbasso la cerniera della gonna, che faccio cadere a terra.

Lara

Giro la testa e faccio per raddrizzarmi, ma Baron mi rispinge giù. "Avevi detto di non esserci andato a letto!"

Non so perché l'idea ci sia stato mi fa arrabbiare, però. So che è un'ex, o come minimo una con cui l'ha fatto. Si vede. Sarà intuito femminile.

"Infatti non ci sono andato a letto," conferma.

Ho i brividi, mi tremolano le ginocchia, il respiro accelera. Quanto vorrei non sapesse sedurre tanto bene. Non so come, ma mi ritrovo in mutande, a novanta su una cassettiera... e non volevo nemmeno farmi baciare!

Mi dà uno schiaffone al sedere.

Strillo e cerco di girarmi, ma lui mi tiene ferma dal fianco.

"Questo voleva Melinda."

Smetto di agitarmi.

Altra botta sulla seconda natica. Forte anch'essa.

Grido ancora. Mi surriscaldo in mezzo alle cosce. Mi formicola la figa, mi s'inumidisce.

Baron si ferma per massaggiarmi le carni brucianti. "È una masochista che usa il dolore per sopportare lo stress dovuto all'estrema competizione."

Ricordo la tipa della pasticceria, quella che chiedeva della segreta. A questo alludeva? A Casa Baranov c'è una stanza per sadomasochisti?

Che... assurdità.

Mi rifila una sfilza di schiaffetti veloci. Non fanno male; mi scaldano solo.

Che meraviglia... non i primi due – quelli bruciavano! Ma di questi... vedo il senso. Ogni colpo mi dà una scarica al centro del corpo. Il misto di pericolo e piacere, sofferenza e seduzione, m'intossica più dello champagne di prima.

Baron sa il fatto suo. Non è la prima volta che lo fa. Melinda.

"Te la sei scopata?"

Mi sa che sono gelosa. E ancor di più dopo aver scoperto cos'hanno fatto!

"Mai, *malyška*. Nemmeno un bacio."

"Bacia *me*." Buffo: ero sicurissima di non volermi far toccare e d'un tratto pretendo un bacio!

Mi rigira dai fianchi, poi mi solleva per posarmi il sedere infiammato sulla cassettiera. Mi spalanca le ginocchia e invade il mio spazio personale: mi agguanta il culo con tutt'e due le mani e mi tira contro di sé. China il capo per il bacio.

Fra le cosce ho uno spasmo; le ginocchia gli si avvinghiano alla vita quando m'infila la lingua in bocca.

Stavolta lo bramo. Rispondo al bacio, faccio scivolare le labbra sulle sue. Gli porto le mani al petto e gliele passo sui pettorali. Faccio per sbottonargli la camicia...

...ma lui mi afferra i polsi. M'immobilizzo e lo guardo per capirne la ragione.

"Brava." Mi vengono le farfalle allo stomaco. Non dovrei adorare le sue lodi, eppure... "Adesso scendi all'indietro, sui gomiti."

Cerco di capire cosa vuole. Mi piazza un dito al centro del petto e spinge. Ricado prima sulle mani, poi finalmente capisco e scendo sugli avambracci.

"Così, *malyška*. Che bella, cazzo..." Mi ficca le mani sotto alle ginocchia per toccarmi il sedere e divaricarmi ancor di più le gambe, che ora gli penzolano sui bicipiti. Una tirata decisa e mi ritrovo sull'orlo del mobile.

Trasalisco – e trasalisco ancora quando mi scosta di lato il tassello delle mutande strappando il laccetto rosa. "Oh!"

L'ho già fatto. Non sono una sposina vergine dalle gote arrossate... ma qui è diverso.

Baron ha la competenza e la sicurezza di un uomo che ha avuto cento amanti. Che io odio tutte.

Solo che mi mette la lingua nelle parti intime... e allora subentra la gratitudine, per quelle competenze! Mi traccia le piccole labbra e succhia le grandi, mi trova il clitoride e lo bagna tutto.

Tutta in tensione, urlo. L'interno coscia trema e gli s'irrigidisce sulle spalle.

Con gran calma, Baron scende in ginocchio in cerca di una posizione migliore e mi penetra con la lingua. Quando però arriva a succhiarmi il clitoride, è troppo. Muovo i fianchi per premergli il mio bollente umidore contro alla faccia – di più!

Una parte di me però non vuole scoppiare. Non voglio l'abbia vinta. Devo mantenere la mia forza.

"Quante?"

Alza la testa con la bocca lucida dei miei succhi; solleva le sopracciglia.

"Con quante donne... l'hai fatto?"

Storce le lebbra in finto divertimento, poi però torna serio, imperscrutabile come sempre è con me. Si leva lentamente – e mi pento d'averlo interrotto. Rivoglio la sua bocca addosso, a stuzzicarmi, a portarmi all'orgasmo...

S'avvicina, allora faccio per alzarmi. "Ah-ah."

Mi blocco davanti al castano sguardo perentorio; poi ridiscendo sugli avambracci.

"Brava." Mi premia con una passatina del polpastrello del medio fra i succhi. Continua la lenta scivolata su e giù, poi me l'immerge dentro. "Vuoi sapere di quante sottomesse sono stato il padrone?"

Voglio saperlo? Un po' l'idea mi fa venire la nausea... ma devo saperlo!

L'indecisione peggiora quando mi penetra con due dita. Me le piega dentro per accarezzarmi bene, per mandarmi a fuoco. "Aspetta..."

Sto per venire – ma non voglio! Non sopporto la vulnerabilità, non sopporto che vinca lui.

Cerco di sedermi, ma lui mi distrae accelerando, sferzandomi con la punta delle dita quel posticino che mi fa impazzire tutte le volte...

"Baron..."

"Godi e fammi vedere come vieni." Il tono è perentorio e serio; non mi aveva mai parlato così.

Mi dimeno. "Non ci riesco..."

"Godi o ti giro e ti sculaccio finché non urli."

La minaccia mi rompe dentro. L'orgasmo mi assale senza preavviso, e mi contraggo attorno alle sue dita urlando di sorpresa.

Si ferma ma tenendomele dentro; il palmo caldo è modellato sul monte di Venere. Con l'interno del polso mi schiaccia il clitoride, dandomi altro piacere.

"*Gospodi!*"

"Mmm. Molto carino." Ricomincia a muovermi lentamente il medio dentro sempre tenendomi il polso sul clitoride. "Sei stata bravissima, *malyška*."

Ansimo, la stanza riprende a girare su sé stessa... e intanto mi rendo pian piano conto che sono venuta mentre *lui* è ancora vestitissimo e nel pieno controllo della situazione.

Non mi piace sentirmi bruciare il petto di vulnerabilità.

Baron deve accorgersene, perché sfila le dita, mi cinge con un braccio e mi sistema sulla sua vita. "Dai, andiamo in doccia."

Non male come idea; non protesto. Lasciargli prendere il comando ha un suo perché − soprattutto vista la sua prodigiosa capacità di capire cosa mi serve e in quale momento. Tipo quando tornando a casa ha detto che avremmo dovuto prendere qualcosa da mangiare, prima che lo champagne mi andasse alla testa. È bravo a leggermi dentro e reagire a ciò che ha letto. E la cosa dà sollievo.

Mi lascio portare in bagno; lì mi mette giù e mi toglie la maglietta. Io gli sbottono la camicia levandomi gli stivali.

Va tutto bene, mi dico. Me lo merito, del buon sesso. Mica vuol dire che accetto Baron... o il matrimonio!

"Vuoi sapere quante."

Sconvolta, lo sguardo. Accidenti. Torna al domandone che ormai avevo lasciato perdere; ammirevole.

Gli slaccio la cintura evitandone lo sguardo.

"La risposta è boh. Non c'è un numero. Non ho tenuto il conto."

Gospodi. Allora sono tante! È stato con un sacco di donne...

Be', già lo sospettavo. Però adesso ne ho la conferma.

"Ma è stato prima." Mi tira con brutalità contro di sé.

Trasalisco e levo gli occhi per scrutarlo in viso.

Lo sguardo gli s'infiamma di desiderio... per *me*.

Mi afferra la testa e mi dà un bacio feroce. Possessivo.

Gli tiro via la camicia dalle ampie spalle. Ho addosso solo reggiseno e mutandine – lui ha ancora più vestiti di me.

Interrompe il bacio e mi tiene la testa prigioniera. "Adesso ci sei solo tu." Non scolla gli occhi dai miei. "Oggi ho giurato di rimanerti fedele, e non infrangerò la promessa. Sono un uomo di parola."

Non so come rispondere. Io ho giurato perché dovevo. Infrangerei la promessa domani se pensassi che i miei non fossero in pericolo. E poi non so neanche se gli credo. È ovvio che è un furbo.

Mi legge nel pensiero – come al solito. "Non sai se fidarti. Fidati, Lara!"

Mi molla per levarsi pantaloni e boxer. Ha un corpo stupendo: tutto snelli muscoli potenti. La pelle è dorata, il petto scultoreo coperto di ricciolini. Scendo con lo sguardo sugli addominali della vita, sulla V che sovrasta l'enorme erezione... che punta dritta su di me.

Maledizione.

Mi sa che sarà ardua. E a lui piace brutale. Mi farà male con quel mostro?! Ho ancora scelta o ormai il momento è passato?

Vede che guardo. Devo aver l'aria intimorita, perché fa subito con disinvoltura: "Non devi per forza prenderlo stasera."

Gli riporto lo sguardo sul viso.

Mi s'avvicina come il leone che mette all'angolo la preda. Mi afferra i fianchi. "La prima notte di nozze farò il mio dovere di marito e ti farò godere." Mi slaccia il reggiseno e me lo fa scivolare giù dalle braccia. "Che sia con l'uccello, la bocca o le dita... non m'interessa. So solo che quando avrò finito sarai *appagatissima.*"

Dice *appagatissima* come dovesse essere un'esperienza nuova per me. Le ginocchia si fanno di pastafrolla. Mi gocciolo nell'interno coscia attraverso lo strappo delle mutande.

Muoio dalla voglia? Be'... forse. Un pochino.

"Adesso levati le mutande, prima che te le levi io senza pietà."

CAPITOLO OTTO

Baron

Con gli occhi semichiusi, la osservo ubbidire. È perfetta: i seni pallidi adorni di capezzoli rosa tramonto puntati verso l'alto. Trema e il respiro le esce in rantoli superficiali, ma le pupille sono dilatate; quindi è eccitata, non spaventata.

La paura le contrae. È la lussuria a spalancarle.

Apro l'acqua e poi le faccio scivolare l'avambraccio sotto al culo per infilarla di peso nella *walk-in*.

"Dimmi che contraccettivo usi, *princessa*."

Visto che non risponde, la blocco contro alle mattonelle della parete, mi accalco su di lei e le faccio sentire la mia stazza, la mia forza. L'acqua calda ci gronda sulla testa in un'aggiunta di sensazioni.

Le puntine dure dei capezzoli mi sfiorano le costole.

La bacio di brutto. Muovo le labbra sulle sue; non stuzzicandola ma punendola. *Possedendola*. Sguinzaglio la lingua in lei. L'uccello le preme insistente contro al pancino morbido...

Dicevo sul serio comunque. Anche se chiedo dei contraccettivi, non me la scopo se non vuole.

Al momento sembra favorevole, ma dicesse di no lo rispetterei.

"Prendo la pillola," ansima quando interrompo il bacio.

La gelosia mi sconquassa. Per lui? Brash?!

No. Non sembravano molto intimi. E poi non gli ha ancora risposto.

"Non ho malattie." La bacio ancora. Senza scollare le labbra, prendo il sapone e me lo sfrego sulle mani per far la schiuma da passarle poi sulle spalle. Attorno alle tette. Giù, ai lati della gabbia toracica. Attorno al sedere in cerchietti.

"Fammi vedere questo culo stupendo." La giro verso il muro; adesso ha la faccia al riparo dal getto. "Mani sulla parete, *princessa*."

Non ubbidisce mica.

Schiaffone al fondoschiena. È ancora rosato per gli sculaccioni che ha preso in camera e l'acqua aggiunge bruciore – lo so perché mi brucia pure il palmo!

Trasalisce e gira la testa per scoccarmi un'occhiataccia.

M'avvicino ancora e le agguanto la nuca per un bel bacione. "Mostrami il bel culetto," mormoro – stavolta più persuasivo – tenendola ferma. La rigiro e le prendo il polso sinistro per schiacciarle la mano contro alla mattonella. "L'altra."

La alza ma poi si ferma a mezz'aria, come avesse ubbidito in automatico ma non volesse dimostrarmi che comando io.

Le avvolgo il mio grosso palmo lentamente attorno alla mano e allaccio le dita alle sue. Le bacio tempia, mascella, il lato del collo, poi le sistemo la mano sul muro. "Brava," le mormoro contro al padiglione auricolare.

Viene percorsa da un brivido.

"Sei venuta, *malyška*?" Le parlo in basso rombo contro alla pelle. Le porto le dita fra le gambe per saggiare la situazione. "Sei tutta uno spasmo?"

Il pavimento pelvico s'alza e abbassa nello sfarfallio di un orgasmino.

"Bene, angelo. Sei proprio perfetta." Le bacio la spalla. "Nonché reattiva."

Raccolgo la saponetta per fare altra schiuma e pulirle la schiena, la vita, la fessura del culo.

Geme e si muove contro di me, s'inarca.

"Sì, questo volevo vedere..." Mi sposto di lato per passarle una mano adorante sul fondoschiena polposo, per esplorarne ogni centimetro. "Che cazzo di meraviglia..."

Quando le ripasso la mano fra le gambe geme.

"Così, carina. Mi piace quando ti lasci andare."

Mi butto su di lei per agguantarle un seno e stuzzicarle il clitoride. Le graffio la spalla coi denti strizzandole tanto forte il capezzolo da farla trasalire in un serramento della figa.

"Girati." Mi faccio d'un tratto brutale. Prepotente. La rigiro e le spingo la schiena contro al muro, poi mi accovaccio per metterle una gamba sulla mia spalla.

"*Oh!*" Mi si aggrappa alla testa quando le porto la bocca sul gocciolio.

La penetro con la lingua. "Mi vuoi qui?" Ho la voce più roca e profonda del solito.

"Oh!"

Alzo la mano per pizzicarle l'altro capezzolo. "Rispondimi, Lara-Love."

Le si strizzano le pareti interne. È ben oltre l'eccitazione. È sprofondata nella fisicità. È quasi salpata per l'iperspazio. O forse c'è proprio andata. Non si oppone, a parte il mutismo, ma la perdita delle facoltà superiori c'entra con l'iperspazio di cui sopra.

"Cosa?" chiede stupefatta in russo.

Bene. È lassù.

Faccio tutto io: la libero dall'obbligo di decidere e parlare.

"Adesso te la lecco tutta," le dico. "E poi deciderò se darti dita o uccello. E tu farai la brava e accetterai. Chiaro?"

"*Da.*"

Preferirei un *sissignore*, ma per stasera m'accontento. Stasera ci concentriamo sul piacere suo. Sull'insegnarle ad arrendersi alla mia guida. Sul mostrarle quanto sono bravo a prendermi cura dei suoi bisogni.

Per tenerla al sicuro mi serve che si fidi.

Però desidero che si arrenda completamente.

La voglio tutte le notti in ginocchio per me, a implorare il mio tocco. La mia lode. Il suo sfogo.

Non voglio possederla per contratto; voglio possedere del tutto mia moglie: corpo, mente e anima!

"Bene." Le sfrego il clitoride col pollice; lei si agita e lagna dalla voglia. La lecco dentro, la bagno con tutta la lingua, le succhio le labbra, la penetro col pollice. E poi le succhio il clitoride, e lei comincia a urlare in strilletti discontinui.

"Oh, oh, oh, oh..."

"Così, bellissima." È ora della svolta. Voglio tenerla a lungo eccitata prima di farla venire. Così l'orgasmo sarà più succoso.

Mi alzo e la rivolto verso la parete; le rifilo molti sculaccioni forti e moderati al culo rotondo: destra, sinistra, centro.

"Oh! Aspetta! Perché?!" grida.

L'agguanto dai fianchi per rigirarla, le blocco il bacino contro al muro e le alzo la coscia per aver accesso.

"Perché cosa?" La bacio forte e piego le ginocchia per metterle la cappella sull'ingresso. "Perché ti ho sculacciata?" Tiro abbastanza indietro il viso da guardarla negli occhi e leggerci confusione.

Bene, cazzo! Vuol dire che stava cercando di accontentarmi. L'ho addomesticata... almeno per questo momento. Per questa scena.

"Perché hai un culo troppo perfetto per scamparla, angelo. Perché ti stimola."

Impugno l'uccello e glielo struscio sulla figa.

"Senti quanto sei bagnata?"

La bacio con forza fin ustionante, le graffio le labbra coi denti. Mi geme in bocca. Mi scosto succhiandole il labbro inferiore.

"E perché lo volevo. Per il piacere mio... e tuo."

Appoggio la fronte alla sua. Coi respiri mescolati, glielo muovo addosso.

"Lo vuoi?" Ultima occasione di dire di no. So che non lo farà, ma voglio che capisca che sceglie lei. Sarò anche un dominatore, ma cerco sempre il consenso.

Tende le mani verso la mia vita, allora avvicino i fianchi.

"Dillo." Lo pretendo pure mentre avanzo, mentre la schiudo...

"*Da.*"

Mi sa che dovrò imparare un po' di paroline sconce russe. Sono più bravo ad ascoltare e leggere che a parlare, e ovviamente queste cosucce papà non me le ha insegnate. Prendo nota mentale di guardare porno russo.

La penetro facilmente. È fradicia, ma il canale è stretto e io ce l'ho grosso. Non voglio farle male. Avanzando di un centimetro alla volta le passo i palmi sul corpo: sui fianchi, sui seni, giù per la schiena per afferrarle il sedere.

Le passo il medio giù per la fessura, e quando la riempio del tutto glielo premo contro all'ano.

Lei mi graffia le spalle con un urlo.

"Sì, *malyška*. Prendilo da tuo marito..."

———

Lara

È il sesso più bollente della mia vita!

È... *esagerato*.

Più di quanto avessi mai persino immaginato.

Me l'avessero chiesto prima, avrei detto che questa roba non mi piace, non la voglio; le sconcezze, la brutalità, gli sculaccioni. La dominazione.

Ma il mio corpo reagisce a ogni singola parola di Baron. Od occhiata. O tocco. Il mio corpo brama ciò che lui ha da dare. La voglia *mi uccide*.

Appoggio spalle e testa alle mattonelle e schiaccio i fianchi in su e in avanti per prenderlo più a fondo. Ce l'ha grande — di circonferenza e lunghezza — e mi riempie oltre ogni immaginazione possibile.

Fortuna che fa piano!

Ma sto cominciando a fidarmi di lui. Anche se brutale, sembra molto consapevole di ciò che combina. Non mi ha fatto sbattere la testa contro al muro; mi ha girata di colpo, ma ha spinto con calma; e le botte al sedere non mi hanno fatto male veramente. Il bruciore è durato un attimo.

Adesso mi tiene su il ginocchio e mi preme le dita contro al buchetto dietro.

È assurdo. Una follia. Quante sensazioni tutte insieme... la nudità, l'acqua, i baci appassionati, gli stuzzicamenti di tutte le mie zone erogene in momenti alternati e con intensità diverse.

Sono stata con pochi uomini. Tre, per essere precisi. E *mai* ci siamo avvicinati a quest'esperienza! Sono stati incontri a luci spente, esplorazioni sotto alle coperte. Niente discorsetti sconci. Niente ordini equivoci. Niente lodi. E sicuramente niente punizioni o premi.

Mi sento intossicata; ogni mia singola terminazione nervosa è entrata in sintonia con Baron. Voglio di più — gemo.

Lui continua a sbattermi col duro uccello, dentro e fuori, nel profondo. Alzo il bacino per andargli incontro, sfregargli il clitoride sui lombi, prenderlo di più.

"Brava." Si rimpossessa della mia bocca per un bacio spasmodico. "Brava, bella scopatrice." M'infila la lingua fra le labbra infilandomisi dentro al contempo anche sotto.

"Baron!" strillo. "Benjamin!"

La risata con cui se ne esce è un rombo soddisfatto e grave; pare gli piaccia urli il suo nome.

Ho le vertigini – il calore dell'acqua unito al bollore del sesso mi riempiono di chiazze il campo visivo. "È troppo..." ansimo.

S'immerge tutto spaccandomi in due e stendendo le ginocchia. Ormai sono in punta di piedi, tenuta su dall'uccello!

Resto sospesa contro al muro, divaricatissima... e vogliosissima.

Sistema le mani accanto alla mia testa; abbiamo il fiatone.

"Troppo, *princessa*?"

Annuisco in un ciondolio della testa.

Abbassa lo sguardo sul nostro punto d'unione. "Adesso vieni per me, *malyš*. E poi ti porterò a letto, dove ti scoperò fino a farti urlare. Chiaro?"

Parole che mi fanno gemere.

Abbassa le mani per far scivolare il dito all'apice delle mie pieghe e massaggiarmi.

Fra gli spasmi, urlo quando una scossa elettrica mi schizza dal clitoride alla figa. Mi stringo attorno a lui per un altro orgasmo.

Quest'uomo è incredibile. Non avevo mai goduto tanto. Né avevo mai avuto più di un orgasmo nella stessa sera!

Apro gli occhi quando mi rimette delicatamente in piedi ed esce piano. Sono ancora stordita, e adesso le gambe non mi reggono.

"Vieni qui." Mi abbraccia per mettermi sotto al getto d'acqua; la raffredda. Senza mollarmi, apre la confezione dello shampoo e se lo spruzza abbondantemente sul palmo.

Inspira profondamente dal naso. "Mmm. Ecco perché profumi di toffee." Si sfrega le mani e poi le porta alla mia testa. "Hai i capelli più belli del mondo, *princessa*. Li adoro. Lunghissimi e folti."

Il complimento filtra nelle crepe dell'armatura di cui mi sono rivestita, e la parte più vulnerabile di me se ne impregna come una spugna. Ho fatto di tutto per esser forte e indipendente, per vivere fuori dalla Russia e lontano dai miei... ma che una persona si prenda tanta cura di me mi ricorda quanto spesso mi sono sentita sola. Soprattutto negli ultimi giorni. Pur sapendo che deriva tutto dal maniacale bisogno di controllo di Baron, il nutrimento e le lodi mi son fin troppo necessarie perché adesso le rifiuti. Perciò mi lascio andare e me le godo.

Chiudo gli occhi; mi abbevero del piacere di farmi massaggiare il cuoio capelluto. D'esser tenuta in piedi ora che mi cedono le ginocchia. Di non dover decidere nulla – mentre sono preda di un panico primordiale da quando papà è venuto a dirmi che dovevo sposarmi.

Prima che finisca di lavarmi i capelli, però... mi rifila un altro sculaccione!

Spalanco gli occhi stupita. Sono una cui piacciono le cose fatte bene, essere gentile e premurosa, evitare i giudizi. Poi però ricordo cos'ha detto: è piacere. Non punizione.

"Con questo culetto non ho ancora finito," ringhia spingendomi avanti il busto.

Mi aggrappo allo stipite dell'ingresso della doccia.

"Spalanca le gambe. Adesso ti sculaccio la dolce fighetta."

Ubbidisco – malgrado la mente si ribelli! Ma il corpo lo vuole. Mi sa che pensa mi piacerà.

Arriva lo schiaffo. Vengo attraversata da una scarica elettrica in tre posti contemporaneamente: clitoride, dentro alla figa e ano.

"Ah!" urlo.

Mi tempesta il sedere di colpi abbastanza forti da farmi scattare e saltare, poi torna in mezzo alle gambe. "A letto te lo metto dentro." Mi ritira sotto all'acqua per sciacquarmi dallo shampoo.

Gemo, di nuovo eccitata. Baron è fantastico: riesce a tenermi in uno stato assurdo d'eccitazione malgrado le pause! Mi mette rapidamente il balsamo mentre io mi tocco. Mi sconvolge quanto sia diversa la situazione qua sotto: ce l'ho gonfia e polposa. Viscida e aperta.

"Ah-ah." Mi agguanta il polso per spostarmi la mano. Mi si modella addosso da dietro schiacciandomi il pisello duro contro alle reni. "È il mio lavoro quello." E mi massaggia lui.

Glielo lascio fare con piacere. Ha dita grosse. Più esperte. Mi strizza un seno e io gli poso il capo contro al petto lasciandolo fare.

"Ti sono piaciute le sculacciate." Parole che mi tuona dritte nell'orecchio con grande e cupa seduzione... Vorrei protestare, poi però dice: "Scoprirò tutto ciò che ti piace, mia bellissima moglie."

Adesso che mi ricorda che siamo sposati la passione un po' s'asciuga. E la grande sconfitta mi piomba addosso.

Siamo *sposati*.

Sono *sposata*.

Ormai è così. Mio malgrado.

Ma adesso non ho voglia più di ribellarmi. Mi arrendo al destino. Alla realtà.

Baron intuisce qualcosa e mi gira perché lo guardi. Resto fra le sue braccia. "Lo so."

Mi tira al suo petto e poi mi culla. Balliamo un lento nella doccia; il ritmo lo danno i nostri cuori. Vorrei scostarmi, ma non ne ho la forza. Non voglio combattere *più*.

Devo solo elaborare il lutto.

"Lo so che non lo volevi. Nemmeno io." Ha cambiato

tono; non usa più quello perentorio di poco fa. Né quello pacatamente sicuro cui è tanto abituato.

Sembra... sincero. Come se per la prima volta mi stesse rivolgendo la parola il vero Baron.

"Ma nell'istante in cui ti ho vista, Lara, ho provato..." Ammutolisce; io mi blocco, perché ho la sensazione che qualsiasi cosa dirà – allentasse il controllo e si permettesse di confessare – ci potrei anche credere.

Non alzo la testa, nonostante la voglia matta di guardarlo negli occhi. Mi spaventa l'idea che, lo facessi, la maschera imperturbabile tornerebbe al suo posto...

"Be', mi sei sembrata familiare. Come se il mio corpo riconoscesse che sei sempre stata mia."

Lo spingo via con uno scossone del capo.

Sua?!

Vorrà scherzare!

Si rende conto dell'errore. "Non in quel senso! Volevo solo dire che mi sembrava destino."

"Per te sicuramente era destino: tuo padre ti regala una bella mogliettina e tu sei ben contento di prendertela! Un vero *pachan* in fieri. Io avevo una vita, dei sogni... e nessuno di essi contemplava il matrimonio con un uomo come mio padre o il tuo! Non voglio questa vita. Non voglio esser sposata con la bratva. *Non c'è nessun destino*. Non farti fantasie su di noi e sul *destino* solo perché mi piace scoparti." Gli faccio segno di levarsi dalle palle e m'infilo sotto all'acqua per sciacquarmi dal balsamo.

Quando, senza un'altra parola, esce dalla doccia, ne sento la mancanza in ogni cellula del corpo.

Subentra il rimpianto... ma troppo tardi.

La magia s'è spenta.

L'atmosfera infranta.

E mi rifiuto di dispiacermi per averlo offeso.

CAPITOLO NOVE

Baron

"Cos'hai scoperto su quel deficiente che rompe a mia moglie?" chiedo l'indomani imbattendomi in Anja, che sta uscendo per andare a lezione.

Lara è già uscita; ieri sera e stamattina mi ha punito con un cortese silenzio assoluto.

Mi scocca un'occhiata spaventata.

Bljad'. Sto palesando le emozioni. Di solito sono controllato, misurato. Per questo gli amici si fidano della mia guida.

Ecco cosa ottengo andando a dormire con le palle sull'orlo dell'esplosione accanto a una donna bellissima che mi odia.

È ferita, lo so. Usa la rabbia e l'arroganza per riprendersi dopo esser andata in frantumi. Preferirei mi permettesse di raccoglierli, quei frantumi... ma mi sa che è improbabile.

"Si chiama Denis Penkin. Sto ancora indagando, ma non ho scoperto legami fra lui e i Rostov. Non è dell'oligarchia, ma i suoi sembrano benestanti."

Insoddisfatto, grugnisco.

"E non ho trovato la sua domanda per entrare alla Thornecroft fra quelle della primavera scorsa." Alza le sopracciglia.

Mi ci vuole un attimo per arrivarci. "Quindi qualcuno si è sbattuto per farlo ammettere."

"Esatto."

"All'ultimo minuto."

"Probabile."

Come ha fatto papà per far trasferire Lara e iscriverla alle lezioni al volo. "Allora è sicuramente una spia."

Anja si stringe nelle spalle. "Non so se pensarlo già, ma resta sospetto."

"Brava," le faccio. "Hai avuto una bella idea."

Mi fa un rapido sorriso mentre finge di lucidarsi le unghie sulla camicia. "Lo so. Sono un genio."

Arriviamo in fondo all'isolato; indica a sinistra. "Io vado per di qua."

"A dopo. Continua le indagini." Io vado verso nord, alla lezione di statistica.

"Sì, *pachan*," mi dice girando solo la testa mentre se ne va.

Le punto il dito contro. "Non chiamarmi così!"

"Mettitela via, dai!"

———

Lara

Dopo l'ultima lezione vado al *Whisper's End*, il bar dove Denis ha chiesto di vedersi.

Come ieri, è tutto il giorno che evito Casa Baranov. Avrei un po' di tempo fra le lezioni – o a pranzo – per tornare, ma invece mangio in mensa e studio in biblioteca.

Non che mi vada, eh. Mi sto autocommiserando. Sola soletta.

Per strada mi chiamano su FaceTime.

Guardo lo schermo con un sospiro. La mamma. Vorrà disperatamente sapere se sono ancora viva. Mi fermo all'ombra di un albero e rispondo. "Mamma..."

"Lara, grazie al cielo!" esclama in ucraino, la sua lingua madre. Poi scoppia a piangere.

Mi sento subito una merda per non averla richiamata. E un po' anche per aver rovinato la prima notte di nozze.

E ho nostalgia di casa! Vedere la mamma è dura.

Crollo sulla panchina sotto all'albero in un pianto incontrollato. "Ah, mamma," le dico, "ecco perché non ti ho chiamata ieri. Sapevo che mi avresti fatta piangere."

Si asciuga le lacrime. Ha uno sbaffo d'argilla sul viso. È nel suo studio. "Tesoro, ero preoccupatissima! Stai bene? Mi dispiace così tanto per quello che stai passando..."

Lascio sgorgare le lacrime; tanto ormai non si fermano più... e invece si prosciugano dopo qualche istante soltanto. Quando mi sono calmata e respiro di nuovo, le mostro la fede. "Be'," biascico con un sospirone, "mi sono sposata."

"Lo so, amore mio. È abbastanza per bene? Che tipo è?"

"Boh," gemo. La punta di rimorso per ieri riaffiora, ma mi ricordo fermamente... che la vittima della situazione sono io!

Si riasciuga le lacrime e piega la testa per guardar bene nello schermo, neanche volesse attraversarlo per abbracciarmi. "Non può essere tanto male, su..."

Mi acciglio. Adesso lo difende pure?! "E cosa te lo fa pensare?"

"Be', sembri dubbiosa. Quindi qualcosa di lui ti piace. Cosa ti fa venire questi dubbi? Ti manca quello che frequentavi a Parigi? Abraša?"

"Brash? No! Ma lui continua a chiamarmi." Sospiro. "I dubbi esistono perché non voglio stare qui. Non voglio essere sposata. Ho paura per te e papà. E per me."

"Siamo al sicuro... *tutti*. Papà credeva che fosse meglio far così per tenerci al sicuro." Capisco che non è d'accordo dal tono. "Raccontami però di Benjamin. Non lo vedo da quando andava all'asilo."

"È..." Penso a cosa dirle. Torno alle lagnanze. "Mamma, Baron – così lo chiamano qui – crede che sia sua. *Sua!*"

"Mmm." Non si espone. "Gli uomini della bratva sono protettivi."

"Non è solo protettivo. Ha detto che *gli appartengo!*"

"E qual è il lato positivo?"

"Non esistono lati positivi!" Adesso sono proprio esasperata!

"Secondo me sì. Te lo sento nella voce. Malgrado tante obiezioni, ti piace."

"Mi piace?! No!" Metto pure il broncio.

Fa una pausa. "È carino?"

Torna l'immagine di lui nudo nella doccia e mi accendo subito. Penso ai muscoli. Alla sicurezza con cui mi tocca. "Sì," dico in tono neutro. "È bello. E... bravo a letto. Be', nel letto non l'abbiamo fatto, però... ehm... sa il fatto suo, ecco."

Le scappa una risatina. Vederla sorridere mi scioglie il brutto nodo che avevo tra le costole. La mamma è un'artista; una donna cui piace divertirsi, una mezza pazza stravagante di solito tutta risate e affetto. Ecco perché le sue lacrime mi uccidono. "Be', due cosette sul tema le potrei dire anch'io. Anche tuo pad..."

"Zitta!" la interrompo. "Questo non voglio saperlo. Che schifo..."

Ridacchia. "Be', all'inizio anche fra noi non c'era che attrazione. È cominciato col sesso. Tuo padre mi ha rapita... e io l'ho sedotto."

"*Cosa?!*"

"Verissimo. E guardaci adesso: follemente innamorati da venticinque anni!"

"In che senso *rapita?*"

"È una storia lunga. Preferirei raccontartela in un altro momento. Di persona."

"Oddio, mamma... mi hai appena distrutto tutto ciò che credevo realtà!"

"Il punto è che finché c'è la chimica potete risolvere anche le cose più difficili. Credo che fosse destino. Se tuo padre non avesse voluto uccidere il mio non ci saremmo mai conosciuti... e adesso non starei con l'amore della mia vita. Forse anche per te e Benjamin è destino."

Penso a Baron. Non solo al sesso, ma a come mi ha lavato i capelli ieri sera, a quando mi ha portato il caffè stamattina. Al fatto che mi tiene aperte le porte. Anticipa i miei bisogni e se ne prende cura. Potrei anche abituarmi a un uomo premuroso come papà lo è con la mamma... a un uomo che si comporta come se il mondo girasse intorno a me, che strapperebbe il cuore a qualsiasi drago – o uomo! – cercasse d'avvicinarmisi...

Sì, potrei abituarmici... ma solo se di quell'uomo mi fidassi. Non se tiene prigionieri me e i miei!

Guardo l'ora sul telefono. "Mamma, devo andare. Ho appuntamento con un russo conosciuto ieri."

"Un *appuntamento*?" È scioccata.

Levo gli occhi al cielo. "Non romantico. Ci beviamo solo una cosa."

"A me sembra romantico. *Ljubimaja*, Benjamin non l'accetterà mica."

Rimonta la stessa ribellione che mi ha fatta accettare di vedere Denis. Benjamin Baranov crede di possedermi. E io gli dimostrerò che sbaglia. "Non me ne frega niente, mamma. Gli dimostrerò che non può controllarmi."

Riaggancio prima che possa sgridarmi e vado al *Whisper's End*. Denis siede davanti a un portatile aperto, a un tavolino alto per due vicino alla finestra che sta di fronte all'ingresso. Accanto ha una birra e una ciotolina di patatine, nonché i libri. Ha un'aria sciocca e scarmigliata, e s'illumina quando mi vede. Se la mamma fosse qui capirebbe che non c'è nulla in lui che possa mettere in allarme Baron.

"Ciao." Lo saluto in russo e mi accomodo di fronte a lui. "Com'è andato il secondo giorno?"

Chiude di colpo il computer. "Sei venuta. Non ne ero sicuro, sai?"

Oh, che cucciolotto...

Lo sguardo si posa sull'anello. Non so perché non me lo sono tolto. Forse temevo d'innescare una guerra potenzialmente ingestibile. "È... nuova?" domanda. "Cioè, non l'avevo vista ieri. Ma è una fede *nuziale*, no?"

La tocco. Non mi esce parola.

Come faccio a spiegare a uno sconosciuto che mi sono sposata con un altro sconosciuto solo perché quand'ero piccola sono stata venduta dal mio caro paparino? Si raccontano queste cose agli estranei? Ne dubito.

Anzi, io non lo direi proprio a nessuno!

Tanto per cominciare, non mi piace come mi fa sentire. L'immagine che ho di me stessa non contempla che faccia la brava schiavetta.

Inspiro profondamente e sospiro. "Sì. Mi sono sposata ieri."

Mi sa che percepisco l'arrivo di quel tornado di Benjamin Baranov, perché incollo gli occhi alla porta di vetro qualche istante prima che la apra con uno strattone. Marcia qui con un cipiglio convinto sul bel viso.

Mi si annoda forte lo stomaco, e il rimorso si fa strada strisciando oltre le giustificazioni che riesco a inventarmi. Non perché abbia paura di Baron – anche se un po' ne ho – ma perché non ne è valsa la pena. Qualsiasi cosa accada adesso. Non avevo davvero voglia di vedere questo qui. Gli ho detto di sì perché mi faceva pena visto quant'è solo, ma non ho l'energia per altre battaglie.

"Ah, bene." Parlo con tono piatto. Non stacco gli occhi da Baron e continuo. "Ecco mio marito."

CAPITOLO DIECI

Baron

Adesso lo ammazzo. Il coglione morirà desiderando di non aver mai sentito il mio nome. Sanguinerà, frignerà, mi supplicherà di dimenticare che ha tentato di prendersi ciò che è mio.

Ma non paleso nulla. O almeno lo spero; la violenza invece secondo me la trasudo da ogni poro. Forse sto svelando che il mio corpo è un'arma letale proprio mentre attraverso il bar, agguanto la sedia di un altro tavolo e mi siedo bello tranquillo fra la merdina e mia moglie.

Mi tiro vicino la ciotola di patatine fritte per mangiarne una; intanto li osservo. In attesa.

Pretendo ciò che è mio. Mi assicuro che capiscano entrambi – ben bene – che alla conversazione partecipo anch'io. Che io vado dove va mia moglie. Che la seguirò a ogni appuntamento, uscita, riunione. Che vaglierò ogni singola persona con cui entrerà in contatto. E che mai – mai al mondo! – permetterò a Brash e alle sue spie di toccarla.

Mi accorgo che Lara ha gli occhi rossi; è un pugno allo stomaco. Stava piangendo. E non sulla mia spalla.

Su quella del coglione?!

Una punta di gelosia mi attraversa, intrecciata al senso di colpa per il dolore di Lara. E la violenza è servita.

Dovrei dirle qualcosa. Chiederle se sta bene. Solo che non sta bene, e la causa della sua sofferenza sono io. Dal suo punto di vista, almeno.

"Denis, ti presento Benjamin Baranov. Mio marito." Lo dice in russo.

Il cretino alza le sopracciglia e mi tende la mano. "Sei russo?"

Ignoro la mano. "Per metà." Gli faccio vedere quanto sono pericoloso dallo sguardo.

Ritira di scatto il braccio.

Eric, il proprietario del locale, mi vede e arriva. Una o due volte all'anno organizzo degli eventi proprio qui. È bello mescolare le carte in tavola, aiutare i commercianti del posto. E dato che lo ricompenso bene, Eric ogni volta non vede l'ora di vedermi tornare.

"Baron." Mi porge la mano.

Questa la stringo. "È un piacere rivederti."

"Grazie d'essere venuto. Cosa bevi?"

"Birra alla spina." Guardo Lara. "Tu cosa bevi, amore?"

Uso un tono non troppo amorevolissimo, data la voglia d'ammazzare che mi addensa il sangue.

Lei si sposta i capelli dietro all'orecchio e lancia un'occhiata alla birra mezza bevuta di Denis. Il *mudak* non le ha ordinato nulla! Una buona ragione per infilargli il pollice nella palla dell'occhio.

"Ehm... lo stesso."

"Lei è mia moglie Lara." Faccio un cenno del capo nella sua direzione. "Lara, lui è Eric. Il proprietario."

"Ah! Non sapevo fossi sposato. Piacere di conoscerti, Lara."

Lara è sparuta e infelice, ma si costringe a un sorriso. "Piacere mio."

Denis neanche glielo presento; Eric coglie al volo e lo ignora a sua volta. Se ne va. E subito dopo Lara scivola giù dallo sgabello. "Vado in bagno."

Annuisco freddo. Come sparisce sposto il peso su una gamba senza scendere dallo sgabello e agguanto il coglioncello dai capelli. Gli sbatto il muso contro al tavolo e poi lo mollo e torno a sedermi − come nulla fosse accaduto.

Eric mi spara un'occhiata per via del chiasso, ma Denis gli dà la schiena e io sono una maschera di calma.

Sanguina dal naso. Rotto. Prende una salvietta e ce la piazza, portando avanti la recita dell'inetto e guardandomi male con occhi ustionanti.

"Hai due scelte." Fletto la mano per mostrargli il tatuaggio sulle dita − quello che prova che sono letale. "O te ne vai prima che torni o resti. Nel secondo caso ti sbatto il portatile sul cranio per vedere cosa si spacca prima."

Impila i libri con una mano − l'altra è ancora impegnata col naso.

"Non rivolgere mai più la parola a mia moglie."

Altra occhiata.

Forse non avrei dovuto farlo. Avrei dovuto mandargli più tardi Alex e Feliks, in modo che lo rapissero e torturassero fino a fargli sputare la verità. Per scoprire cosa sa Brash. Che piano ha. Perché ha mandato la spia.

Ma me ne sarei dovuto rimanere ancora qui a vedere questo pusillanime vicino alla mia donna.

"Se tu o quei pervertiti dei tuoi amici osate toccarla anche solo con dito, morite *entrambi*."

"Sei un pazzo scatenato," borbotta in russo; poi si porta computer e libri contro al petto e scappa fuori.

M'infilo in bocca un'altra patatina.

Al suo ritorno, Lara mi rivolge un'occhiata sospettosa. "Denis dov'è?"

Altra patata. "Doveva andare."

La pozza di sangue la vede però. Trasalisce. "Cosa gli hai fatto?!"

La guardo tranquillo e beato. So di dover cambiare marcia. Non riuscirò a conquistarla né stronzeggiando né spaventandola... ma sono ancora fuori di me. Il bisogno di proteggerla con la violenza è troppo forte.

Eric arriva con le birre; butto un tovagliolo sul sangue.

"Grazie." Pesco venti dollari dalla tasca, ma lui scuote il capo.

"Offre la casa. Spero davvero di lavorare ancora con te, quest'anno."

"Anch'io." Alzo la birra, come per un brindisi. "Grazie. Non lo dimenticherò." Mi scolo mezzo bicchiere e lo riappoggio per studiare Lara.

È pallida, ma fa sporgere la mascella, come a sfidarmi. La birra non la tocca.

"Cosa gli hai fatto?" Le parole fanno pensare a rabbia, ma alla parola *fatto* le si spezza la voce; poi gli occhi le si riempiono di lacrime.

Bljad'.

Non volevo. Mi alzo e le porgo la mano. "Dai, andiamo via."

Ritira di scatto la mano al petto, come a proteggerla. "Non vado da nessuna parte con te!"

Riscendo sullo sgabello. "E io non vado da nessuna parte senza di te."

Ci fissiamo. Non esistono prove di volontà che non vinca io. Io sono un cazzo di *principe* del controllo.

Solo col controllo posso prevedere cosa andrà male, proteggere chiunque abbia bisogno della mia protezione. Così ho imparato a gestire il senso di colpa dovuto alla morte di una persona cui volevo un mondo di bene... solo perché quand'ero piccolo ha cercato di proteggermi.

Lara deve leggermelo in faccia, perché sbuffa in maniera esagerata e si alza. "Ok. Portami a casa. A vedere quanto mi *possiedi* eccetera."

Va a grandi passi alla porta: un meraviglioso subbuglio di rabbia e timori.

Dovrebbe dispiacermi il suo turbamento. E mi *dispiace*. Ma l'uomo che ho dentro e che ha necessità di mantenere tutto sotto controllo per tenere in vita le persone cui tengo è contento.

Mia moglie è dove dev'essere.

Al sicuro. Sotto la mia supervisione.

CAPITOLO UNDICI

Lara

Dovrei esser contenta che Baron mi abbia dato spazio, quando siamo tornati e sono salita in camera battendo i piedi.

E all'inizio lo ero. Poi però mi sono sentita – stranamente – abbandonata.

Qualche ora dopo – adesso – mi sento una merda per aver messo Denis in questa brutta situazione. Sapevo che era attratto da me. E sapevo pure di essere sposata con un uomo pericoloso. Ho agito senza pensare ai danni collaterali che avrebbe comportato un comportamento tossico e infantile.

E poi ho fame. A un certo punto dovrò pur scendere di sotto. Vado alle scale. Phoenix sta lavorando al computer sul divano, proprio dov'era quando siamo tornati.

In cucina i due bestioni – Aleksej e Feliks – si fanno di ravioli.

"Ciao," dico. "È rimasto qualcosina?"

"Vado a prenderteli." Si alza Feliks.

La deferenza che dimostrano tutti a Baron – e quindi a me – continua a sorprendermi. Non riesco a capire se è paura o rispetto. Però nessuno sembra agitato, nervoso. Gli abitanti della Casa paiono a loro agio.

Mi prepara il piatto e lo infila nel microonde; intanto io cerco di capire se mi delude o solleva non aver trovato qui quel controllore apparentemente violento di mio marito.

Che ce l'abbia con me? Tornando a casa non abbiamo spiccicato parola. Quasi mi aspettavo una litigata, magari una punizione per essere uscita con un altro. Ero preparata.

Mi ero avvolta della mia rabbia – neanche fosse una coperta – per usarla come scudo per quel momento... invece mi ha lasciata sola.

Il microonde trilla e Feliks mi passa il piatto caldo.

"Prendile una forchetta, cretino. Non sa dove stanno le cose," lo sgrida il fratello maggiore.

Apre un cassetto e la recupera. "Scusa." Me la passa.

"Grazie." Per non star qui con loro, vado al divano e mi accomodo accanto a Phoenix.

Che mi guarda. "Ciao."

"Ciao."

"Tutto bene?"

Stupita dalla domanda, lo guardo. Ma fa sul serio?! "No. Proprio per niente."

Si china ancor di più in avanti, come se la mia ira l'avesse aggredito fisicamente.

Mi pento subito. Forse è sinceramente preoccupato. "Scusa. Non è colpa tua."

"Ma no, capisco. Ti ritrovi in un posto nuovo pieno di sconosciuti e non sai nemmeno se sei al sicuro. So come ci si sente."

Qualche muro difensivo comincia a cedere. "Sì. Probabile che tu lo sappia."

"Ho chiesto di stare in un dormitorio maschile appena cominciata la transizione ormonale. Per me era un nuovo capitolo: cominciare l'università col genere cui da sempre so di appartenere. Ma appena arrivato è stato un casino.

"Stavo nella stessa stanza con un maschio alfa tatuatissimo di Chicago. Di poche parole. Si vociferava fosse della mafia russa... e ne ero terrorizzato."

"Il tuo compagno di stanza era Baron?!"

Annuisce.

La parte di me che si stava preparando a chissà quale storiaccia si rilassa; Baron non gli ha torto un capello. Altrimenti Phoenix non vivrebbe qui!

"Si è però scoperto che non era di lui che dovevo preoccuparmi."

Rimonta la tensione.

"Durante la settimana dell'orientamento tre tipacci mi si sono avvicinati nelle docce."

"Cosa?!" Butto il piatto sul tavolino. M'è passata la fame.

"Mi hanno messo le mani addosso e costretto a scendere a terra. Credo volessero stuprarmi."

"Oddio!"

Scuote la capo. "Non ce l'hanno fatta! Perché dal nulla è sbucato Baron col sacchetto di plastica della spazzatura... e l'ha messo in testa a uno."

Spalanco la bocca. Sono sconvolta.

"Gliel'ha stretto forte per non farlo respirare. E il tutto con tale calma che ho avuto l'impressione avesse già ucciso... e che gli andasse benissimo rifarlo."

Ho ucciso, sì. E ucciderei ancora... per te.

Il cuore mi martella contro al petto. "Ed è così?"

Non so neanche che risposta voglio. È come guardare un film dell'orrore: vorresti nasconderti e sbirciare attraverso le dita della mano al contempo.

"Stava soffocando, e prima che gli altri due saltassero addosso a Baron per fermarlo – e ce l'avrebbero fatta, visto che erano due contro uno – lui gli ordinò d'inginocchiarsi.

Altrimenti l'avrebbe ammazzato. E quelli se la fecero addosso, perché Baron sembrava un professionista amante del lavoro sporco. Perciò ubbidirono: scesero in ginocchio."

"Lavoro sporco?" Non capisco l'espressione.

"Sporco... di sangue. Tipo quello che fanno i sicari."

"Ah. Poi cos'è successo?"

"Baron ha continuato a soffocare il tipo fin quasi a farlo svenire, poi l'ha mollato. Quello s'è accasciato a terra tra i rantoli. Baron era ancora tranquillissimo. Non arrabbiato. E neanche come uno che ha quasi ucciso un essere umano. Senza alzare la voce, ha detto calmissimo ai tre che se anche solo mi avessero guardato li avrebbe legati al letto per bruciarli vivi."

Mi scappa un sospiro tremolante – neanche m'ero accorta di trattenere il fiato.

"Dopo mi ha lanciato un asciugamano e mi aiutato ad alzarmi. Mi ha chiesto se stavo bene e se volevo denunciarli. A me non piacciono gli uomini, ma in caso contrario in quel momento mi sarei innamorato di Baron.

"Anche se... per certi versi me ne sono innamorato lo stesso. Siamo inseparabili.

"Poi s'è sparsa la voce che ero sotto la sua protezione. E nessuno m'ha più rotto le palle."

Mi trema il labbro e bruciano gli occhi. "Mi dispiace davvero."

Gli scorgo la sofferenza negli occhi, prima che abbassi lo sguardo. "Sì, è stato uno schifo. Ma ne è derivato questo." Sventola la mano a indicare la Casa. "Perciò non posso lamentarmi."

Piego la testa. "Che intendi?"

"Baron ha deciso d'aver bisogno di una sua casa comune alla Thornecroft; in modo da tenere le persone al sicuro, sotto la sua protezione. Ecco perché si è inventato l'acquisto e la donazione della proprietà all'università col nome di suo padre."

Lo fisso. "L'ha comprata Baron?!" Credevo fosse stata la famiglia!

Annuisce. "Be', abbiamo convinto il padre ad anticipare il denaro, ma glielo restituisce a rate ogni mese. E ha anche capito come generare profitto per coprire la maggior parte delle spese di vitto e alloggio. E della cuoca e delle pulizie a tempo pieno. È un genio."

Fisso la cena mangiata solo a metà per digerire le cose. "Un genio pericoloso."

Phoenix annuisce. "Sicuro." Mi guarda in tralice. "Hai paura di lui?"

"Oggi ha fatto una cosa..." Ma mi fermo qui.

"Sì. Ho visto che eri arrabbiata quando siete tornati."

È troppo rispettoso per impicciarsi, e l'apprezzo. Ma a me ha appena raccontato una storia che mette a nudo la sua vulnerabilità. Penso di potermi fidare. "Dovevo vedere un russo che diceva d'aver nostalgia di casa. Non era un appuntamento... insomma, è solo un imbranato! Non volevo mica tradirlo!"

Gli scappa una smorfia.

"Be'? Che c'è?"

"Già intuisco dove vuoi andare a parare..."

Scaglio le mani in aria: parte dell'ira è tornata. "Vabbè. Allora, compare Baron – neanche so come faceva a sapere dove fossi – e si mette a sedere con noi. E si mangia le patatine di Denis!"

Storce il labbro adesso.

"Poi mi alzo per andare in bagno e quando torno Denis non c'è più; c'è però una pozza di sangue sul tavolino."

Altra smorfia.

"Di sangue!" Alzo voce e mani. "Non so neanche cosa gli ha fatto!"

"Be', per esperienza ti posso dire che chiunque le prenda da Baron ha avuto quel che si merita."

"*Net*. Questo qui non aveva fatto *niente*! È solo un nuovo studente come me che per sbaglio ha invitato fuori la moglie di un principe della bratva il primo giorno di scuola."

Phoenix si passa la mano sui peletti del viso. "Di Baron devi sapere che è iperprotettivo nei confronti delle persone cui tiene o per cui si sente responsabile. E che crede di dover controllare tutto per tenerle al sicuro.

"Sono sicuro che una moglie per lui è un'incombenza in più. Temevo che quest'anno avrebbe mandato ai matti pure sua sorella!"

"Non mi serviva nessuna protezione... *non mi serve*!"

"No. Be', magari in futuro diglielo se devi vedere qualcuno. Così non fa lo strano." Mi acciglio, e lui alza le mani come a difendersi. "Non volevo intromettermi o dirti cosa fare, eh. Sono qua se vuoi parlare. Posso darti il mio punto di vista... ma tu dimmi di chiudere il becco e non proferirò verbo. Ascolterò e basta."

Mi addolcisco. È proprio un caro ragazzo. "Grazie."

Si apre una porta e sbuca fuori Benjamin. Lì dietro credevo ci fosse un armadio, ma adesso vedo il barlume di una porta interna che dà accesso a delle scale che scendono. Scale nascoste!

Che sia la segreta?

Era lì... con quella tipa?

Ma non sale nessun altro.

Fa guizzare lo sguardo al divano, ma senza far caso a noi sale di sopra.

Il passo è pesante. L'espressione sfatta. Per un attimo non vedo un aggressore, ma un giovane uomo con troppo, troppo peso sulle spalle.

CAPITOLO DODICI

Baron

Salgo in camera dopo aver studiato nella segreta. Laggiù è tutto insonorizzato, e avevo bisogno di spazio per concentrarmi.

Dovevo prendere le distanze da pensieri circolari sul *Whisper's End* e cosa v'è successo. Dalla lotta in corso fra la rabbia e il senso di colpa.

Vengo a sapere da Leo che quel pericoloso coglione di Denis le chiede di vedersi; dati i localizzatori che le ho messo nel telefono, in borsa e in tutte le scarpe che ha, trovarla è stato facile.

Volevo uccidere quel piccolo *mudak* anche solo per aver respirato la stessa aria di mia moglie! Spero sia venuto solo per scoprire se il matrimonio è vero... ma la parte di me che deve sempre arrovellarsi su tutto e immaginarsi il peggior esito possibile prevede che Brash la rapirà per scambiare la sua vita con la futura cooperazione di Adrian.

E non posso permetterlo!

Aggiungiamoci poi che devo verificare d'aver tutto sotto

controllo per la festa di venerdì. Casa Titan vuole farci chiudere quest'anno, il che significa che chiameranno la polizia o i pompieri o il rettore per lamentarsi degli schiamazzi o dirgli che siamo in troppi o qualsiasi cosa gli passi dentro quella testaccia.

In camera mi fermo a guardare la valigia aperta di Lara; non l'ha ancora svuotata. Le ho ordinato una cassettiera – dovrebbe arrivare domani – ma chissà perché dubito che sentirà questa stanza come sua.

È a disagio.

Probabilmente ho sbagliato a insistere per dormire con lei.

Non riesco a decidermi altrimenti, però.

Ieri sera l'ho assaggiata. Mi è venuta sulle dita... e sarei venuto anch'io non avessi mandato tutto a puttane!

Si apre la porta ed entra Lara. Non mi ignora, a differenza di stamattina; se ne sta lì a guardarmi. Ha una posa incerta che attiva il dominatore che c'è in me.

"Vieni qui." Spalanco le braccia.

Ci saranno meno del venti per cento di possibilità che accetti l'invito, però mi sconcerta: viene.

Le vado incontro a metà strada, l'abbraccio e le metto la faccia nei capelli. Profuma di shampoo al toffee; mi viene subito duro nel ricordare che glieli ho lavati io.

"Fatti baciare, dai..." mormoro. So che dovremmo parlare, ma non so cosa dire, non so come spiegarle che deve stare alla larga da Denis e che mai mi scuserò per aver fatto ciò che dovevo.

So solo che voglio toccarla – ecco, in questo sono bravo. Dopo ieri sera è tutto ciò per cui vivo e respiro.

Mi beo quando leva il volto su di me; le prendo una guancia nella mano e abbasso le labbra sulle sue tenendole l'altro braccio fisso sulla schiena. Il primo bacio è dolce. Esplorativo. Muovo con delicatezza le labbra sulle sue.

Percepisco la resa. Credo sia stufa di combattermi. Anche un po' spaventata, forse. Ha bisogno di rassicurazioni, e le cerca *in me* pur credendomi suo nemico! Una classica sindrome di Stoccolma... ma mi accontento.

Approfondisco il bacio schiaffando la bocca sulla sua e spalancandole le labbra con la lingua. Oggi porta un'altra gonna: di morbido cotone, le si modella sui fianchi. Le passo la mano sulla curva del culo e lo strizzo.

Una molecola alla volta, si scioglie in me. Mi sfiora il petto con le mani, che fa risalire sulle spalle.

Le sollevo l'orlo della gonna sulla coscia per arrivarle alla pelle, poi c'infilo sotto la mano per agguantarle il sedere. Ha un perizoma, quindi ho tutta la natica da accarezzare; la impasto mentre le esploro la bocca con la lingua. Geme quando col medio le traccio il sottile tessuto che le s'infila nel culo.

Mi dimentico di far piano.

La sollevo e le sistemo le gambe attorno alla mia vita per portarla al letto – qualche passo più in là – dove la butto. "Oggi sei stata una mogliettina di merda, *malyška*." Mi levo la camicia dalla testa tirandomela su dalla schiena con una mano sola.

Sarebbe il caso di tener sotto controllo la dominanza, dato che ieri sono stati proprio questi discorsetti a farla chiudere... ma ormai ho premuto l'interruttore. Addio, delicatezza; modalità tenebrosa attivata.

E so benissimo come reagirà il suo corpo...

Alza gli occhioni azzurri su di me e non vorrei far altro che sbattermela a morte. M'infilo sotto alla gonna e le levo le mutande con un solo movimento brusco.

"Divarica le gambe, Lara. Voglio mangiartela." Non aspetto neanche che ubbidisca: le apro le ginocchia e la faccio ricadere sugli avambracci.

Se l'è depilata lasciandosi un ordinato triangolino di setosi peletti scuri. È lì che passo il pollice mentre la lecco dentro. Lei trasalisce e si agita.

Cedo al suo godimento: le passo la lingua sulla fessura, dentro e fuori; succhio, mordicchio, l'assaporo. Quando le metto il polpastrello in mezzo alle natiche per una ripassatina all'ano, strizza il culo e alza il bacino dal materasso.

Sollevo la testa – ma il dito mica lo sposto! È una lieve minaccia.

"T'è permesso vedere altri uomini, Lara?"

Serra la figa, come se il tono grave e prepotente la stesse per far venire. Mi guarda con misto di lussuria e timore sotto alle ciglia brune.

Le infilo l'altro pollice nella figa e pompo per regalarle un po' di piacere.

Lei lascia ciondolare la testa di lato con un gemito.

"Allora?"

Visto che non risponde, tolgo il dito e la rigiro sulla pancia.

"La risposta giusta è: "No", *ljubimaja*." La tengo giù schiacciandole la mano sulla schiena e le rifilo tre begli sculaccioni.

Strilla e scalcia. Che meraviglia, con la gonna alzata e il culo nudo... fa molto educanda di scuola cattolica. E mi viene durissimo.

Le afferro il sedere e stringo con un ringhio di gola. "Hai il culo più bello del mondo, *princessa*."

Le faccio scivolare le dita fra le gambe: è fradicia. Per mia esperienza, niente bagna tanto una donna quanto due begli schiaffoni sul fondoschiena. Altri due colpi, stavolta sul retro delle cosce e sotto al sedere, dove c'è meno ciccia.

"*Ou!*"

"Altro tentativo." Riecco le dita lente in mezzo alle gambe – il premio – anche se muoio dalla voglia di punirla ancora... Il pollice le sta benissimo fra le natiche, sull'ano. Lei si divincola sotto di me con un basso verso.

La sculaccio parecchie volte in rapida successione: a destra, a sinistra, poi entrambe le natiche in basso, proprio sulla figa stupenda! Ripeto la sequenza due volte e dopo mi fermo con la mano posata sul culo, che afferro possessivamente.

"Ti è *permesso* uscire con altri uomini?"

Allunga indietro le braccia per coprirsi il sedere. "Non ci esco insieme!"

Addolcisco la presa e mi sporgo in avanti per tirarle su la gonna e baciarla lungo la schiena. "Bene," le dico fra un bacio e l'altro. "Perché non vorrei doverti portar giù... nella segreta."

S'irrigidisce; crederà che ci facciamo chissà cosa.

"Girati e ridammi la figa," ordino.

Ubbidisce di corsa; ho un piccolo tuffo al cuore alla vista del viso arrossato velato dai capelli scompigliati.

È merito mio. Sono stato io a farle assumere quell'aria post-scopata... e ho appena cominciato.

Rivolgo di nuovo l'attenzione alla figa, che succhio con più foga. Le trovo il clitoride e ci passo attorno la lingua.

Lara inarca su i seni, verso il soffitto, e lascia ricadere la testa a bocca aperta.

"Stasera ti scopo, *malyš*." Mi alzo in ginocchio per sbottonarmi i pantaloni. "E tu farai la brava e mi prenderai tutto." Libero l'erezione pulsante. "Perché devo farti capire di chi sei."

Registro a malapena d'aver detto ciò che ieri l'ha fatta incazzare. Sono sincero però; e lei deve assolutamente starmi a sentire.

È mia. Mi ha sposato. Le ho dato il mio nome e la protezione, e adesso mi appartiene.

Mi concedo un attimo per levarmi pantaloni e boxer e spogliarla di quel che ancora ha addosso.

"Sì, così..." La lode mi scappa quando parte il reggiseno: è tutta nuda. "Ecco come avrò bisogno d'averti ogni singola notte." M'inginocchio fra le sue gambe per aprirmi l'accesso. "Nuda e sotto di me, *princessa*." Le struscio la cappella sulla fessura. "Pronta a urlare il mio nome a ogni orgasmo."

La penetro in un sol colpo e trasalisce; mi ficca le unghie negli avambracci.

"Stai per venire, Lara?" Esco piano e rientro.

"Ah...*au*..."

Troppo brutale. "Scusa, *malyška*." Mi fermo per darle un attimo per abituarsi alle dimensioni.

Qua sotto, ansima. Lascia vagare lo sguardo di lato.

Le prendo la mandibola per girarla verso di me. "Tutto bene?"

Scorgo il barlume del sollievo nel suo sguardo quando mi vede; perché ho lasciato perdere la recita di dominazione per andarle incontro. Annuisce.

Esco di qualche centimetro e rientro con calma osservandola in faccia in cerca di una sofferenza... che non trovo. "Pronta a qualcosina di più?"

Altro cenno d'assenso.

Abbasso il capo per farle saettare la lingua sul capezzolo, che poi prendo completamente in bocca per succhiare forte.

Mi stritola l'uccello. Quasi perdo il controllo!

Mi reggo sulla sola mano che le sistemo accanto alla testa e me la scopo piano senza mai staccare gli occhi dai suoi.

Quando li chiude dico: "Guardami, principessa. Devo vedere cosa provi."

Lara

"Sto bene." Alzo i fianchi per prenderlo meglio. Parlo trafelata. Mi costringo a guardarlo in faccia, malgrado le strane sensazioni al petto. E al cuore. "È bello."

Assurdo: lo rassicuro dopo che mi ha rivoltata come un calzino per sculacciarmi per un tradimento inesistente! Vero però che in questo momento è molto premuroso...

Ha visto la smorfia che mi è scappata al primo colpo e si è scusato. Quindi so che non mi farà del male, nemmeno durante la recita del dominatore.

Per questo decido di volerlo: qualsiasi cosa decida di darmi stasera... lo voglio. Tutto quanto.

Ci sarei stata anche prima, ma un po' mi trattenevo. Avevo paura, ero sulla difensiva; e poi ero ancora arrabbiata per quel che ha fatto – chissà cosa! – a Denis.

Adesso però mi sento al sicuro, per quanto assurdo.

Forse perché Phoenix mi ha detto di fidarsi. O magari perché si è scusato. So solo che il mio corpo è entrato in modalità ricevente. E che voglio tutto ciò che ha da darmi.

"Ti prego..."

Curva le labbra in trionfo. Gli piace che implori.

Ovvio.

"Vuoi di più, *malyška*?"

"Sì. Dammi di più!"

Accelera, i muscoli si flettono in una stupenda mostra di virilità, come nella corsa di un bellissimo stallone. "Dopo quello che hai fatto, stasera dovrei scoparti nel culo. Ma non sei ancora pronta, vero?"

Scuoto il capo, ma sento l'orgasmo innescarsi alla sola minaccia. L'interno coscia trema, la spirale di voglia si stringe...

"Ma ti sbatterò ben bene." E per dimostrarlo accelera ancora! Lo stallone galoppa.

Tutto perfetto: il ritmo coordinato al mio bisogno, l'uccello che coi suoi movimenti mi colpisce ogni singola terminazione nervosa dentro... e fuori.

"È tutto il giorno che ho le palle gonfie al ricordo di quant'eri *stupenda* ieri sera nella doccia..."

I gemiti si acutizzano. Mi sento bellissima. Desiderabile. Venerata, persino.

Le sue attenzioni m'intossicano. Il suo pisello mi *devasta*. Lo sento così dentro... mi spacca in due, giuro!

"Prendilo, *malyš*. Fa' la brava e prendilo tutto!" ordina.

Sa che per me si sta facendo difficile. Il ritmo, l'intensità dei colpi... "Ti scongiuro..."

"Non verrai finché non verrò io." È serio. Implacabile.

E mi fa venire le farfalle allo stomaco. "Oh, ti scongiuro..."

Le implorazioni paiono mandarlo al tappeto: un muscolo della mascella ha uno spasmo. Mi sbatte sempre più forte, facendomi scivolare su sul letto.

"Cazzo," brontola... e poi scoppia in un torrente di lodi e sconcezze. Come se adesso che sta per venire non riuscisse a trattenersi. "Sei bellissima, cazzo. Sci una meraviglia. Strettissima, perfetta... farai la brava per me, Lara?"

"Ti scongiuro..." Non mi esce altro!

M'impala con un ruggito. "Vieni, tesoro. Vieni subito!" Si lecca il polpastrello del pollice e lo infila fra noi per massaggiarmi il clitoride.

Esplodo come un geyser. I muscoli gli stritolano il pisello per mungerne ogni singola goccia di sperma. Urlo, ancora strizzandolo. Alzo il bacino. I piedi sbattono nelle coperte. L'interno coscia tremola, rabbrividisce.

"Così, cara..." Quando l'ultimo tremore mi attraversa, esce. "Sei proprio perfetta."

Tira via le coperte e mi si sistema dietro; mi cinge la vita con un braccio per incollarmi a sé: un cucchiaione contro a un cucchiaino. Mi bacia sulla cima della testa.

"Perfetta," mi mormora ancora contro ai capelli.

Mi si chiudono gli occhi. Non mi ero mai sentita tanto appagata in vita mia. E con uno che avevo giurato di odiare!

Forse ha ragione la mamma. Forse la chimica può davvero superare una montagna di problemi.

L'intimità forgiata attraverso del sesso assurdo diventa legame. Non abbiamo risolto neanche una controversia... eppure mi sento al sicuro. Vegliata. Amata, persino.

Bah. Saranno le endorfine, dai.

CAPITOLO TREDICI

Lara

Quando mi sveglio Baron non c'è. Ricordo che si è svegliato nella notte, come fa sempre. Io mi sono sporta per toccargli il petto e lui ha borbottato delle scuse. "A volte ho gli incubi."

Ed ecco scalfito il ritratto del privilegiato principe della bratva che gli avevo appioppato. È rimasto traumatizzato da qualcosa; la stessa cosa che a volte gli vela gli occhi, penso.

Mi tiro seduta quando, qui accanto, suona la sveglia. Baron a un certo punto dev'essere venuto a mettermi in carica il telefono.

Mi ha pure lasciato una tazza di caffè – di quelle termiche, che restano calde o fredde per ore – vicino al letto. Bevo un sorso; la crema paradisiaca mi fa l'effetto di una vera e propria droga. Il latte sembra appena scaldato.

Gemo di piacere.

Ricordo i momenti vissuti insieme: le forti braccia che mi cingono, le gambe allacciate, la mia testa sulla sua spalla...

È come se il mio corpo volesse – bramasse – il contatto fisico per risolvere questa cazzo di situazione: assorbo dalla pelle una consolazione che evidentemente mi abbassa il cortisolo, perché ho dormito come un sasso.

Scendo dal letto per andare in bagno. Mi sa che abbiamo proprio consumato: sono tutta indolenzita fra le gambe... e addirittura dentro, come le avessi prese sulla cervice!

Ma è stato *incredibile*.

Davanti allo specchio mi giro per vedere se mi ha lasciato segni sul sedere. No, è sbiadito tutto. Provo una strana delusione, come volessi vedere le prove di ciò che mi ha fatto. Mi vengono le farfalle allo stomaco quando ricordo le sue parole.

Perché non vorrei doverti portar giù... nella segreta.

Ecco come avrò bisogno d'averti ogni singola notte. Nuda e sotto di me.

Voglio vederla, questa segreta. Voglio sapere cosa ci fa. Voglio provare tutto ciò che le altre donne hanno subito per mano sua.

Mi piglia una certa possessività, come mi stritolassero il cuore. Benjamin Baranov è *mio marito*. Guai se rivolge le sue attenzioni ad altre!

Ah. Forse questo ha provato nei miei confronti. Veder Denis di nascosto voleva dire andar in cerca di problemi. Io mi dicevo di voler dimostrare solo che non mi sarei fatta mettere in gabbia come un uccellino, che malgrado le nozze non ero di sua proprietà. Ma è stato come svegliare il can che dorme. E quando l'esito che mi aspettavo s'è manifestato, mi sono sentita in colpa per aver trascinato Denis in questi sciocco e perverso giochino e me la sono presa di nuovo con Baron.

Adesso so per certo che rispetta un codice. Non mi farà del male; nemmeno quando esagererò. Le sculacciate di ieri le ho sentite eccome, ma il punto era la dominazione sessuale, non la tortura. E nemmeno la paura.

Anche il racconto di Phoenix dimostra che c'è, questo codice.

Che sollievo sapere che mio marito è pericoloso – persino letale! – ma non con me. E che eccitazione, anche!

Squilla il telefono; guardo lo schermo con un sospiro: di nuovo Brash. Se non rispondo mi sa che insiste.

"Brash, continui a chiamare..." dico in russo.

"Certo che continuo a chiamare!" esclama in tono preoccupatissimo. "Credo tu sia nei guai, Lara. Dimmi che sta succedendo. Posso aiutarti!"

Il battito cardiaco accelera. È pure possibile. È ricco da far schifo. So che il padre è un oligarca, quindi ha mezzi e potere. Potrebbe tenere me e i miei al sicuro da Ravil Baranov...

Ma lo voglio, questo aiuto?

E perché poi dovrebbe volermelo accordare? Cosa mi chiederebbe in cambio?

Chissà perché, ma dopo aver parlato con Phoenix non me lo vedo Brash nel ruolo del valoroso salvatore dei deboli; anzi, mi fa più pensare a uno che pensa solo a sé stesso. Il suo interessamento è sempre sembrato ipocrita – ecco perché non ho mai preso seriamente le nostre uscite. E perché non mi sono neanche ricordata di cancellare l'ultima quando sono partita.

Ha detto e fatto tutte le cose giuste, sì, s'è comportato da perfetto gentiluomo... ma sembrava una recita. Quasi come fosse gay e mi corteggiasse solo per dare l'idea del contrario. Non ho percepito verità.

"Macché guai," mi sento dire. Eh, mi sa che ho deciso: non gli chiederò salvataggi. Risolverò da sola.

"A me sembra di sì. Hai detto d'esserti dovuta sposare all'improvviso... cos'è successo?"

Chiudo gli occhi e inspiro piano col naso.

Che gli dico? La verità o lo scoraggio?

Opto per un'omissione. "Ero fidanzata con uno sconosciuto fin da piccola. Roba decisa in famiglia. E i nostri genitori hanno deciso che era ora di dar seguito al contratto."

Mi stupisce, ma Brash non si concede neanche un secondo per digerire la rivelazione. "Tipo matrimonio combinato? Che follia! Siamo nel ventunesimo secolo, dai! Non piegarti a queste usanze, Lara..."

E mi sorprende pure che ci tenga tanto. "Troppo tardi. L'ho sposato. Sono sua moglie adesso."

"Non sei costretta a rimanerlo però! Nessun tribunale ti costringerà mai a restare con lui *finché morte non vi separi*."

L'idea di divorziare e tornare a Parigi mi alletta non poco. Lì vivevo un sogno; mi mancava un solo anno alla laurea e avevo appena cominciato un tirocinio che probabilmente mi avrebbe formata abbastanza da farmi trovare lavoro come interprete.

Però... dovrei rinunciare a Baron. L'uomo che credevo un prepotente fatto e finito ma che comincio a sospettare possa essere invece il protettore delle vittime. Come faccio però a mettere insieme questa visione a quella della spietata famiglia della bratva che ha preteso ci sposassimo? Forse il prepotente è il padre e Baron ha deciso di proteggermi da lui...

Divorziassi e accettassi l'aiuto di Brash io sarei più al sicuro. I miei invece non so. E poi dovrei dire addio anche al sesso di ieri sera!

Pensare di farlo con Brash mi prosciuga tutta.

No, grazie. Dopo Baron...

...è difficile immaginare che qualcun altro possa essere all'altezza.

Ma voglio davvero rinunciare a forse l'unica occasione di sfuggire a una prigionia eterna solo per una bella scopata?

"Grazie, apprezzo davvero che ti preoccupi per me. Ma non ho bisogno di essere salvata."

"Hai esitato prima di rispondere. Hai paura, Lara?"

Mi vengono improvvisamente le vertigini. Il bagno comincia a girare. Ho paura? Prima sicuramente sì. Papà sembrava spaventato, e la cosa mi ha terrorizzata.

Sì, ho paura. Ma sotto sotto, al centro del mio cuoricino, comincia a germogliare un pizzico di speranza. Una sciocca parte di me vuole credere di poter trovare l'amore qui, fra le braccia di un mostro che m'ha suscitato abbastanza interesse da farmi passare la voglia di scappare, ormai.

Magari però cambierò idea. Magari scoprirò tutte le cose orribili che Ravil Baranov e suo figlio fanno e vorrò tornare a Parigi il prima possibile.

O forse il matrimonio combinato salverà tutto – come par credere papà.

"No, sono al sicuro. Ma cambiasse qualcosa te lo farò sapere."

"Lara, non mi sembri affatto al sic..."

"Cambiasse qualcosa te lo farò sapere," dico convinta.

La pianta. "Dove sei di preciso? Vengo da te. Devo vedere di persona che non sei prigioniera."

Penso al sangue sul tavolino del bar. Cosa farebbe Baron se il mio ex venisse qui per portarmi via?

Qualcosa di orribile, temo.

Con lui io sarò anche al sicuro, ma gli uomini che mi vogliono no!

Cerco di evitare d'allarmarlo e mi costringo a una risata. "Che sciocchezza! Macché prigioniera! E poi non voglio che vieni. Come ti ho scritto, adesso sono sposata. Non possiamo più vederci."

Tace un attimo. "Promettimi di chiamare se ti serve qualcosa."

"Promesso."

"Ok. Allora buona fortuna. Spero di sentirti."

Speriamo di no, invece. Altrimenti vorrà dire che la situazione sarà precipitata! "Addio, Brash."

Aggancio con un moto di nausea.

Spero proprio d'aver fatto la scelta giusta.

———

Baron

Per la festa vado in modalità proattiva; fra una lezione e l'altra del mattino chiamo Edgar, il maresciallo dei vigili del fuoco, per informarlo della cosa e chiedergli se gli va di darci un'occhiata agli allarmi per verificare che sia tutto in regola. Lo scorso inverno Casa Baranov ha fatto una generosa donazione – e ha pure mandato uno studente volontario – per la raccolta fondi a base di chili, quindi ho un po' da riscuotere.

Però risponde con tono nervosetto... "Ve li ho controllati l'anno scorso. Avete cambiato qualcosa?"

"No. Volevo solo essere sicuro. Venerdì metteremo qualcuno a controllare gli ingressi per non rischiare d'ammettere troppa gente."

"Ok. Altro?" Ancora non sa perché gli rompo le palle; tanto vale sputare il rospo.

"Sarò del tutto sincero con te, Edgar. Abbiamo saputo che una delle altre case del campus vuole farci chiudere; sto solo cercando di prevedere le loro mosse."

"Ah, capito. Be', dovessi ricevere telefonate lo terrò a mente, ma dovremmo comunque rispondere..."

"Ovvio. Voglio solo assicurarti in anticipo che seguiremo tutte le regole che ci hai dato."

"Ok. Grazie."

Riaggancio.

Be', di più non si può proprio fare. Non so che altri guai possano crearmi. Se la polizia decidesse di venire per una perquisizione potrei fare in modo che non trovi nulla, ma il controllo dei documenti da parte di uno sciame di agenti rischierebbe comunque di rovinare l'atmosfera...

Per il resto ho seguito le regole alla lettera: permesso avuto, festa registrata all'amministrazione del campus, braccialetti ordinati per evitare che i minorenni bevano. Non sempre facciamo tutto bene, eh, ma stavolta dobbiamo essere correttissimi. Zero *designer drug*, zero segrete.

Mi arriva un messaggio di Anja.

Brash stamattina ha chiamato Lara. Guarda i file.

Bljad'.

Mi fermo per aprire la cartella dove mi manda tutti i registri del telefono di Lara. Do una letta veloce alla trascrizione. C'è anche l'audio, ma adesso non ho tempo di ascoltarlo.

Gli ha detto che ormai è sposata e ha rifiutato il suo aiuto. Mi aggrappo a quest'informazione.

Quando sarà sicuro dirle la verità?

Più avanti. Prima deve sentirsi tranquilla con me. Ancora non si fida.

Più però portiamo avanti la bugia, più poi si sentirà manipolata. Già è furibonda, già si sente una pedina nelle mani di suo padre. Come la prenderà quando saprà che non mi sono fidato a dirle tutto?

Merda. Odio tutta questa situazione!

No, non tutta.

Se Adrian non si fosse inventato questa menzogna, forse non l'avrei mai conosciuta... e ora non avrei una moglie bella e intelligente che somiglia in tutto e per tutto alla donna che aspettavo di conoscere da una vita.

Mi rinfilo il telefono in tasca per recarmi alla lezione successiva.

Per strada verso l'aula di statistica – quella del professor Vasil'ev, che mi detesta – rallento.

È fuori dalla porta; gli sta parlando un nanetto tarchiato dagli scompigliati capelli ricci e con un nastro chirurgico adesivo a X sul naso.

Denis Penkin. Che parla con Vasil'ev.

Certo, sono tutt'e due russi. Forse non c'è sotto altro. Però mi guardano con disprezzo totale.

Cazzo.

Ci sono dentro insieme.

Anche Vasil'ev è amichetto degli oligarchi.

Bel problema.

Denis se ne va prima che arrivi io, ma non riesco a trattenermi; questo *mudak* mi tira fuori il mio lato violento. E lo faccio vedere tutto a Vasil'ev. Addio, studente rispettoso. Gli faccio vedere chi sono veramente − cosa che aveva già capito: un assassino. Un criminale. Un uomo che userà la violenza per proteggere ciò che è suo. Arriccio il labbro superiore e mi paro davanti a lui.

"Amico suo?" ringhio in russo con un cenno del capo nella direzione presa da Denis.

Lui mantiene la compostezza. Non ha mica paura di me. "Si accomodi, Baranov."

Resto fermo a squadrarlo bene. A mostrargli che non me ne frega una sega del suo prestigio o della sua lezione o dell'opinione che s'è fatto su di me. Se trama con Denis Penkin per spiare o far del male a mia moglie... lo faccio fuori.

Mi guarda minaccioso.

Uno studente cerca di superarci, ma gli ostruisco il passaggio.

"Scusa..." mormora a testa bassa.

Rilasso i muscoli ed entro tranquillamente in aula; prendo posto davanti, da dove posso fissare in cagnesco lo stronzo.

Nessuno rompe a mia moglie.

Se vuole sopravvivere, almeno.

CAPITOLO QUATTORDICI

Lara

Venerdì ormai tutto il campus parla della festa di ritorno a scuola al gulag... cioè, a Casa Baranov. Baron è stato in piena modalità *pachan* tutta la sera: dispensa ordini e istruzioni a bassa voce agli abitanti.

Tranne me. Pare che da me non s'aspetti niente − a parte che porti il suo cognome e mi metta sotto di lui, nuda, ogni notte. Be', della seconda non posso certo lamentarmi. Anzi.

Pare abbia già aggiornato i registri universitari col mio nuovo cognome; l'ho visto ieri sulla bacheca.

E oggi, quando il professor Lit di francese ha detto: 'Baranov' per interrogarmi in lettura, si sono girati tutti a guardarmi. Dopodiché sono venute tre ragazze a chiedermi se ero parente di Baron. È stata una discreta soddisfazione leggerne la delusione scioccata in volto quand'ho spiegato di essere sua moglie.

"Scherzi, dai!" Ha guardato le altre. "Era una battuta..." È tornata a me. "Sei sua sorella. Ho sentito dire che quest'anno è arrivata anche lei."

"Quella è Lili," ho spiegato paziente. "Io sono Lara. Sua moglie." Ho mostrato l'anello.

Ah, che espressioni gelosamente orripilate!

Un po' non ci credo d'essere tanto orgogliosa di mostrare la fede per farmi largo nel mondo sociale, ma Baron è uno di punta nel campus; e finché sarò costretta a vivere qui come sua moglie, tanto vale guadagnarci qualcosa, no?

La festa comincerà da un momento all'altro; ormai sono le nove. Sono davanti allo specchio a controllarmi i vestiti. Non so cosa si mettano gli americani per le feste universitarie, ma nei night francesi noi andiamo sexy − non proprio agghindate da puttane, eh, altrimenti i buttafuori non ti lasciano entrare.

Perciò porto un vestitino nero senza spalline che mi abbraccia le curve, cintura argentata lasca sui fianchi e scarpe con tacco a piattaforma di pelle nera verniciata. Mi sono raccolta i capelli per denudare spalle e scollo. Sul trucco ci sono andata giù un po' più pesante del solito: occhi da gatta con matita nera e ombretto sfumato grigio per far risaltare l'azzurro delle iridi. Mi passo un po' di lucido rosa sulle labbra e le sfrego insieme.

Non so cosa aspettarmi, ma ho la sensazione che la festa si farà come minimo interessante...

Apro la porta della camera e scendo le scale. Le luci sono tutte spente, tranne che per una scia di minuscole lampadine bianche che illuminano la rampa per farmi vedere dove sto andando. Ci saranno sempre state, immagino; è che non ci avevo mai fatto caso. C'è musica, uno swing ska-reggae vivace ma non ballabile. Da riscaldamento, diciamo.

Di sotto la Casa è irriconoscibile. Buia, se non per la palla da discoteca colorata appesa al soffitto. Non so dove siano finiti i mobili, ma il soggiorno è completamente vuoto: farà da pista. Anja è su uno sgabello dietro alla postazione del dj, nell'angolo; al collo ha le cuffie. Mi saluta con la mano quando mi vede. Le rispondo.

Baron attraversa veloce la stanza dando ordini... da solo! Ah, ha un auricolare.

Anja fa un cenno del mento verso di me e lui si gira. Lo vedo bloccarsi e trasformarsi da freddo leader calcolatore a maschio dal sangue bollente. "Caaaaaaazzo..."

M'inonda una certa soddisfazione tutta femminile che mi ricorda che, persino nei momenti più oscuri del patriarcato, il potere erotico della donna è una forza ben più potente di qualunque cosa possa creare un maschio. Ecco perché hanno tanta paura di noi, perché mirano a catturarci, contenerci. Possederci.

"Sei in linea, Baron," gli ricorda la ragazza.

Baron si porta la mano all'orecchio – probabilmente per spegnere tutto – e viene sul fondo delle scale. Da me.

Senza una parola mi si accalca addosso per schiacciarmi contro al muro. Sotto al vestito sento il calore del suo corpo. Col pollice mi sfiora la guancia per infilarmi poi le dita fra i capelli.

"Ho una moglie sexy da morire."

Pare gli piaccia definirmi 'moglie'. Con queste uscite mi sconvolge tutte le volte, solo che è difficile obiettare davanti all'evidente apprezzamento che trasuda il tono.

Indossa una camicia rosa pallido sbottonata sulla gola e con le maniche arrotolate sugli avambracci. Somiglia più a un amministratore delegato miliardario che sta salendo sullo yacht che a uno studente; e poi si porta addosso sicurezza e abiti costosi con analoga serenità.

S'impossessa della mia bocca come fosse sua. "Come farò a sopravviverti stasera?" Posa la fronte contro alla mia. "Sei tanto bella da far venire l'acquolina... però mi tocca star dietro alla festa!"

"Cosa devi fare?"

L'espressione si vela; parte della lussuria scema.

Mi pento subito d'averglielo chiesto. Non mi piace questo

personaggio freddo e distante – il solito, insomma – mentre adoro quello tutto ringhi eccitati!

"Dobbiamo seguire le regole alla lettera stasera, perché ci aspettiamo problemi da una confraternita rivale."

"Ah." Sbatto le ciglia. Quante cose ancora non so...

"Però la festa dev'essere abbastanza interessante da far morire la gente dalla voglia di tornare."

"E come farai?"

Si stringe nelle spalle. "Soprattutto appoggiandomi a voci sulle attività illeciti... di cui stasera non ci sarà traccia. Così continueranno a tornare sperando di essere abbastanza fighi da venirvi ammessi la prossima volta."

"Tipo?"

Mi dà un altro bacio. "Non so quanto vuoi sapere sul serio, *princessa*. E non voglio fare di mia moglie una complice."

Sale un certo risentimento. Rispetto che voglia tenermi 'pulita', eh; papà è uguale. Io e la mamma non abbiamo mai saputo nulla delle attività della sua cellula.

Però mi sembra che tutti in questa Casa – tutti amici suoi! – sappiano... tranne me. Non mi piace sentirmi esclusa. Nemmeno se è per il mio bene.

Gli sparo un'occhiataccia. "*Certo* che voglio sapere."

Mi studia bene. "Sicura?"

"Sì."

"Bah, le solite cose: grosse puntate a carte, *designer drug*. La segreta."

Ascolto con attenzione. "E stasera niente?"

Scuote il capo. "Nemmeno alcol ai minorenni. Casa Titan vuole farci chiudere e non sappiamo cos'abbiano in mente, quindi dobbiamo stare attentissimi."

Accidenti. Per forza sembra avere il peso del mondo intero sulle spalle: non solo pensa alla Casa, ma ci gestisce un sacco d'attività! E poi, da come parla, sembra ritenersi responsabile della sicurezza di chiunque ci viva.

Credo sia la prima volta che mi dice qualcosa di personale e importante. Bene. Mi fa piacere si fidi abbastanza da parlarmi.

"E io cosa posso fare per aiutarvi?"

Si rilassa un po' e mi fa un sorriso – forse il primo in assoluto. Somiglia a un ragazzino: spensierato. Bello da spezzare il cuore.

Si schiaccia di nuovo contro di me e s'avvicina lentamente per un bacio; trattengo il fiato dalla trepidazione. Ha labbra tenere, il bacio è perfetto. "Puoi andartene in giro con questo vestitino sexy per spingere tutti a chiedersi chi cazzo sia questo schianto di nuova regina di Casa Baranov." Altro bacio.

"Regina?"

"La *mia* regina. Perciò non essere troppo socievole coi plebei: sei una nobile tu. Lascia che si pongano qualche domandina."

"Domandina..."

"Sì. Punti extra: puoi anche buttar lì qualche indizio sul matrimonio combinato o sul tuo status di principessa della bratva. S'aggiungerà mistero. Diventerai un enigma su cui si arrovelleranno per sempre." Mi mette le mani sulla vita. Mi bacia la mascella, il collo... "Sai qual è la cosa più utile che puoi fare?" Parla in tono seduttivo.

"Quale?"

"Permettermi di portarti di sopra, spogliarti e legarti nuda al letto... così saprò cosa mi aspetta a fine serata e non dovrò temere che qualche *mudak* ti tocchi."

"Mmm, fammici pensare..." Fingo, ovvio! "*No.*" Lo spingo via. "Sono la regina. E le regine non si fanno legare nude."

Fa tutto l'innocentino. "Alcune sì."

"Ma tu stasera ti divertirai o dovrai lavorare tutto il tempo?"

Si rannuvola di nuovo. "Questo non è divertimento per me. Sono affari."

Osservo il mio nuovo marito: un ventiduenne che par essersi perso tutta la giovinezza. Un uomo in perpetuo stato d'autosacrificio per il padre, la causa e gli altri. Si vede che è un leader nato... ma addosso ha la responsabilità di tutti!

E io voglio alleggerirlo.

Lo bacio. È la prima volta che prendo l'iniziativa, e Baron non spreca certo l'occasione: mi tiene ferma e mi sbatte contro alla parete, mi avvolge le dita attorno alla gola con delicatezza e cuce le labbra sulle mie con un bollore inaudito.

E continua finché non rimaniamo entrambi senza fiato; allora si scolla e sfrega le labbra insieme senza staccare gli occhi dai miei. "Grazie," dice fin con reverenza.

Praticamente vedo le mie mura difensive andare in macerie.

Mio marito dà enorme valore all'affetto che gli accordo. Non avrebbe potuto essere più chiaro. Nonché più eccitante.

Di colpo si spegne la musica.

"*Pachan*!" esclama Anja togliendosi le cuffie. "Ti stanno cercando. Fuori dalla porta c'è una fila di gente che vuole entrare. Vogliono sapere se aprire."

Baron fa scivolare via le mani dal mio collo per darmi un altro bacio brutale seguito da un sorriso feroce.

Mi cedono le ginocchia.

Si porta la mano all'orecchio per accendere l'auricolare. "Cominciamo."

CAPITOLO QUINDICI

Baron

Siamo quasi al massimo della capienza alle ventidue, cioè due ore prima di quando si riempiono la maggior parte delle feste del campus.

Anja si occupa della musica e la pista è gremita di corpi sudati e agitati.

Tutti cercano d'arrivare a me, ma stasera io non esisto.

Spintono e supero alla ricerca di quello splendore di mia moglie.

"Capo," mi fa Phoenix nell'auricolare. È alla porta a raccogliere i venti dollari dell'ingresso; è lui quello dei soldi. Segue la contabilità di tutto. Alex è con lui, per la sicurezza. Feliks è il buttafuori; in fondo alle scale, impedisce agli ospiti di salire.

"Baron, c'è Melinda Tracy. Ha detto che le avevi detto che poteva entrare."

Gemo. Le ho detto due feste all'anno... e sceglie proprio questa?! Bah. Non avrei dovuto esser tanto clemente. "Dille che perde tempo, dato che stasera la segreta è chiusa."

Un attimo dopo fa: "Dice di voler entrare comunque."

Ma perché?! Vabbè. "Ok, allora. Le avevo concesso solo

due feste all'anno, quindi segnatelo: questa è la prima. Potrà venire solo un'altra volta. Ricordaglielo."

"Arriva."

Scorgo Anders, al momento il padrone di casa – in alternanza con Leo – andare all'ingresso. Presumo la voglia accogliere di persona.

Speriamo che finalmente lei si accorga di piacergli, adesso che io non sono più disponibile!

"Chi sta tenendo d'occhio Lara?"

È difficile seguirla. Dopo il bacio non avrei voluto altro che cancellare la festa e portarla su per una bella scopata...

"Io," fa Zoe. "Mi sta aiutando al mocktail bar."

Ecco uno dei modi che abbiamo escogitato per evitare la collera divina dei minorenni bramosi d'alcolici: li serviamo nelle stesse tazze di plastica chiara che usiamo per la roba seria... l'unica differenza è il colore della cannuccia. E poi facciamo spudoratamente finta di non sapere che loro correggeranno il tutto con robetta portata da casa.

Ovvio che Lara sia finita con Zoe; qua non ha amici con cui chiacchierare o ballare. Avrei dovuto prevedere che si sarebbe sentita a disagio e assegnarle un compito. Però non volevo mettermi nella posizione di dire a mia moglie cosa fare. Già la fa abbastanza incazzare che l'abbia sposata...

Anche se pare in fase di lieve addolcimento, grazie al cielo!

Con un minuscolo sorrisino vado alla porta sul retro della cucina – è lì che stanno. Leo è sulla soglia a servire alcol ai muniti di braccialetto; alla cucina è vietato l'accesso per tutti gli altri.

"Soda e lime?" domanda Zoe scorgendomi dietro alla coda.

Annuisco. "Anche per *mia moglie*."

Tutti si girano a guardarmi, poi tornano a Zoe. Li sento mormorare.

Ha detto 'moglie'?!

È sposato?!

"Sono io," proclama Lara in russo scagliando le braccia in aria.

La mia sveglissima mogliettina ha compreso bene il compito. Tutta la fila allora squadra lei e poi me, quando mi faccio strada a mano tesa. "Vieni, *malyška*."

Bocche spalancate la seguono fare il giro del bar improvvisato (un carrellino con asse da macellaio, in sostanza) e accettare la mano mentre Zoe mi passa da bere.

Hai sentito? Baron Baranov è sposato, dicono mentre ce ne andiamo.

"Ti va di ballare?"

Scuote la testa. "Mi fanno già male i piedi. Meglio salga di sopra a cambiare scarpe."

"Vengo con te." Arriviamo alle scale schiacciandoci in una torma di gente, ma il tonfo a terra di non so chi, alla mia destra, mi spinge a scagliare Lara dietro di me e caricare in direzione del misfatto.

"Fermo!" strilla una ragazza.

È Lili.

Merda...

Il sangue m'inonda il campo visivo, il cervello salta in modalità guerriero. Devo proteggere la mia sorellina! Non posso lasciarla morire in una pozza di sangue come tata Valentina!

Sono una macchina pronta a combattere... e uccidere. Sono dieci anni che mi alleno ogni giorno per questo. Mi ribello agli incubi con la strategia. Sono diventato un cecchino invidiabile, ho imparato l'MMA e mi tengo in condizioni fisiche ottimali.

Non me ne starò inerme mentre un'altra persona cui voglio bene muore in una pozza del suo stesso sangue!

Leo ritrascina uno in piedi – era sul pavimento – con fare assassino. Mi fiondo da lui per aiutarlo.

"Fermati, Leo!"

Ancora Lili. Perché gli dice così? Mi piazzo al fianco del mio amico per trascinare insieme il tipo nella camera più vicina – quella di Phoenix – che apro con l'impronta del pollice.

"Ha cercato di darle la droga dello stupro!" ringhia Leo. Lo scagliamo a terra, ma si ritira su a fatica. "L'ho visto metterle qualcosa nel bicchiere quando lei se n'è andata!"

"No! Era solo alcol!" strilla il malcapitato.

Leo chiude la porta dietro a Lara e mia sorella. Ci accalchiamo tutti e cinque nella stanzina. Prendo vagamente nota mentale di spedir le donne fuori, prima di torturarlo e ucciderlo.

"Gliel'avevo chiesto *io*!" esclama Lili.

La paura che trasuda mi fa prudere le mani dalla voglia di farlo fuori...

Lili si gira verso Lara. "Aiutami a fermare Ben... ti prego!"

A fermare... *Ben*? Mmm, non mi torna. Ma si chiama come me questo qui?

Lili mi s'aggrappa ai bicipiti. "Mi ha proposto di correggermi il cocktail quando mi sono lamentata perché Leo non mi dava niente di serio. Nessuna *droga dello stupro*!"

La sento, ma le sue parole sono prive di significato. Sono addosso al tipo, penso a come fargli male, risolvo l'enigma del momento: come sbarazzarsi del cadavere.

Lili mi si piazza davanti, me lo nasconde. Accanto a lei c'è Lara; mi tocca il braccio. "Sto *bene*." Mi sventola la mano davanti alla faccia. "Guardami, Ben. Non siamo laggiù. È finita."

Lara mi si schiaccia addosso. Sono ancora concentrato sul futuro morto – cerco di guardare oltre a lei – perciò all'inizio non ne registro neanche la presenza. Ma qualcosa nella morbidezza del suo corpo va in contrasto con la contrazione dei muscoli pronti alla battaglia.

"Ci senti, Baron?" Quant'è lontana la sua voce... ripete tutto. A volume ancor più basso, però. E più seduttivo. Come se queste parole fossero concepite solo ed esclusivamente per me. "Ho bisogno di te," dice in russo. "Devi guardarmi."

Lo sguardo abbandona l'obiettivo della mia ira senza il permesso del cervello... per trovare gli adorabili occhioni di Lara fissi sul mio volto.

Per un attimo sono disorientato, come quando in sogno elementi disparati della vita si mescolano. Che ci fa qui?

E perché mi guarda?

Le mie braccia le cingono la schiena. Oddio, mi sta benissimo addosso... come mi fosse necessaria. Per sopravvivere.

"Cos'hai detto?"

———

Lara

Ha qualcosa che non va. E questo qualcosa lo trasforma in un assassino. È stato premuto un interruttore.

Dovrei reagire con la paura...

...invece non provo che un mare di compassione. Gli è successo qualcosa. E anche alla sorella.

Non siamo laggiù. È finita.

Non so cosa sia accaduto, ma spiega sicuramente perché mio marito è tanto protettivo nei confronti delle persone cui tiene. E gli incubi. Che abbia perso una persona cara?

Adesso mi guarda; è la prima volta che stacca gli occhi di dosso dal tipo che Lili sta cercando di salvare. L'espressione omicida svanisce. Sbatte un paio di volte le palpebre, come confuso; come non sapesse chi sono e che ci faccio qui.

Per un attimo mi chiedo se mi riconosca. Ma già basta che mi abbia sentita.

Mi abbraccia, quasi d'istinto. Qualcosa in lui s'addolcisce. "Cos'hai detto?"

"Hai sentito Lili? Non voleva drogarla. Lascialo stare, dai..."

Lo ammiro tantissimo; Baron non palesa niente di niente quando sposta lo sguardo da me all'aspirante spasimante della sorella e poi a Leo. Si vede che riflette, che cerca di raccapezzarsi senza farci capire che per un secondo ha perso il senso della realtà.

Mi molla. "Le hai messo alcol nel bicchiere." Lo dice come da un palcoscenico – anche se sta ancora guardando il poveraccio.

Cui il sudore si raccoglie all'attaccatura dei capelli. Affiora un ematoma sulla mandibola, dove le ha prese da Leo probabilmente. "Sì. Le ho chiesto se voleva della vodka e lei mi ha dato il bicchiere dicendomi che sarebbe tornata subito."

Tira fuori una fiaschetta dalla tasca.

"Me l'ero portata dietro, dato che non ho ancora ventun anni."

Leo gliela frega di mano, la apre e annusa, poi beve un sorso che si fa sciabordare in bocca. La passa muto a Baron, che fa lo stesso.

E che poi posa una mano sulla spalla di Lili. "Lei è Lili Baranov, mia sorella minore. E nessun abitante della Casa ti permetterà mai di metterle qualcosa nel bicchiere senza ammazzarti."

Alza le mani. "C-Capisco. Volevo solo..." Scuote il capo. "Chiedo scusa."

"Non fa niente," dice Baron. "È stato un equivoco."

Lili si rilassa come se avesse trattenuto il fiato.

Baron solleva la fiaschetta. "Questa la tengo io, dato che alle nostre feste non sono ammessi alcolici che provengano dall'esterno... ma se vuoi puoi tornare di là."

Il ragazzino corre alla porta ignorando Lili come non volesse mai più rivederla in vita sua.

Appena quello è sparito, la ragazza dà uno spintone a Baron. "Porca miseria!" Guarda in cagnesco pure Leo. "Avete combinato un disastro!"

"Avrebbe potuto drogarti!" sbraita Leo. "Ma sul serio *passi il bicchiere* a uno che hai appena conosciuto dandogli il permesso di metterci dentro chissà cosa? Sei fuori di testa?!"

Lei arrossisce profondamente, si volta ed esce battendo i piedi e senza proferire verbo.

Leo la fissa molto accigliato, come il problema fosse suo e non dell'amico. "Merda. Ho lasciato il bar scoperto." Gira sui tacchi e la segue.

Baron si sfrega il viso. Sta guardando nella mia direzione, sì, ma con aria distante. Gli cingo la vita con tutt'e due le mani e gli poso la guancia sul petto. "Tutto bene?"

Porta la mano sulla mia nuca per accarezzarmi, neanche fossi un gatto. Non risponde.

"Cosa ti è successo?"

"Eh?" È sconvolto come stesse pensando ad altro.

"Perché hai reagito così? Qualcosa dev'esserti per forza successo..."

Sbuffa appena e arretra come l'avessi spinto.

Gli prendo il viso nelle mani. "Dimmelo," mormoro.

Gli si velano gli occhi. Per un istante – che quasi mi spacca il cuore di gioia – penso che si aprirà e mi racconterà tutto... ma poi una voce gli gracchia nell'auricolare. "Arrivo subito," risponde brusco.

La delusione mi sgonfia. Ma sono grata che non si sia ancora mosso. Mi scosta una ciocca ricadutami sul viso.

"Scusa se ti ho spaventata."

"Ho paura fin dal mio arrivo qui."

Riecco l'impenetrabile maschera sul volto.

Mi stringo nelle spalle. "E la situazione non è peggiorata."

"Devo parlare con la sicurezza del campus; sono qua fuori. Tu sali a cambiarti le scarpe?"

Annuisco.

"Ci vediamo in pista?"

Annuisco di nuovo. La delusione guerreggia con la felicità perché vuole ballare con me. Certo, forse solo per gonfiare il mistero della mogliettina russa della *mafija*...

Ma no, dai. Vuole davvero stare con me, si capisce. Stiamo cominciando a legare a livello emotivo. O almeno così credevo. Se mi avesse parlato – se mi avesse detto qualsiasi cosa! – forse mi sentirei al sicuro con lui.

Invece fondamentalmente resto sua prigioniera. Ancora non so che ci faccio qui. Ancora non mi ha detto perché il matrimonio è stato tanto improvviso.

Quando si gira gli prendo la mano per ritrascinarmelo indietro. "Baron..."

"*Malyška.*"

Pongo la domanda vera: l'unica cui tenga sul serio – anche più che sapere cosa l'abbia trasformato in quest'uomo torturato. "Che ci faccio io qui?" Levo il volto verso il suo con aria implorante. Inaspettatamente, il campo visivo mi s'offusca di lacrime. La vulnerabilità mi sotterra. Devo sapere perché sono una pedina di questo gioco... e di che gioco stiamo parlando; a cosa servo? Cosa vogliono da me?

Gli compare una ruga fra le sopracciglia; nell'espressione gli leggo rimorso. "Lara..." Mi culla una guancia col grosso palmo. "Sei qui perché ti tenga al sicuro. E non permetterò mai a nessuno di farti del male; te lo giuro."

Mi scosto infastidita.

Accidenti a lui che non sa essere chiaro e diretto. Accidenti a suo padre... e al mio.

Accidenti a tutti loro che mi usano!

Mi scosto con fare teatrale i capelli dietro alla schiena e lo precedo fuori.

Per quanto mi riguarda, possono andare tutti all'inferno.

CAPITOLO SEDICI

Baron

Con poca sorpresa noto che mia moglie non viene in pista dopo essersi cambiata le scarpe. È di sopra da così tanto tempo che presumevo fosse andata a dormire.

Non fosse che all'una, quando l'atmosfera si fa bisognosa e tutti si cercano un amichetto o un'amichetta per la notte la scorgo... proprio in pista!

Con uno.

Anja ha abbassato il volume per far capire che ci stiamo avviando alla chiusura; passa pure canzoni più *groove* che scatenate.

A essere precisi sono quattro i maschietti che le sfarfallano intorno... e continuano ad avvicinarsi, neanche aspirassero a un *ménage à cinq*!

Già spintono a destra e a manca per aprirmi la strada verso di loro quando uno le mette le manacce sui fianchi da dietro. Mantengo la compostezza. La violenza sarà l'ultima risorsa. Gli poso solo una mano mia sulla spalla.

"È mia moglie quella con cui stai ballando."

Lara si gira.

Per fortuna sua lo sfigatello mi riconosce e salta subito indietro. "Scusa, Baron. Non lo sapevo!"

Lo ignoro per piazzarmi di fronte a Lara e prendere il suo posto; le poso delicatamente le mani sulla vita e mi muovo anch'io sulla musica.

Mi guarda. Difficile capire come però, dato che in volto ha un misto di resistenza e vulnerabilità. Come se stasera avessi intaccato la sicurezza che riponeva in noi ma s'aggrappasse ancora a un briciolo di speranza.

"Mi stai punendo?"

Annuisce senza staccare gli occhi dai miei. Sculetta. Porta ancora il vestitino sexy, ma adesso con un paio di scarpe basse e i capelli sciolti. Per un dolorosissimo momento m'immagino si sia fatta un altro solo per vendicarsi... ma scaccio subito l'incubo. I miei l'avrebbero vista e me l'avrebbero detto.

M'avvicino; una mano gliela faccio scivolare su piano piano, fino al seno. Le sfioro la pelle col pollice, appena sopra al vestito senza spalline.

Non mi resiste. Il suo corpo riconosce il mio. Reagisce addolcendosi. Mi sa che lo voleva proprio. Voleva attirare la mia attenzione e darsi a una mini ribellione per dimostrare che non starà sotto al mio comando.

Il problema è che il suo corpo già sa chi comanda.

Io.

Abbasso il viso sul suo e dico: "Non so se hai capito come funziona." Lascio vagare le mani; con una le agguanto il culo e con l'altra la massaggio dietro al collo.

"Come funziona?" Mi tiene addosso gli occhi azzurro elettrico, facendomelo venire duro.

Parlo in tono seduttivo. Le sfioro la tempia con le labbra. "Sono io a punire qui. E ti sei appena guadagnata un giretto nella segreta."

Il battito cardiaco le vacilla.

Le cingo la schiena con un braccio per tirarle a me il corpo arrossato. Le ingarbuglio le dita fra i capelli. "Hai fatto la cattiva."

Si gira verso l'anta dell'armadio che porta alla scala nascosta.

Porta che in quel momento preciso si apre: esce Melinda seguita da Anders.

E meno male che oggi era chiusa! Vabbè, almeno si sono divertiti. Non è successo niente in assenza di Anders. Non s'è fatto male nessuno. Non volevo gente di sotto, ma di Melinda mi fido. Ci è stata spesso... e poi se le scappa detto qualcosa lei ha da perdere quanto noi.

Mi torna in mente quando Lara mi ha chiesto se mi sarei goduto la festa. In queste occasioni non cedo mai ai miei desideri. Ma non cascherà il mondo se faccio una piccola eccezione – se per una volta penso a me – no?

Per mano, la porto all'armadio. "Anders, chiudi tu la festa," dico all'auricolare. Di solito spegniamo la musica e sbattiamo fuori tutti entro le due. A volte i VIP restano ancora un pochino per i festini sciccosi – su invito speciale – che, ovviamente, suscitano ancor più voglia di stringere amicizia con gli abitanti di Casa Baranov. L'obiettivo che mi ero dato – e ho raggiunto ragionevolmente presto – era cambiare l'intera struttura sociale della Thornecroft: dalla venerazione per i vecchi e ricchi *mudak* a quella per i nuovi nobili.

Ecco perché Casa Titan ci sta addosso.

Ed ecco anche perché forse farei meglio a non darmi ai miei più oscuri desideri, al momento.

Ma il nostro matrimonio è importante... e per me forse anche più dell'obiettivo di costruire un impero. E poi mia moglie si trova in uno stato sensibile, malleabile; se non ne approfitto per legare finiremo con l'allontanarci.

La infilo nell'armadio buio e chiudo l'anta. Da fuori non si può aprire senza l'impronta del pollice, quindi nessuno potrà seguirci.

Una volta all'interno, attivo la porta scorrevole che si apre sulla scala. Sì, qua sotto abbiamo anche una stanza antipanico. La sicurezza è stata la priorità della ristrutturazione.

Accendo le luci soffuse – sottili scie di lampadine ambra e rosse che corono lungo i gradini – e l'accompagno giù. Sul fondo ne accendo altre. Abbiamo arredato la segreta come un salottino elegante con tanto di divani e poltrone per gli spettatori... e attrezzatura sadomaso per i giocatori. Al muro di fondo sono appesi specchi fumé che arrivano fin al soffitto, in modo che sottomessi e dominatori possano guardarsi. Ci sono anche stanze private con panche per le sculacciate e altra roba.

"Ecco dove ti porterò quando farai la cattiva," dico guidandola a una panca. "Togliti le mutande e inginocchiati qua sopra." Do una pacca sul punto in cui deve mettere le ginocchia.

Lara sbatte le ciglia e deglutisce, ma non si muove.

Logico. Stasera non muore esattamente dalla voglia di compiacermi. Preferirebbe la 'costringessi'. Invado allora il suo spazio, le faccio scivolare le mani giù per le cosce e le sollevo l'orlo del vestito aderente. "Ti aiuto io, *malyška*." Le massaggio il culo un paio di volte e mormoro: "Puoi fidarti di me."

Assurda tutta questa voglia che ho che si fidi. Voglio assolutamente un legame più profondo... più di una scenetta bollente nella segreta. Voglio che leghiamo.

Le aggancio i pollici all'elastico delle mutande e gliele abbasso fin sui piedi, poi mi rialzo passandole i polpastrelli lungo le gambe.

"Vediamo quanto ti eccitano gli sculaccioni." Le passo il medio fra le gambe in un sibilo: è fradicia! "*Tantissimo*, direi."

Ora di un bel complimento. "Brava, *princessa*. E adesso..." Le tiro su di colpo il vestito fin alla vita e la giro verso la panca. "*Inginocchiati qua sopra*." Il tono è di colpo abbastanza deciso da spingerla a girare la testa a controllare che non sia arrabbiato.

Per tranquillizzarla le faccio l'occhiolino.

Sale sulla piattaforma; le spingo il busto sulla panca e le aggancio subito le caviglie alle cinghie, così non cade. Faccio lo stesso coi polsi: infilo un dito dentro per accertarmi di non aver stretto troppo. Dopodiché la lascio lì un pochino − a cuocere a fuoco lento − mentre metto su della musica sexy e vado a prendere i giocattolini.

Scelgo un piccolo plug anale da principianti, lubrificante e pagaia di cuoio − lo strumento che preferisco, dato che fa begli schiocchi e dispensa facilmente sia piacere sia dolore, a seconda della forza che ci si mette.

Faccio con gran calma; so bene che l'attesa migliorerà l'esperienza a entrambi. Quando torno da Lara, le accarezzo piano il culo nudo facendole cerchietti col palmo sulle natiche, poi le rinfilo il dito fra le cosce per spargerle i succhi giù e attorno al clitoride.

Dopo attacco con una serie di veloci sculaccioni − alternando lato destro e sinistro − concentrati sulla metà bassa, dove si siede.

"*Ou!*"

"Sì, lo so," la consolo tornando alle carezze. Che bello veder sbocciare il rossore delle mie impronte sulla pelle pallida...

"Questo succede quando fai la cattiva, Lara." Riecco il tono severo. Le schiudo le natiche per farle gocciolare un po' di lubrificante sull'ano. Le scappa un miagolio acuto che fa pensare un po' alla paura... ma un po' anche all'eccitazione. "Adesso ti scopo il culo col plug, *princessa*." E le porto l'estremità bulbosa d'acciaio inossidabile al buchetto.

Emetto un lamento di protesta che ignoro. Spingo – solo un po' – e poi mi ritiro. Lo appoggio e la sculaccio di nuovo con la mano. Un po' più forte stavolta.

"Ti farai inculare, da brava?"

"*Net!*"

Con una risatina le sfrego le mani fra le gambe per regalarle un pizzico di piacere... prima di tornare alla punizione. "Ti semplifico le cose, allora." Torno all'armadio dei giochi per prendere un vibratore. Ci spalmo il lubrificante e poi le stuzzico le pieghe facendoglielo scivolare fin sul clitoride. Al contempo mi sporgo per baciarle e morderle una natica.

"Ah... aaaah..."

Le tengo il vibratore sul clitoride mentre con l'altra mano riporto il plug all'ano e premo piano. Strizza tutto per non far passare l'intruso. "Fa' un bel respiro, *malyška*." Aspetto che ubbidisca. "E ora, quando espirerai spingiti indietro, così entra."

Raggela – per un attimo senza fiato – e poi espira lentamente. Premo un po' di più. Geme quando il buchetto si spalanca.

"Brava," la lodo. "Stai andando benissimo. Continua a spingere."

La parte più grossa del giochino è passata; è dentro.

"Così, *princessa*."

Lo muovo e rigiro delicatamente per stimolarle tutte le terminazioni nervose attorno all'ano.

"Ecco come punisco quella cattivella di mia moglie. Ecco la posizione in cui ti ritroverai ogni volta che mi disubbidirai." Passo di colpo al tono sporco del dominatore. "Ci faremo un giretto nella segreta... dalla quale uscirai dolorante. E appagata."

Forse esagero. So che il suo corpo reagisce bene alla dominazione, ma la mente si ribella al controllo. Rischio di mandare tutto a puttane...

...ma lei geme e si lagna, gocciola fra le cosce! *Maledizione*, che belli culo e fighetta a mia disposizione sulla panca!

"Eccola, la mia brava ragazza." Altro complimento. Ce l'ho più duro del granito! "E adesso è ora delle sculacciate."

"No!" si lamenta.

"Sì invece. Ti ho beccata mentre ti facevi toccare da un altro, *malyška*."

Raccolgo la pagaia e le rifilo due bei colpi al centro del culo. Visto che non si agita poi tanto, continuo – senza esagerare e premiandola fra una sculacciata e l'altra con delle carezze. Dopo una dozzina di colpi mi fermo ad ammirare la sfumatura rosata che hanno preso le natiche e pompo di nuovo col plug. Sganciandole le cinghie alle caviglie le dico: "Ecco cosa succede adesso, *princessa*: ti tieni il plug in quel culo meraviglioso e sali di sopra. Mi aspetterai in camera." Le libero i polsi e l'aiuto a scendere; poi le abbasso il vestito sulle cosce. "Chiaro?"

Non risponde. Cerca di risistemarsi le mutande, ma gliele frego.

"Queste le tengo io." Me le infilo in tasca. "Voglio che sali a culo nudo... fatta eccezione per il plug." Le passo le mani su spalle e schiena per esser sicuro che ancora si senta protetta. Accarezzata. Adorata.

Farla salire senza di me è una mossa di potere per cui forse non è pronta.

Le mordicchio l'orecchio e parlo con voce tetra, seduttiva. "Tienitelo dentro e pensa a cosa ti farò al mio arrivo."

Sposta il peso da un piede all'altro; cerca di abituarsi alla sensazione, si vede.

"Se ne hai bisogno, quando sarai di sopra potrai toccarti." L'accarezzo fra le gambe, come a farle vedere. Le sue mani mi volano al petto; ha le pupille enormi di voglia. "Quando salirò ti scoperò ben bene. Per ricordarti di chi sei."

———

Lara

Mi strizza il sedere con fare possessivo. Una parte di me vorrebbe resistere... la parte che ancora vuole punirlo perché non mi spiega sul serio come mai ci siamo sposati in tutta fretta, che ruolo rivesto in questo giochino. Continuo a credere che potrei uscirne, se riuscissi a scoprirlo. Ma non me lo dice.

Parte però che è dipendente dalla sua dominazione. Non c'è nulla in me che al momento non voglia esser toccata da lui... in qualunque modo voglia farlo. Pure volesse scoparmi dietro col plug e picchiarmi con un arnese di cuoio! Sono oltremodo eccitata: gocciolo, ho perso la testa.

L'unica cosa che al momento non mi va tanto giù è l'idea di lasciarlo, Baron. Tutto sembra giusto in questi momenti: quando rivolge le sue attenzioni a me. Quando m'istruisce, mi domina, mi fa sentire il centro dell'universo.

È quando non c'è, però, che ricordo quanto sono sola qui. Che non posso fidarmi di nessuno, che non ho amici. Che Baron farà scappare tutti gli amici che mi farò. I maschi, almeno.

"Non ci metterò molto, *princessa*," mormora mentre saliamo le scale e usciamo dall'armadio... leggendomi nel pensiero con quelle sue capacità prodigiose.

La festa sta finendo. In soggiorno c'è solo la metà della gente di prima e Anja manda lenti più *groove*.

"Voglio solo verificare che possano chiudere senza di me."

"Guarda che se ci metti troppo mi addormento, eh."

Fa un debole sorriso. "Figurati." Mi dà un bacio tenero; mi appoggio a lui: non voglio scollarmi...

Mi abbassa l'orlo del vestito, come a sincerarsi che nessuno mi veda il fondoschiena, e mi bacia sul collo. "Sali e spogliati. Poi scegli la posizione in cui vuoi essere scopata. E mantieniti bagnata, *malyška*."

Quasi vengo qui, sulla pista!

E mi sa che se ne accorge, perché mi regala un altro bacio. "Brava." Mi accompagna delicatamente verso la scala, davanti al cui cordone di velluto staziona Feliks. "Fra qualche minuto salgo a premiarti." Altra strizzatina al sedere – che mi smuove il plug e mi fa cedere le ginocchia.

Salgo. Ogni passo me lo muove dentro, e la cosa è – oh, quanto mi vergogno a dirlo! – *incredibile*. Il mio lubrificante naturale mi gocciola giù per l'interno coscia. Mi sento piena, stordita dal dolore e dal sentirmi così spalancata.

In camera mi tolgo vestito e scarpe, poi mi lavo denti e faccia.

Ragiono sulla direttiva ricevuta. *Scegli la posizione in cui vuoi essere scopata.*

Non riesco a decidermi! E Baron in effetti non ci mette molto. Apre la porta e mi trova in piedi davanti al letto.

La chiude a chiave, poi piega la testa di lato e alza un sopracciglio. "Ti è difficile trovare la posizione?"

Annuisco.

Si spoglia velocemente. Lo osservo ammirando la flessione dei muscoli delle braccia. "Sei bella bagnata?"

Faccio scivolare le dita giù sulla pancia, nei succhi. Annuisco di nuovo. Altroché... fradicia!

"Sali sul letto, *princessa*. Fammi vedere se basta."

Mi arrampico con cautela per non perdere il plug. Baron mi segue. "Fammela assaggiare." Mi spinge giù di schiena e spalanca le gambe.

Urlo quando pompa il plug leccandomela al contempo. Fa vorticare la lingua *ovunque*, mi beve tutta, m'accarezza le pieghe, mi succhia...

Sto per venire. Gli serro le cosce attorno alle spalle, alzo il sedere dalle lenzuola, tremo tutta.

"Vieni per me, *malyš*..." Mi ficca dentro due dita per accarezzarmi la parete interna. "Te lo meriti. Ti sei fatta punire benissimo."

Vengo con un urlo – i muscoli interni si contraggono e spostano. Ho le vertigini, sono tutta un fremito.

Estrae le dita e rotola supino. "Salimi sopra e prendilo tutto, amore."

Sono ancora stordita dal piacere, però ubbidisco. Lui mi afferra i fianchi e mi alza e abbassa sull'erezione. Mi viene in mente che non gliel'ho ancora succhiato... lui invece non s'è mica risparmiato.

La nostra è una relazione unilaterale nata fra un matrimonio combinato e il risentimento che provo per esservi prigioniera. Custodisce Baron le chiavi della mia gabbia... ma mi dà anche un enorme piacere che ha tutto il gusto del controllo. A me in cambio chiede pochissimo, a parte stare alla larga dagli altri uomini – richiesta ragionevole, dai. Non posso biasimarlo; e comunque persino quando ho esagerato con me è stato gentilissimo.

Le punizioni sono sessuali. Basate sul godimento. Elettrizzanti. Quindi mi fanno solo venir voglia di disubbidirgli ancora... non fosse che sempre più mi ritrovo a volerne l'approvazione.

E a volergli restituire il favore, forse.

Quando glielo prendo dentro, lungo e grosso com'è, gemo. E col plug mi sembra di non aver più spazio! È tutto amplificato. Sembra ancora più grosso. Mi allarga di più. Trasalisco quando me lo infila dentro proprio tutto, impalandomi nel profondo. Baron mi tiene i fianchi senza muoversi; perché mi abitui all'intrusione.

Poi si allunga per muovere il plug. Rantolo e subito attacco a muovere i fianchi verso di lui. Struscio il clitoride sui suoi lombi e trovo un punticino dentro su cui la cappella si sfrega. Il respiro si fa superficiale. Baron usa il plug per spingermi sull'uccello e lo cavalco più forte tenendogli le mani sulle spalle e facendogli ricadere i capelli lunghi sulla faccia.

Da lì mi guarda come fossi la cosa più bella che avesse mai visto. Totalmente affascinato.

Ho un tuffo al cuore. E qualcos'altro ancora cede, mi si apre dentro.

Mi rendo conto che Benjamin Baranov non è per nulla come mi aspettavo. Certo, è pericoloso. E oltremodo controllante. Ma anche generoso. E non solo con me, eh: anche con la sua cellula della bratva. È altruista con le attenzioni, le strategie che mette in atto – persino con la violenza. Agisce solo ed esclusivamente mosso da uno scopo che gira intorno alla gente che considera sua.

E per la prima volta mi sento onorata di far parte del gruppo. Di essere di Baron. Di essere una persona per cui ucciderebbe.

Adesso bramo sentirlo definirmi sua moglie in quel suo modo possessivo e orgoglioso!

Rivedo l'aria sconvolta che aveva quando stasera ho sceso le scale, come mi ha reclamata durante la festa annunciando a tutti che sono sua moglie. Il sorriso raggiante che mi ha rivolto quando sono stata al gioco e ho fomentato le voci su di lui.

Sento montare un altro orgasmo, ma resisto con un lamento.

Baron mi gira sulla schiena senza scollarsi da me e mi scopa; è chiaro che il bisogno di controllare tutto ha preso il sopravvento.

Sono contenta del cambio di posizione perché... quasi neanche ci vedo più! Gira tutto, il respiro esce ed entra in rapidi rantoli. Mi sbatte tenendo una mano sul muro, sopra alla mia testa, e alzandomi una gamba per penetrarmi di più.

"Spingi il plug, *malyška*," ordina.

Ubbidisco: fidarsi dei suoi ordini mi dà sempre un piacere

assurdo. Piego in su la testa adesso che provo tanto godimento in due punti diversi...

"Baron... Ben..."

Aggrotta la fronte e mi fa un sorrisino furbo quando pronuncio il suo nome. "Così, Lara. Di chi è questo corpo stupendo?"

Scuoto il capo – voglio negare! Non sono sua. O almeno non voglio...

Lui accetta la sconfitta con una risatina. "Chi ti fa urlare di piacere, *princessa?*"

"Tu!" Ansimo, già fuori di testa dal piacere. Già pronta a riesplodere.

"Questo corpo è mio." E mi sbatte più forte... più veloce!

Grido; è tanto brutale che il piacere si tinge di paura. È forte. Mi scopa da morire.

"Adesso ti faccio venire. Guardami, Lara."

Neanche m'ero accorta di tenere gli occhi chiusi, ma adesso li apro. Metto a malapena a fuoco, ma Baron non me li molla. "Vieni per me... adesso." Mi massaggia il clitoride col polpastrello del pollice.

Urlo, ma il picco non lo raggiungo. "Vieni tu." Non ho più fiato.

Baron geme; ipnotizzata, gli osservo il volto contorcersi. Il controllo scivolar via. Un muscolo della guancia salta mentre mi scopa con forza brutale e ritmo erratico. Con un grido, m'impala in profondità e viene...

...e in quell'istante gli avvolgo le gambe attorno alla schiena e aggancio le caviglie per tenermelo dentro. Vengo con lui: i muscoli interni si strizzano e gli pulsano attorno per mungergli fuori fino all'ultima goccia di nettare.

Gli scappa una risata roca e mi struscia il naso nel collo. "Cazzo, che bello. Mi fai impazzire, Lara."

Il piacere dovuto al complimento si mescola all'estasi per gli orgasmi multipli.

Devo ammetterlo: rischio d'innamorarmi di mio marito.

Il suo tocco mi dà dipendenza. Guardarlo m'affascina.

Bussano; ora irrigidito, Baron esce da me. "Sì?" Si butta giù dal letto per raccogliere l'angolo delle lenzuola e lanciarmele addosso.

Dall'altra parte giunge la voce di Leo. "Baron, c'è la polizia. Non hanno un mandato, ma chiedono di te."

CAPITOLO DICIASSETTE

Baron

Merda.

M'infilo un paio di jeans e ficco telefono e documento d'identità nella tasca posteriore. "Falli entrare," urlo. "Non abbiamo nulla da nascondere. È tutto a posto." Metto una maglia a mezze maniche e spalanco la porta.

"Ok," fa Leo. "Scendi?"

"Ti seguo." Richiudo: mia moglie!

Risalgo sul letto per darle un bacio sulla tempia. "Scusa. Torno il prima possibile. Ti serve aiuto per togliere il plug?"

Squisitamente in disordine, Lara si tira seduta. Ha gli occhi vitrei e splendenti, il volto arrossato, i capelli arruffati e spettacolari. Spalanca gli occhi. "Faccio io. Tu va'."

Le bacio le labbra gonfie e m'infilo le infradito per scapicollarmi di sotto, dove girovagano otto agenti che hanno tutta l'aria di cercare qualcosa…

Scendo le scale di corsa. Sono le due passate. Ho sentito spegnersi la musica una decina di minuti fa. Chi era rimasto ormai sta scappando alla velocità della luce. Gli abitanti della Casa sono tutti raccolti insieme, come soldatini sull'attenti.

Non fosse che sono preoccupati. Non voglio s'angoscino però... di qualsiasi cosa si tratti. Posso risolvere.

"Piacere, Benjamin Baranov," dico al primo poliziotto in cui incappo cercando di trasudare calma autorevolezza. "Serve qualcosa?"

"Baranov, le spiace se diamo un'occhiata in giro?"

"Mandato," brontola Leo per ricordarmelo. Maksim, suo padre, è il risolutore di papà. Conosce la legge e i sistemi per non farsi beccare e uscire da ogni spiacevolezza.

"Posso chiedervi cosa cercate di preciso?" domando.

"Vogliamo controllare lo stato dei partecipanti alla festa."

Mi si alzano di scatto le sopracciglia. "Stato?!"

Pensano siano fatti?

L'agente non risponde. Lui e il collega passano le varie stanze per guardare in faccia chi sta scappando fuori e fermare i più ubriachi per le domande.

Io li seguo. "Posso chiedervene la ragione?"

Mi ignorano; uno cerca d'aprire una porta del pianterreno. "Lì cosa c'è?" Bussa.

"È una camera." Sono perplesso. Magari ci sta dormendo qualcuno, che ne sanno! E oltre la porta mia c'è una donna meravigliosamente nuda...

Digrigno i denti all'idea che bussino anche lì. Se vanno di sopra devo avvisare Lara.

"Può aprirmela?"

È la camera di Alex. Con l'impronta del pollice posso aprirla anch'io, ma lo cerco comunque con lo sguardo.

"Sono qui." Mi affianca.

"Vogliono vedere camera tua."

Mi scocca un'occhiata obliqua e poi fa spallucce; apre. Uno entra e un altro chiede che gli apriamo la porta successiva.

"È lei Benjamin Baranov?" chiede un detective entrando nel soggiorno. Mi mostra il distintivo.

"Sì."

"Venga con me, per piacere."

Anja e Zoe sono qui vicino, insieme. A guardarli in cagnesco. Chiaramente preoccupate.

Gli faccio capire che ho tutto sotto controllo. "Mi arrestate, per caso?"

"Non ancora. Vorremmo solo porle qualche domanda alla centrale."

Merda. Vabbè. Prima scopro cosa cercano meglio è. "Ok. Andiamo." Allargo le braccia.

"Chiamo Lucy," fa Zoe – allude a mia madre.

"Che nessuno chiami Chicago!" ordino.

La mamma è il miglior avvocato dello stato, ma adesso ci manca solo che la sveglino a notte fonda per dirle che le stanno interrogando il figlio! È tutta la vita che cerca di tenermi alla larga dagli affari della bratva; quando io e Lili ci siamo ritrovati in mezzo alla violenza, da piccoli, il matrimonio dei miei ha avuto dei bei problemi. Hanno superato la crisi, ma un po' fui spedito al college svizzero: ero troppo interessato al lavoro.

La mamma è l'ultima risorsa.

Mi arrangio. Non hanno niente, altrimenti sarei in manette, mi leggerebbero i diritti.

Però la cosa non mi piace per nulla.

E un altro briciolo di sicurezza scivola via quando scorgo Lara sulla cima delle scale, lì a guardarmi mentre mi spintonano fuori.

Mi fermo a osservarla a mia volta e mi piomba addosso una pesantezza che ricorda un po' troppo le sbarre di ferro di una prigione.

Che mi abbia visto così è anche peggio che dirlo alla mamma; mia moglie dovrebbe sapere che so tenerla lontana da questa merda. Dovrei riuscire a controllare sempre tutto, in modo da evitare certi disagi. Eppure stanotte mi son perso qualcosa... chissà cosa.

"Andiamo," fa l'agente tirandomi dal braccio per costringermi a oltrepassare la soglia.

Mi giro uscendo, ma qualcuno chiude il portone impedendomi di vedere mia moglie.

Mi portano in sala interrogatori. Giuro, sulla soglia della stanza accanto scorgo il rettore Ogden parlare con uno con maglia a mezze maniche nera e jeans – peccato spariscano prima che ne sia assolutamente certo.

Mi siedo al tavolo, dove mi indica il detective, e allaccio le dita tatuate. C'è uno specchio sulla parete opposta – dev'essere unidirezionale. Il che significa che Ogden assiste.

Mi s'inacidisce lo stomaco. Allora la faccenda è abbastanza importante da interessare al rettore della Thornecroft. Che non si tratti più solo della vendetta di Casa Titan? E se c'entra la bratva? O la famiglia Rostov?!

Cazzo. Mi servono più informazioni per risolvere la cosa.

Il detective mi si accomoda di fronte, apre un fascicolo e ne pesca una foto che fa scivolare verso di me. "Conosce questa donna?"

La guardo; l'adrenalina m'invade. Il guerriero che c'è in me riaffiora in superficie, pronto a uccidere o morire. A combattere per lei.

Ecco cosa c'entra il rettore.

Alzo occhi fiammeggianti. *"Cos'è successo a Melinda Tracy?!"*

"Allora la conosce..."

Mi arrovello. L'hanno rapita? Assassinata? Devo sapere per sistemare!

Guardo lo specchio spia con un cenno del mento in quella direzione. "Quello è dei servizi o delle operazioni segrete?"

Sento sbattere una porta ed entra il tipo con la maglia nera; è di due taglie in meno per far risaltare gli addominali.

Alza brusco una sedia e la rigira per sedersi come un cowboy. Mi sa che si crede un figo.

"Quand'è stata l'ultima volta che ha visto la signorina Tracy?" chiede perentorio.

La mamma mi direbbe di non rispondere in assenza d'avvocato. Dovrei chiamarla. O come minimo sentire il giovane docente di legge che ogni tanto compra la droga da me! Sì, sono uno stupido... ma devo assolutamente sapere cos'è successo a Melinda. "Due ore fa a Casa Baranov. È scomparsa?"

Forse è ancora lì. Magari dopo i giochini nella segreta Anders l'ha portata in camera sua. Il problema è sorto solo perché non è tornata al dormitorio? Cerco di rallentare il martellio del cuore.

Forse non è morta, forse non è stata assassinata e non giace in una pozza di sangue, forse non sarò costretto a sopravvivere all'angoscia di non esser riuscito a proteggere un'altra persona cui tenevo...

"A Casa Baranov è stata in sua compagnia?" domanda il detective.

"No. Non ci ho nemmeno parlato. L'ho vista solo verso la fine." Mi passo una mano sulla barba corta. "Sta male? È morta? Mi fareste la cortesia di dirmi cosa sta succedendo?!"

"Come definirebbe il rapporto fra lei e la signorina Tracy?" chiede maglia-nera.

Non c'è niente da definire.

"Di amicizia." Una definizione vale l'altra.

"Questa sera è mai uscito da Casa Baranov?" domanda il detective.

"No."

"Stasera ha dato qualcosa da bere alla signorina Tracy?"

"Io personalmente? No."

"Stasera ha avuto rapporti sessuali con la signorina Tracy?"

"No. Sono sposato."

Stupiti, eh?

Benvenuti nel club.

Strizzo gli occhi. Che domanda è?!

"Sarebbe disposto a darci un campione di DNA in modo che possiamo escluderla dai sospettati?"

Mi tiro bello dritto per fissarli senza palesare nulla. Devo digerire la cosa: o è stata uccisa o stuprata.

E se avessi potuto impedirlo? Ho lasciato la festa senza supervisione per due giochetti nella segreta con mia moglie. E se a causa della mia negligenza gli altri si fossero lasciati sfuggire qualcosa? Tipo un pericolo che avrebbe poi avuto un esito terribile sulla ragazza probabilmente più importante – almeno a livello politico – del campus?

Cerco di non immaginarmela riversa sul suo sangue.

Come Valentina. Basta, è finita!

Non siamo più laggiù, direbbe Lili.

La mamma mi consiglierebbe di consegnare il campione? No. Mi direbbe di non rispondere senza avvocato. Mi direbbe che mi stanno incastrando.

E potrebbe decisamente essere.

Espiro. "Certo."

Maglia-nera fa un cenno al detective, che va alla porta e dice qualcosa a chi sta fuori.

"È viva?" Cerco di fare il disinvolto, ma mi si spezza la voce.

Maglia-nera adesso mi studia. Dopo un lungo momento d'agonia, annuisce. "È in ospedale. È stata drogata e sessualmente aggredita. Alla sua festa."

CAPITOLO DICIOTTO

Lara

Mi riunisco in cucina con gli abitanti della Casa. Sono le cinque del mattino e nessuno ha chiuso occhio. Ho preparato caffè macchiato per tutti con la macchinetta italiana. La polizia ha perquisito tutte le stanze – immagino alla ricerca di stupefacenti e attrezzature varie – ma hanno anche visto come stavano gli ubriachi. Leo, Alex e Feliks li hanno seguiti dappertutto come muti cani da guardia in attesa dell'attacco... privati però del padrone che possa dare l'ordine, per quest'attacco.

La Casa è completamente diversa senza la quieta autorità di Baron. Finché non l'hanno portato via non m'ero accorta di quanto il suo controllo dia una sensazione di sicurezza. Senza di lui sembra tutto instabile. Allo sbando.

E fa paura.

Non mi va l'idea che sia al commissariato. Neanche un po'. Pare aver sacrificato – per l'ennesima volta – agio, tranquillità e piacere suoi per levarci questo stress.

Solo che lo stress io lo sento.

Voglio lo liberino. Voglio sia al sicuro. Voglio sapere perché lo interrogano, visto che si è sbattuto tanto per dare una festa legalissima.

"Non dovremmo dirlo a Lili?" A un certo punto se n'è tornata a casa. Non sa niente!

"Lasciala dormire," fa subito Leo, come ci avesse già pensato.

Mi sa che Baron non è l'unico protettivo con la piccola...

"Rispiegami le leggi americane."

"Non l'hanno arrestato; l'hanno solo portato via per interrogarlo. Se non hanno abbastanza per accusarlo di qualcosa, non possono trattenerlo più di quarant'otto ore."

Scuoto il capo. Ancora non capisco... "Io vado lì," proclamo alzandomi. "Per farlo evadere, pagargli la cauzione... quel che serve!"

Ad Anders trilla il telefono. "È lui!"

Ci accalchiamo tutti per leggere.

Hai portato tu a casa Melinda stanotte?

Impallidisce. "Merda. Le è successo qualcosa?! Oddio..." Risponde veloce:

No, hai detto che dovevo chiudere la festa, quindi ho chiamato la sicurezza per farla accompagnare al dormitorio.

Vogliono che tu venga il prima possibile al commissariato per una dichiarazione e un tampone del DNA.

. . .

Si alza malfermo sulle gambe.

"Vengo con te," dico decisa. "Non m'importa se dovrò aspettare due giorni; sempre meglio che starmene qui senza sapere che gli succede."

Si alza anche Leo. "Anch'io. Posso recuperare il filmato di quand'è uscita. Magari aiuta."

Un quarto d'ora dopo entriamo nel piccolo commissariato di Whisper, e l'agente alla scrivania accompagna subito dietro Anders ignorando me e Leo.

Che comincia a trafficare col telefono per pescare le riprese del portico. È cupo. "Speriamo non le sia successo niente..." fa a denti stretti.

"Siete amici?"

Scuote il capo. "No. Ma mi sentirei una merda se le fosse accaduto qualcosa dopo esser stata da noi. Mi sentirei responsabile, e Baron..." Ammutolisce.

Cerco – invano – di deglutire. "E Baron?"

Coglie l'intensità del tono e stacca gli occhi dal telefono; ma continua a lavorare. "Fra loro non c'è nulla," dice disinvolto. "Non intendevo quello. Ma per Baron è difficile accettare che qualcuno sotto la sua sorveglianza soffra."

Rieccoci. L'ennesimo riferimento al suo lato protettivo... e l'allusione al trauma che ne è causa. "Cosa gli è accaduto?" chiedo piano.

Mi scocca un'occhiatina, poi scuote la testa. "Non sta a me dirtelo."

Il cuore accelera – avevo ragione, qualcosa è successo! Ma rispetto la discrezione. Ha ragione: dovrebbe dirmelo Baron. E spero tanto ci riesca...

Gli trilla il telefono. "Caaaaaaaazzo!" Si passa la mano fra i capelli.

"Cosa?!"

Me lo porge: è aperto sull'app del *New York Times*, che in cima ha un'ultim'ora.

Il titolo recita: 'Figlia del candidato alla vicepresidenza Gabe Tracy drogata e violentata a festa della Thornecroft."

Inspiro a fatica, le vene mi gelano. "Ma... non è vero. Giusto?"

Altro cenno di diniego. "Certo che no! È opera di quegli stronzi di Casa Titan!"

Ma ha il dubbio scritto in faccia. "Possibile che si spingano a tanto solo perché date feste migliori?" Sono perplessa. "Non arriverebbero mai a *violentare*... no?"

Ha uno spasmo a un muscolo della mascella. "Be', sceglierebbero lei però, per farci chiudere permanentemente. E mandarci in tribunale." E poi brontola ancora: "O forse gli avversari del padre vogliono farlo apparire debole." Scuote il capo. "No, non ha senso. Dev'essere per forza una trappola per Baron." Torna al telefono. "Ecco, guarda." Mi mostra un filmato in cui Anders accompagna fuori Melinda a un cart della sicurezza, uno di quelli scoperti ed elettrici che usano le guardie del campus. Le dà un bacio e poi l'aiuta a sedersi, dopodiché la guarda partire. "A te sembra drogata?"

Scuoto la testa inspirando forte – mi serve aria!

Leo ha le prove. Andrà tutto bene.

Si alza per andare alla scrivania. "Vorrei parlare con la persona incaricata delle indagini sul caso di Melinda Tracy." Mostra lo schermo. "Ho la prova che aveva lasciato la festa."

———

Baron

Mi tartassato per forse ore. Non mi pento di non aver chiamato la mamma. Se mi accusano sul serio mi ammazza probabilmente... ma per il momento coopero. Per il bene di Melinda.

Finalmente mi dicono che posso andare. "Sua moglie è venuta a prenderla," dice il detective.

La sorpresa m'inonda – come liquido caldo – il petto. "Davvero?" Che domanda idiota!

Lara è venuta.

È mattino presto, quindi non avrà chiuso occhio.

Perciò tiene a me.

Mia moglie è venuta a prendermi.

Mai sono esistite parole più significative.

"Non lasci la città," mi avverte l'agente.

Annuisco ed esco nell'atrio.

Un'altra dose del liquido caldo di prima mi si riversa negli arti quando la vedo. Si alza da una sedia per venirmi incontro. Porta pantaloni della tuta azzurri col marchio stampato lungo una gamba e una t-shirt corta rosa pallido aderente sui seni. Niente reggiseno.

"*Malyška!*" Mi esce un tono brusco. Incespico verso di lei. "Sei venuta!"

Mi viene incontro a metà strada e mi getta le braccia al collo. L'afferro dalla vita e la alzo per un lungo e forte abbraccio.

Mi bruciano gli occhi.

Vicino c'è Leo; Anders invece sbuca dalla stanza degli interrogatori con l'aria smunta.

"Andiamocene, su," dico.

E usciamo tutti e quattro.

Quando siamo al sicuro, nel SUV di Leo, dico: "Non so che cazzo sia successo. Dicono che Melinda è stata drogata e violentata alla festa!"

Anders sembra sul punto di vomitare. "Ti spiace portarmi in ospedale, Leo? Voglio vederla..."

Annuisco. "Sì, anch'io." Prendo la mano di Lara e gliela stringo. "Ti sta bene?"

Lei alza le sopracciglia sorpresa, però annuisce.

"Gli ho mostrato il filmato di lei che se ne va *lucidissima*," fa Leo. "E ho confermato d'aver visto te e Anders all'interno della Casa per tutto il tempo, dopo che se n'è andata."

"Grazie," dico piano.

"Gli ho detto che guarderò tutti i video per trovare qualsiasi ripresa di Melinda. Posso trovarne anche di Anders dopo che se n'è andata. E Lara può farti da alibi."

Mi volto verso di lei. D'un tratto m'è venuta la nausea.

Annuisce ancora. "Mi hanno fatto delle domande, e io gli ho detto che nell'ultima ora della festa eravamo insieme."

Digrigno i denti. Proprio non volevo che mia moglie venisse interrogata! "Ti hanno interrogata?! Mi dispiace tanto, Lara..."

Alza il mento. "Mi sono offerta io."

Altra ondata di calore. Mi porto la sua mano alle labbra per baciarne il dorso. "Mi dispiace," ripeto in bisbiglio.

"Non puoi controllare tutto, Baron." Regge ferma il mio sguardo col suo, azzurro, e mi pare di fare un salto mortale. "Non sei responsabile di tutte le brutture che accadono al mondo."

"Sono io un ottimo sospettato," fa Anders teso dal davanti. "Le troveranno il mio DNA addosso... dappertutto. Ma è stato consensuale!"

"Certo!" dico io. "E quando si sarà svegliata glielo dirà lei."

Si volta verso di me. "E se non ricordasse niente? Era piena di segni... penseranno tutti che sia uno schifoso predatore sessuale!"

E capisco! "È *davvero* una montatura." Ci penso su. "Tutti sanno – o credono di sapere – della segreta. E forse pure che l'anno scorso Melinda Tracy ci veniva. E pure con me..." Scocco un'occhiata dispiaciuta a mia moglie, che però continua a guardarmi con compassione.

"Allora alla festa l'hanno drogata, magari chiamando aiuto.

E la polizia l'ha trovata strafatta, coperta d'ematomi e con addosso il DNA di un ragazzo," termina Leo.

"Esatto. Devono averlo per forza organizzato, altrimenti nessuno sarebbe venuto alla festa a cercarmi. Io non le ho neanche rivolto la parola ieri."

"E se si trattasse di quello che credevo ci provasse con Lili?" fa ancora Leo.

Scuoto il capo. "Aveva una fiaschetta di vodka. È stata solo una coincidenza. O l'istinto ti diceva che stava per accadere qualcosa..."

"Chi l'ha trovata e ha chiamato aiuto?" domanda Lara.

"Boh. L'articolo di questo non parlava," risponde Leo.

"*Articolo*?!" Scaglio le braccia in aria. "Ma sono stati velocissimi! Cazzo..."

"Già," fa. "Mi è arrivata la notifica del *New York Times*. Per questo ho pensato ai filmati."

"Adesso tutti gli Stati Uniti parleranno del caso! Anche non s'arrivasse in tribunale, il rettore probabilmente farà l'impossibile per insabbiare la cosa... incluso espellermi e chiudere Casa Baranov," gemo.

"O espellere me," dice Anders infelicemente. "Se prima non m'ammazza quel tipo che lavora per il padre."

"Gli hai detto la verità?" chiedo. "Su quel che avete fatto te e Melinda?"

Leo accosta davanti all'ospedale, ma non usciamo. Dobbiamo concludere la conversazione in privacy totale.

"Ho... ho detto che eravamo andati a letto insieme," dice. "Ma non volevo far sapere a tutti che le piace il dolore. Lo scoprirebbe tutto il mondo... anche il padre! E mi farebbe uccidere."

"Sotto la mia sorveglianza non ti ucciderà nessuno," ringhio. Secondo me maglia-nera riesco a batterlo. Ha l'aria d'allenarsi bene... ma anch'io.

"E se Melinda non ricordasse? E se la perdita di memoria e la confusione date dalla droga le avessero fatto dimenticare anche i momenti precedenti?"

Cala un brivido sull'intera auto.

"Non so," dico piano. "Credo però sia abbastanza sveglia da ricostruire la realtà, le presentassimo i fatti."

Spero. Ma probabilmente Anders ha fatto bene a non dire proprio tutto; ma, a seconda di quanto conta per lei mantenere segreta quella parte della sua vita, c'è la possibilità che sacrifichi Anders.

Non lo permetterò.

"Nel migliore dei casi, troviamo questi stronzi e gliela facciamo pagare."

"E li consegniamo alla giustizia," mi corregge Lara. "Altrimenti addio reputazione."

———

L'ospedale è gremito di giornalisti, e quando chiedo all'accettazione in quale stanza si trovi Melinda, ci dicono che sulla signorina non daranno informazioni a nessuno.

"Merda. Le mando un messaggio. Gesù... ma cosa le scrivo?!" fa Anders.

"Dille che hai saputo e chiedile di vederla," consiglio.

Un tizio dall'aria familiare – e con una maglia aderente nera a mezze maniche – si fa largo fra la calca per imboccare il corridoio.

"Guardate." Faccio un cenno del mento. "Scommetto che lui sa dov'è."

Lo seguiamo. L'agente prende la scala; resto all'ingresso del pianerottolo, in ascolto del numero di rampe che sale. Quando si chiude la porta del secondo piano, faccio segno ai miei di ripartire.

Lassù apro di uno spiraglio la porta per sbirciare dentro.

Gabe Tracy è in piedi, sulla soglia della camera, fiancheggiato da due agenti dei servizi segreti. Ascolta maglia-nera. Il tirapiedi mi scorge, quindi si girano entrambi.

Merdaccia. Spalanco con uno spintone la porta della scala e avanzo a grandi passi mano nella mano con Lara. Accanto a noi ci sono Anders e Leo.

"Benjamin Baranov e Anders Hansen." Il padre di Melinda ci guarda con cipiglio tetro. E chi può biasimarlo, dopo che gli hanno aggredito l'unica figlia?

Mi sa che ci conosce per via di maglia-nera. Posso solo sperare gli abbia anche detto che siamo presunti innocenti.

La mamma si è sbattuta non poco per farlo eleggere, ma forse non è il momento giusto d'accennarvi. Mi sa che lo sa già.

"Senatore Tracy." Non riesco a decidere se porgergli la mano o no. Propendo per il no, dato che non sembra dell'umore. "Le presento mia moglie, Lara Baranov, e il mio coinquilino Leo Popov."

Maglia-nera mi squadra bene. A questo qui non sfugge niente, temo.

"Che ci fate qui?" Il senatore è stanco quanto me. Nessuno dei presenti ha dormito.

"Siamo venuti per Melinda." Guardo dentro... ma il letto è vuoto!

"Sta riposando." Ci guarda malissimo. Mi rendo conto che gli agenti piantonano la porta vicina a questa. Ecco, dev'essere lì.

Gli restituisco uno sguardo calmo. Voglio capisca che non sono colpevole e non ho niente da nascondere. Almeno per quanto riguarda Melinda. Di roba da nascondere ne avrei parecchia... ma in altri ambiti.

"Dentro." Fa con un cenno del capo alla stanza vuota; ubbidiamo. Maglia-nera ci segue per chiudere la porta. Il senatore leva l'occhiataccia su Anders. "A quel che ho capito tu... *frequenti* mia figlia, esatto?"

Sposta il peso da un piede all'altro. "Non so se si può dire davvero così... ma sinceramente, senatore, darei la palla sinistra perché fosse vero!"

Gli scattano in alto le sopracciglia.

Anders ha un modo tutto suo di disarmare le persone – e pare che la colorita confessione abbia funzionato, perché il senatore lascia crollare le spalle e si sfrega una mano sul viso.

"Voglio solo che lei sappia, senatore, che scopriremo chi ha fatto del male a Melinda. E gliela faremo pagare," dico.

"Nel senso che lo *consegneremo alla giustizia*," mi corregge di nuovo Lara stritolandomi la mano.

Allungo il collo. No: il colpevole subirà la mia violenza. *Dopo* lo consegnerò alla giustizia.

"Sapete chi è stato?"

"Qualche idea me la sono fatta. E abbiamo le nostre risorse. Lo troveremo."

Maglia-nera mi osserva attento. M'aspetto se ne esca con una frase del tipo: "Lascia il lavoro da detective a me," ma non proferisce verbo. Perciò indago.

"Chi l'ha portata in ospedale? La sua compagna di stanza?"

"La sicurezza del campus." Mmm, che osso inaspettato ci lancia maglia-nera...

Io e Leo scambiamo uno sguardo. La guardia. Dev'essere lui.

"Lo stesso che è venuto a prenderla – quando stava benissimo – da Casa Baranov?" chiede Leo.

Nessuna risposta.

"Cominceremo da lì," concludo.

"Vuoi dirmi cosa pensi?" domanda il senatore.

Esito. Non voglio accusare gente senza prove, ma il senso di colpa mi divora. Melinda sta male a causa mia. Come Valentina, è un'innocente rimasta vittima degli scontri nostri.

Mi passo la mano sul viso. "Signore... è possibile si tratti di un'elaborata montatura escogitata per farci chiudere la Casa. L'obiettivo è stata sua figlia perché ragazza di alto profilo; sarebbero saltate teste. Per non parlare della pressione enorme e della stampa negativa che ricadrà sull'università. Per caso sa chi ha chiamato il *New York Times?*"

"Ci stiamo lavorando." Mi guarda accigliato. "Perciò credi si tratti solo di te e della tua Casa?" Mi deride adesso. Come fossi un narcisista che s'appropria della tragedia.

Lascio perdere le riflessioni e scuoto il capo. "Ha ragione. Mi sto facendo prendere dalla paranoia, temo."

"No, no, spiegaci questa teoria," fa maglia-nera. Dà la schiena alla parete, le mani sono allacciate lasche in grembo. Chiunque sia, non è un normale agente dei servizi; è sicuramente delle operazioni speciali. E ha la fiducia completa del senatore.

Inspiro forte. "Io spero che nessuno l'abbia violentata; mi auguro l'abbiano solo drogata. Si sapeva che frequentava la Casa, e magari si spettegolava anche sul fatto che fra me e lei ci fosse stato qualcosa. Quindi farla trovare strafatta da me o subito dopo la festa mi avrebbe rovinato. Che poi abbia passato la serata con Anders non migliora la situazione; se Melinda non ricorda cos'hanno fatto Anders finirà in un mare di guai... e la Casa probabilmente verrà chiusa. O come minimo non potremo più dare feste."

Gabe Tracy pare arrabbiato. "Mi stai dicendo che sarebbe una baruffa tra confraternite?!"

Lo guardo dritto negli occhi. "Le sto dicendo che distruggerò chiunque sia stato. Nessuno se la prende coi miei amici."

Per un istante maglia-nera solleva gli angoli delle labbra; poi torna inespressivo.

"E Melinda è tua amica." Sarebbe una domanda, comunque.

"Sì."

"Ok. Adesso ti dico come faremo: trovate il colpevole... e poi portatemelo."

"Sì."

"E prega che la tua versione corrisponda a quella che mi racconterà Melinda quando si sarà svegliata, altrimenti vi cancello dalla faccia della terra." Ci guarda tutti male, prima di sventolare la mano verso la porta. "Sparite adesso."

CAPITOLO DICIANNOVE

Lara

Mi sveglio all'una del pomeriggio. Ho fame e il letto è freddo. Scendo per andare in cerca di Baron. Sento che gli arriva un messaggio; il telefono è ancora sul comodino. Dev'essere ancora di sopra.

Una fresca brezza soffia nella stanza e mi rendo conto che la finestra è mezza aperta. Quando vado a chiuderla vedo Baron seduto qui fuori, sul tetto, in canotta e jeans e con le braccia posate sulle ginocchia raccolte al petto.

La spalanco del tutto e si gira. "Lara." Ha un'aria spiritata.

Metto piede sulle tegole delicatamente in discesa e lui mi tende subito la mano per aiutarmi.

"Tutto bene?" domanda quando mi siedo accanto a lui.

"Sì. E tu?"

Per una volta non mi rifila l'esperta recita da controllore di tutto. Inspira profondamente e sospira. Poi annuisce. "Sto bene." Le parole pesano, però.

"Che fai qua fuori?" Che domanda scema – mi pento subito d'averla fatta! È chiaro che voleva stare solo. E che l'ho disturbato.

Mi rivolge un debole sorriso. "Mi abbronzo."

"Hai su la maglia."

"Rimedio subito." Se la leva con calma dalla testa con un movimento tanto sexy che giuro che sforno tre ovuli!

"Sei preoccupato?" Torna il leader forte. Bah, sbaglio tutte le domande. Voglio si apra e si mostri vulnerabile, non che mi rassicuri!

Scuote la testa. "No. Troverò questi stronzi e risolverò tutto." Parla con sicurezza tale che non ho dubbi che ce la farà.

Guardo il panorama. Ecco perché gli piace venir qui: siamo al secondo piano, all'altezza delle chiome degli alberi. La finestra non dà sul campus, ma verso le case dei vicini. "È qui che vieni a pensare?" ritento.

Allaccia le dita alle mie e si porta le mie nocche alle labbra. "Sì."

"Ti ho disturbato?" Cerco di dirmi di non soffrirci dovesse dirmi di sì, ma il cuore vacilla. Come se una sola puntura di spillo potesse farlo scoppiare.

"Figurati, no!" Mi guarda. "Sei la cosa migliore che mi sia mai capitata."

Mi si stringe il petto, come v'avessero legato intorno un nastrino stretto stretto. Voglio credergli... da impazzire! Fatico a respirare.

"Quando stamattina m'hanno fatto uscire di prigione e mi hanno detto che mi aspettava mia moglie..." Ammutolisce guardandomi bene in faccia. "Non so neanche dirti cos'ho provato. Non riuscivo a credere che fossi venuta."

"Certo che sono venuta!" Non so neanche perché, ma mi bruciano gli occhi, mi s'intasa la gola. "Sei mio marito..."

Lascia ciondolare per un attimo la testa fra le ginocchia, poi appoggia la spalla alla mia. "Ne sono lusingato," mormora. "Voglio..." E tace di nuovo.

Di solito è sereno, sicuro di sé. In quanto *pachan* della

cellula, è un leader forte e dominante... ma adesso è tutto mio.

Neanche mi rendevo conto di quanto ne avessi bisogno. Né che lo volessi lusingare − oddio, forse questo l'avevo capito − o aprire come un'ostrica, vedere le parti molli sotto al duro guscio. Scoprire cosa lo fa scattare. Cosa lo spinge a sacrificare la sua felicità per il bene di chiunque lo circondi. Cosa lo renda un protettore di tale ferocia.

Gli tocco il viso. "Cosa vuoi?" bisbiglio.

Gli sfugge una risata ben poco divertita. "Che tu tenga a me." Gli si spezza la voce.

E a me il cuore.

Gli salgo in grembo. "Tengo a te, Baron," sussurro.

Mi afferra la vita per posare la fronte contro alla mia. "Sono pazzo di te, Lara. Ho accettato di sposarti per senso del dovere, ma è cambiato tutto quando ti ho conosciuta. Mi sembravi... la persona che aspettavo da tutta la vita."

Affiorano le lacrime. "Non lo volevo. E non lo voglio ancora. Però... hai oltrepassato le mie difese. Voglio conoscerti, Baron. Il vero te."

Mi restituisce lo sguardo con occhi scuri. Vi leggo un lieve allarme. Come sapesse che sto facendo irruzione nel suo castello a caccia del suo più profondo e inquietante segreto.

"Dimmelo," mormoro.

Scoppia un allarme sincero − che però nasconde. "Cosa?"

"Cosa ti ha reso così. Chi hai perso."

Fa un respiro tremolante e trattiene il fiato.

Gli prendo la corta barba nelle mani e coi pollici l'accarezzo verso le orecchie, tracciando i peletti morbidi delle basette.

"La governante. Valentina. E... Lili rischiò di morire."

Resto immobile, respiro appena. Attendo che prosegua.

"Fu colpa mia. Non uscivamo mai dal palazzo senza protezione. Papà ci accompagnava a scuola in una macchina blindata. Casa nostra era una fortezza... che nessuno avrebbe potuto violare." Ansima adesso.

Il trauma ancora gli sconquassa il sistema nervoso. Ancora lo vive come stesse accadendo adesso.

"Volevo un gelato." Parla con voce arrugginita. "C'era un chiosco sulla spiaggia; lo vedevo dalla finestra del soggiorno. Avevo dieci anni; abbastanza da andarmelo a prendere... ma non potevamo uscire da soli. E lo odiavo. Tormentai Valentina perché mi facesse uscire ma lei mi diceva di no, allora le chiesi d'accompagnarci. Fomentai pure Lili, che implorò e si lagnò e pianse finché non accettò di portarci alla spiaggia."

Tengo la bocca chiusa e continuo a massaggiargli le tempie, attorno alle orecchie, per consolarlo dell'agitazione che lo permea mentre racconta.

"Prendiamo il gelato; stiamo tornando a casa – siamo quasi davanti al palazzo – quando un furgone bianco sale sul marciapiede e ne smontano in tre. Valentina urla e prende in braccio Lili. Mi dice di scappare in casa, ma io..." Scuote il capo confuso. Come fosse ancora quel bambino di dieci anni sconvolto sul marciapiede. "Io sono rimasto lì. Raggelato."

"È una reazione normale," mormoro piano; non voglio interromperlo, ma nemmeno che prosegua pensando d'aver sbagliato!

Deglutisce. "Uno sparò a Valentina alla testa. Cadde – metà della testa era andata. Presi Lili per il braccio – glielo lussai pure – per liberarla dalla sua presa.

"Mi presero in due. Finalmente mi riscossi e cercai di scappare... ma troppo tardi. M'infilarono a forza nel veicolo. Majkl – il padre di Aleksej e Feliks – corse fuori dal palazzo ad armi spianate, ma non sparò."

Aggrotta le sopracciglia.

"Gli urlai di farlo. All'epoca non capivo perché si rifiutasse, ma ovviamente temeva di prendere per sbaglio me o

Lili." Ammutolisce. Non va più avanti. Ha lo sguardo velato, come rivivesse tutto.

"Poi?" sussurro.

"Ci scagliarono nel retro del furgone e partirono. Majkl sparò a una gomma, ma loro proseguirono di corsa. Ci fu un inseguimento. Il furgone si rovesciò. Parecchie volte. Per un po' restai senza sensi."

"*Bože moj...*" ansimo.

Per un attimo si concentra sul mio viso, come ricordandosi solo adesso che sono qui, che siamo nel presente: un futuro in cui è adulto, in cui è sfuggito a quel momento.

Deglutisce di nuovo. "Sentii sparare davanti. Il retro del furgone era isolato dall'abitacolo del conducente, quindi non so cos'accadde. Siamo al buio... e capovolti. C'è uno su di me. Lili grida e piange dal dolore. Mi fanno male testa e collo...

"Uno spalanca la portiera posteriore. Tiene Lili dalla gola, una pistola contro alla sua testa, e urla a tutti di arretrare.

Ci sono papà e i suoi, ma buttano a terra le armi – e nemmeno adesso capisco perché! Mi rendo conto che quello che mi sta addosso ha perso conoscenza, quindi gli prendo la pistola. So sparare. Papà mi porta a caccia già da qualche anno per insegnarmi.

"Lili piange e il tipo la scuote tutta dicendole di tacere. Altrimenti l'ammazza. Vado da lui da dietro. Papà sta dicendo: 'Non sparare!' Neanche penso che parli a me. Miro alla nuca e tiro il grilletto.

Ricordo il terrore sul viso di papà – che si precipita da noi per prendere Lili. L'altro geme dietro di me, fa per alzarsi, quindi mi giro e secco anche lui."

Cerco di nascondere lo shock. Baron parla con tono di morte ormai. Come fosse stato intorpidito allora... e lo fosse anche adesso, mentre me lo racconta.

"Lo mancai, perciò continuai a sparare avvicinandomi.

Svuotai il caricatore e insistetti ancora... finché Majkl non mi prese la pistola di mano per abbracciarmi."

Mi affiorano le lacrime.

Gospodi, era solo un bambino! Vide morire la governante... e ancora crede sia colpa sua! Dovette uccidere due uomini per salvare sua sorella. Per forza adesso controlla ogni aspetto della sua vita per tenere in salvo le persone cui vuole bene.

Lo abbraccio e gli infilo la faccia nel collo. "Mi dispiace tantissimo, Ben. Non sarebbe dovuto accadere."

Mi stringe forte. Quasi mi mozza il fiato.

"Non fu colpa tua." Arretro per guardarlo negli occhi. "Non pensare neanche per un momento che la morte di Valentina sia dipesa da te."

Ha uno spasmo a un muscolo della guancia. "Ma fui io a..."

"*Net*." Lo interrompo. "Non dicesti mica a quei barbari di venire a spararle! Tu non c'entravi nulla. Se tuo padre non fosse stato un capo della bratva un gelato in spiaggia sarebbe stato la norma. Ti veniva negata la normalità a causa sua, non tua. Non fu colpa tua."

"Ho rischiato d'ammazzare Lili." Il tono è teso.

"Eh? In che senso?"

"Quando sparai a quello che la strozzava... potevo sbagliare e prendere lei. Ecco perché papà mi urlava di non farlo."

Adesso m'incazzo proprio. "E chi se ne frega di tuo padre! Ti ha detto lui che hai rischiato di ucciderla? Ma se l'hai *salvata*! L'hai salvata, Ben." Uso il suo vero nome per esser sicura che il suo giovane sé mi senta. "Fu colpa di tuo padre, non tua."

Pur con l'angoscia a straziargli i lineamenti, annuisce. "No, si prese la colpa lui. Fu l'unica volta che lo vidi piangere."

Riecco le lacrime. È inutile che gli dica d'incolpare suo padre: hanno sofferto tutt'e due. È un trauma di famiglia. Lo abbraccio di nuovo. "Sono contentissima che tu sia sopravvissuto, Benjamin Baranov."

Lascia uscire uno sbuffo d'aria. "Davvero?"

Ci penso su, poi annuisco. In poche settimane è successo di tutto... sembra passata una vita! Mi hanno spedita qui da Parigi per sposare uno sconosciuto, mi sono iscritta a una nuova università, mi sono ritrovata in una cellula di eredi della bratva, ho scoperto il sesso più assurdo della mia vita e... mi sono innamorata.

E mi sarei persa tutto se papà non m'avesse combinato le nozze. Non avrei conosciuto questo ragazzo incredibile, brillante, forte e imperfetto nel modo più meraviglioso che si possa concepire. Non saprei cosa vuol dire essere sempre nei pensieri di un uomo come lui: uno che pretende attenzioni da tutti coloro i quali l'attorniano e che smuove mari e monti per costruirsi il destino che desidera. Un uomo violento e pericoloso che non ha mai mostrato una briciola di rabbia nei miei confronti − nemmeno quando l'ho provocato. Un uomo forse moralmente ambiguo... ma che sicuramente segue un codice.

Lo bacio. "Sì, davvero. Mi sto innamorando di mio marito." Dirlo a voce è come spingersi in avanti sugli sci ma senza racchette.

Baron mi afferra la nuca. Ha occhi fiammeggianti. Il pazzesco principe della bratva è tornato da me; il trauma è cancellato. "Io mi sono innamorato di te nell'istante in cui sei scesa dall'aereo, *malyška*."

Mi bacia con foga sbattendo le labbra contro alle mie, ficcandomi la lingua in bocca. Gli si gonfia l'uccello fra le mie cosce.

"Dentro," mi rantola addosso tirandomi su dalla vita. "Mi servi a letto. Sotto di me. Nuda."

Rido mentre si alza a sua volta. "Sul tetto no?"

Mi prende per mano per portarmi alla finestra, che mi

aiuta a scavalcare. "Troppo rischioso." E d'un tratto si rabbuia. "Non ho nessuna intenzione di perderti."

Ho un tuffo al cuore. Mio marito – tanto colpito da una tragedia – si preoccuperà probabilmente per sempre della mia incolumità.

Ma io con lui mi sento già completamente al sicuro! All'inizio la paura c'era – e ancora ce l'ho con lui – perché non so che ci faccio qui, ma credo che Baron mi terrà al sicuro... qualsiasi cosa accada.

"Sono sempre al sicuro con te," mormoro.

———

Baron

Si sta innamorando. Di me.

Il cuore mi si gonfia... canta! Capita prima di quanto credessi. E più di quanto m'aspettassi. Non appena entriamo, la prendo in braccio per bloccarla contro alla parete e straziarla di baci.

Lei mi morde il labbro inferiore e tira. "Non avevi parlato di un lettino?"

Le schiaccio l'uccello fra le gambe. "Troppo banale per te? Non vorrei annoiarti."

Ride scagliando all'indietro la testa. "*Impossible*."

"Oh, quanto sei sexy, *malyška*. Parlami in francese, dai..."

Mi dice qualcosina mentre la metto per terra e le levo la maglia.

"Togliti i pantaloni." Intanto mi sbottono i miei. La canotta l'ho lasciata sul tetto, ma chi se ne frega.

Si allunga verso i miei jeans. "No: ti tolgo *i tuoi*."

Il pisello, già teso contro alla cerniera, si fa ancor più duro. Trovavo bollente una moglie sottomessa... ma che prenda lei l'iniziativa è ancor più sexy!

Risucchia in bocca il labbro e mi guarda, mentre mi abbassa la zip.

Espiro brusco quando mi libera l'erezione. Mi aggancia i pollici nella vita di jeans e boxer e fa scivolare tutto giù.

L'uccello è sull'attenti, già bagnato in punta.

Ne afferra la base e stringe, allungandomelo. Lo solleva per leccarmi le palle e succhiarsele delicatamente una alla volta in bocca.

Gemo con una certa sofferenza. "Che bello, *malyš*. Mi fai morire..."

Passa la lingua sotto e la rigira attorno al bordo. Poi, in un unico e bel movimento, inghiotte tutta la cappella e si fa scivolare l'uccello nella tasca della guancia.

"Cazzo, tesoro. Che bello..." Le infilo le dita fra i capelli. Alterno il massaggio al cuoio capelluto all'impugnarle i capelli per tirarglieli delicatamente. Lei comincia a gemere a bocca piena.

Il guinzaglio col quale mi tengo sotto controllo comincia ad allentarsi. Altro che morire... sono già stecchito! Per la mia età ne ho fatto di sesso − ho cominciato da ragazzino e ho sperimentato un sacco − ma nessuna delle mie esperienze precedenti s'avvicina neanche lontanamente a questa.

Non è la tecnica che usa − che comunque è fantastica. È proprio Lara. La sua disponibilità. Il suo cuore, generoso e bellissimo. La sua capacità di perdonarmi il matrimonio forzato. Le lacrime che ha pianto per me sul tetto.

È sapere che durerà. Che ce la faremo. Ha il mio anello... e io le conquisterò il cuore.

Alla Thornecroft ho raggiunto molti obiettivi, ma rinuncerei a tutto per questo: per la mia bellissima moglie in ginocchio, ai miei piedi. A farmi godere.

Controllo i suoi movimenti e la faccio accelerare, la spingo a prendermi più in profondità. Strabuzza gli occhi, ma senza protestare. Si regge sui miei fianchi, mi graffia il culo.

"Nuda," riesco a grugnire. Rischio di scoppiarle in gola, ma voglio che venga con me. "Ho bisogno che ti spogli subito." Cerco di fare il severo... ma risulto solo disperato.

Perché *lo sono*!

Ho tanto bisogno di scoparmela da esplodere.

Si scolla e si lecca la saliva dal labbro inferiore.

"Sei sexy da morire, cazzo."

Mi meraviglio di riuscire a parlare. Ho il fortissimo sospetto che tutti i neuroni si siano trasferiti nell'uccello...

"Vieni qui, *princessa*."

La prendo dai gomiti per tirarla in piedi, poi le abbasso i pantaloni. È senza mutande! Oddio, impazzisco... La prendo in braccio per portarla al letto tenendole le dita aperte sulle natiche.

"Tocca a me assaggiarti adesso."

La metto sul fianco e le sistemo un ginocchio sulla mia spalla per leccarla dentro. Le accarezzo l'interno coscia dell'altra gamba mentre con la lingua le schiudo i petali. Già è fradicia – e sa d'un miele che mi fa impazzire.

Mi lecco il pollice per portarglielo al clitoride mentre lecco e succhio e *divoro* la sua prelibatezza...

"Girati," ordino – ma già la sto ruotando io perché si volti verso il letto. "Ti piace da dietro?" La tengo giù, sulla pancia, ma le spalanco le gambe per penetrarla.

Geme un sì.

Scivolo dentro con facilità; è prontissima. Mentre muovo i fianchi contro ai morbidi cuscini del suo sedere le strofino il viso nel collo, inspirando il profumo di toffee dei suoi capelli.

"Adoro averti nel mio letto," mormoro. Il cervello però già boccheggia, adesso che le sono dentro. "Nel *nostro*, cioè."

"Mmm..."

"Adoro averti in casa mia. Nella mia vita." E, nell'annebbiamento del piacere, mi lascio scappare l'ammissione più vulnerabile che ci sia. "Voglio che resti."

Ecco, ho dato voce alla mia paura: che sto facendo di tutto per farla rimanere con me. Forse perché non ho mai visto la situazione come permanente. O magari perché ancora penso che finirà con Brash Rostov. Comunque è dall'inizio che sento ticchettare l'orologio, che so d'avere solo un tempo limitato da passare con lei. Prima che sia finita.

"Sono qui," dice.

E ha ragione. Adesso è qui. Il futuro non lo posso controllare − ah, quanto mi piacerebbe! Ma al momento non posso far altro che godermi mia moglie.

Esco per metterla supina; rallento il battito cardiaco succhiandole e pizzicandole i capezzoli.

"Voglio vedere il tuo bellissimo viso quando vieni." E la penetro di nuovo. "Strizzamelo tutto."

Ubbidisce e gemo.

"Brava, così... mostrami quanto sai stringere..."

Stritola a ritmo: quando l'accarezzo dentro stringe e quando esco molla.

Viste le ricerche che ho fatto sull'orgasmo femminile, so che questo giochino può aiutare la donna a venire. Be', di sicuro si eccita: rovescia la testa all'indietro e respira in piccoli singhiozzi. Soprattutto quando accelero.

Ormai non mi tengo più. Le palle si sono alzate. Sono pronto a esplodere.

"Adesso trattieni il fiato."

Cerca di mettere a fuoco la mia faccia con la fronte aggrottata.

"Trattieni il fiato finché non vieni."

Inspira forte... ma espira subito per un singhiozzo di goduria!

Mi scappa da ridere. "Trattieni il fiato finché non vieni, *malyška*." Le metto la mano sul collo. Non le leverei *mai* l'aria, nemmeno col suo consenso. Non la farei rischiare tanto. So però che eccita le donne sapere che avrei il potere di farlo.

Smette di respirare. Incolla gli occhi ai miei; c'è una certa intensità. Me la scopo più forte, me la sbatto di brutto. S'arrossa tutta in viso, spalanca gli occhi. Le passa un lampo di panico per il volto l'istante prima delle urla, dell'agitazione dell'orgasmo. Coi muscoli interni mi stritola l'uccello... e perdo il controllo. Altre due botte e mi seppellisco in lei per venire. La riempio del mio seme, poi esco piano e rientro – scatenando un'altra ondata di contrazioni attorno all'uccello.

Mi butta le braccia al collo e mi tiene stretto singhiozzando.

"Ti amo," le mormoro all'orecchio mordicchiandone il padiglione.

S'immobilizza; il suo cuore batte contro al mio. "Ti amo anch'io," sussurra.

È allora che so che per me è finita. Questa donna è entrata nella mia vita e me l'ha rovesciata in una sola settimana. Mi fa sentire completo come mai più ero stato dalla morte di Valentina. Non voglio che se ne vada mai più.

Se Abraša Rostov cerca di nuovo di portarmela via l'ammazzo.

CAPITOLO VENTI

Baron

Dopo una doccia per tutt'e due, scendiamo di sotto, dove troviamo Melinda raggomitolata sul divano con Anders.

È pallida e ha gli occhi rossi. E pure più magra del solito. Fragile. Fa venir voglia di staccare la testa dal collo a chi l'ha ridotta così.

Mi scocca un'occhiataccia lacrimante. "Non puoi bandirmi dalla Casa dopo ciò che è successo."

Cazzo. Mi sento una merda.

"No, certo che no!" Vado ad abbracciarla forte. "Mi dispiace tantissimo..."

"Mi sa che avevi ragione tu." La voce è zuppa di lacrime. "Ho davvero attirato attenzioni sgradite su di voi."

"No. Avevo capito male; già ce le eravamo attirate, le attenzioni. Hanno usato te per arrivare a noi. Invece di tenerti alla larga avrei dovuto accoglierti."

Anders si schiarisce la voce. "Bene, perché al momento non le va di rimanere sola, e le ho detto che può restare in camera mia." Par recitare una giustificazione preparata nel caso in cui gli dicessi di no... invece la trovo una buona idea.

Mi serve qui, se voglio proteggerla. E se il padre diventerà vicepresidente degli Stati Uniti e le appiopperanno degli agenti dei servizi segreti... be', ci penserò al momento. Dopo stamattina sospetto che già sappiano chi sono e cosa combino. Dubito che maglia-nera si faccia sfuggire robetta del genere.

"Ok," faccio. "Ti voglio qui, dove posso proteggerti."

Anders è visibilmente sollevato; Melinda gli si risistema nella piega del gomito.

"Melinda, ti presento mia moglie Lara."

Anche lei l'abbraccia. "Mi dispiace tantissimo per quello che t'è successo."

Nel sentire la mia voce, vari abitanti della Casa sono venuti in soggiorno – fra cui Alex e Leo, nonché le gemelle.

"Non è stata stuprata," dice piano Anders. "Sono arrivati i risultati dei test; è stata solo drogata."

E grazie al cielo per oggi non dovrò trovare il modo di occultare un cadavere...

Prende la parola Leo. "Ho recuperato tutti i filmati della festa in cui si vede Melinda, e pare non le si sia avvicinato nessuno. Almeno stando alle riprese."

Melinda scuote il capo. "No. Qui non ho neanche bevuto, quindi non avrebbero potuto far niente. Mi sono portata io una bottiglia d'acqua. E sono stata solo con Anders."

Che tiene un braccio sullo schienale del divano, dietro alle sue spalle, per accarezzarle la nuca.

"Quindi sarà stata la guardia, no?" dico.

"Sì. So come si chiama," fa Anja. "Gregory Smith. Non è di Casa Titan, ma fa parte della squadra di football."

"È del secondo anno," prosegue Alex. "Non una cima. Ha avuto la borsa di studio di sportivo."

"Non è che riesci a entrargli nella banca?" chiedo. "Magari l'hanno pagato."

"Già fatto." E ne è compiaciuta. "Nessun grosso versamento recente sul conto. Ma forse hanno saldato in contanti."

"Vero..."

"Ho anche il suo indirizzo; ho scoperto che vive solo. E che proprio adesso è di turno."

"Ah sì?" Ruoto le spalle. "A chi va un giretto di ricognizione?" Guardo Leo.

"Prendo i grimaldelli."

Melinda si alza e Anders la imita. "Vengo anch'io."

"Anch'io," fa Lara.

Mi scappa una smorfia. "Infrangeremo la legge, *malyška*. Non voglio coinvolgerti."

Storce la bocca con fare ostinato. "Ho detto che *vengo*."

Gli altri distolgono educatamente lo sguardo.

Merda. Se c'è una cosa che mi ha insegnato papà è mai coinvolgere la famiglia negli affari. Tenere la casa pulita. Lara è mia moglie; non dovrebbe macchiarsi la fedina penale.

Ma lei è pronta a venire, e io non voglio più fare il cattivo della situazione. È bello averla al mio fianco, tanto per cambiare.

Inspiro ed espiro. "Ok."

Di colpo si alzano tutti. Partono.

"Aspettate. Voi no." Sventolo la mano verso gli altri.

Alex, Feliks e Phoenix si ributtano sul divano delusi.

"Cosa?!" Anja fa la finta innocentina. "Credevo che l'era del sessismo fosse finita. Lara e Melinda vengono o no?!"

"Non voglio che vostro padre mi pigli a calci nel culo perché metto le sue figlie in pericolo. Anders, dovresti restare anche te; ti prendessero perderesti il permesso di soggiorno per studio."

Sbuffa. "E quando mai la cosa mi ha fermato? Ha aggredito Melinda: c'entro anch'io!"

"C'entriamo tutti," dico.

Leo annuisce. "Esatto."

"Eccome!" fa Alex.

"Nessuno rompe le palle agli amici di Casa Baranov," conclude Zoe.

———

Lara

Adesso che io e Baron siamo d'accordo, *adoro* vederlo in azione. Prima le sue capacità di capo di una giovane cellula della bratva mi facevano dare i numeri; lui era il nemico – perciò avevo un avversario formidabile. Adesso però vuol solo dire che ho un socio tostissimo.

Sì, due cosette da sistemare le abbiamo ancora. Non mi piace essere la pedina di un gioco che non capisco e odio che Baron non mi dica che ci faccio qui. Non mi piace pensare ai miei in pericolo, sapere che il padre di Baron ci tiene in pugno...

Ma è stato molto più difficile tener il cuore chiuso a Baron che lasciarmi andare. Adesso che si è aperto con me – ha detto d'amarmi! – le cancellate che gli impedivano d'accedere al mio io più intimo si sono spalancate. I sentimenti che provo sono profondi.

Profondissimi! Anzi, sembrano farsi sempre più forti. Mai avrei immaginato che l'amore potesse essere al contempo meraviglioso e terrificante. È come precipitare giù per un baratro... confidando che Baron mi sistemi una rete sul fondo per salvarmi.

In macchina mi siedo accanto a lui scoccandogli occhiatine ai muscoli tesi degli avambracci mentre guida. La mandibola è tesa e negli occhi gli leggo determinazione. Scommetto che già sta pensando alle prossime cinque mosse.

Prima che partissimo ha preso berretti da baseball per tutti; anche una scatola di guanti di lattice.

So che non voleva che venissi – per sicurezza – ma non me la perderei per niente al mondo.

Già prima non mi piaceva sentirmi esclusa; e adesso non mi farò certo bollare di nuovo come mogliettina da proteggere da tutto! E poi già mi sono spesa per dar giustizia a Melinda. E comunque voglio vedere Baron in azione. È sexy!

L'adrenalina mi percorre al pensiero di partecipare alle sue bravate. Baron accosta di fronte a un palazzo per studenti e lo esamina. Osserviamo uno salire i gradini ed entrare. "Usano chiavi magnetiche come i dormitori," brontola.

"Ci penso io." Leo apre lo sportello e s'abbassa il berretto sul volto. "Aspettate che entri." Attraverso i finestrini fumé lo vediamo andarsene bello tranquillo all'ingresso. Si ferma vicino a un palo e finge di guardare il telefono; dopodiché, quando qualcuno esce, s'intrufola all'interno. Posa la spalla contro alla finestra di vetro dell'atrio – sempre fingendosi impegnato col cellulare.

"Ok. Adesso voi due." Baron si gira verso Anders e Melinda.

Smontano e attraversano la strada. La porta automatica si apre; Leo avrà premuto il pulsante d'accesso per le carrozzine.

"Andiamo, *malyš*." Mi porge il berretto; me lo metto dopo essermi raccolta i capelli in uno chignon.

Il portone si apre anche per noi; Baron si passa apposta una mano sul viso mormorando in russo che davanti a noi c'è una telecamera.

Anders e Melinda sono scomparsi.

"Tu prendi l'ascensore; noi le scale," fa a Leo.

"Ci vediamo su." E svanisce alle nostre spalle. Baron invece mi porta alle scale. Saliamo una rampa, e nel corridoio del primo piano troviamo Anders; Melinda è appoggiata alle sue spalle – sta appiccicando un pezzo di chewing gum sull'obiettivo della telecamera che c'è nell'angolo.

Leo è voltato verso una porta; sta armeggiando sul

pomello con gli strumenti che si è portato. Un attimo dopo sparisce nell'appartamento. Io e Baron lo seguiamo; Melinda e Anders sono giusto dietro di noi.

Baron pesca due paia di guanti dalla tasca e me ne porge uno.

"Vero. Per le impronte." Me li metto. Sono troppo grandi; alla fine delle dita c'è un bello spazio.

"Non toccare niente a meno che non sia necessario."

Annuisco e m'inoltro nel disordinato studiolo. Puzza di sospensori e calzini sporchi. L'anno è appena cominciato, ma a terra ci saranno dodici mesi di briciole! E nel lavandino sta una scodella mezza piena di pasta al formaggio.

"Be', è stato facile." Leo è in ginocchio; guarda sotto al letto. "Contanti trovati." Tira fuori un sacchetto di carta, che apre per mostrarci le mazzette.

"Quanto ha preso per drogarmi?" chiede Melinda afferrando il sacchetto coi guanti – anche per lei enormi – e aprendolo bene. Butta le banconote sul bancone della cucina per contarle.

Baron prende un bidoncino dal bagno e ci guarda dentro, poi me lo mostra: c'è la confezione di una siringa e di non so che farmaco.

"Rohypnol?"

"Sì. Cioè, questo è il generico." Prende la siringa usata per farla vedere agli altri, e a Melinda dice: "È vero che non hai bevuto niente: questo stronzo te l'ha iniettato, così avrebbe fatto effetto prima e sarebbe parso fossi stata aggredita alla festa."

Melinda è orripilata. Si porta la mano al collo.

"Fammi vedere." Anders la controlla tutta rapidamente rigirandola. Quando le arriva alle cosce chiede: "Questo cos'è?"

Accorriamo tutti a esaminare il minuscolo cerchietto.

"Non sono stato io!" fa Anders.

Melinda arrossisce. Mmm, e *quali* segni le ha lasciato lo svedesino?

"Se tuo padre riuscisse a farsi dare un mandato, la polizia troverebbe tutto. E probabilmente basterebbe a condannarlo." Baron mantiene un'espressione totalmente neutrale. "Vuoi passare alle vie legali... o ci pensiamo noi?"

"Cosa gli fareste?"

"Prenderemmo i soldi e lo tortureremmo per farci dire chi l'ha assunto. Poi gli spaccheremmo la gamba." Ci pensa su, dopo fa spallucce. "O il braccio. In modo da mandargli in malora la stagione sul campo; così perderà la borsa di studio e non lo rivedrai più."

"Vada per la seconda opzione." Adesso che sente profumino di vendetta le è tornata un po' dell'energia portatale via dal bastardo.

Baron le spara un gran sorriso, e per un attimo somiglia a un ragazzino. Mi si scioglie il cuore.

Melinda gli porge il sacchetto. "Gli hanno dato seimila dollari per aggredire me e incastrare te."

Baron guarda il sacchetto, ma non lo prende. "Sono tuoi. Sei stata tu a rimetterci."

Lei insiste. "Prendili per l'affitto. Adesso vivo da voi."

Incrocia le braccia sul petto muscoloso e ci pensa su. "Ok," dice dopo un attimo. "Ora sei una di noi. Ma dovremo tatuarti un dito."

Melinda scocca un'occhiata spaventata ad Anders...

...che scuote la testa. "Ti prende per il culo."

"Ah." Ride.

"Solo se commetti un reato," spiega Leo.

Melinda sorride. "Questo conta?"

"Ti piacerebbe?" la provoca Anders.

Baron mi cinge fra le braccia. "Tu al tatuaggio non scappi." Parla in un basso ringhio dedicato solo a me.

"Ah no?" M'adeguo al tono seduttivo. "E qual è quello dello scasso?"

Alza la mano sinistra fra noi e mi leva il guanto; mi rigira la fede sull'anulare. "Il mio nome. Qui." Ne sfiora le nocche con le labbra.

Mi scappa una risata roca. "Il tuo nome, eh?"

"Ah-ah. Anche in cirillico, se vuoi."

"Perché sarebbe meglio dichiarare al mondo a chi appartengo nella mia lingua madre?"

Ride e mi morde le nocche per un attimo, poi mi molla. "Almeno sai di essere mia."

Un po' ancora mi offende: è verissimo... ma il mio corpo reagisce alle sue allusioni, si scalda per lui, i capezzoli s'inturgidiscono, fra le gambe ho gli spasmi. Il mio corpo adora essere sua tanto quanto io mi ci ribello. "Sì, continua a raccontartelo, maritino. Vedremo alla fine chi appartiene a chi."

CAPITOLO VENTUNO

Baron

Attendiamo che Gregory Smith finisca il turno, poi lo trasciniamo in un vicolo mentre sta tornando a casa. E l'ironia di vedere una guardia aggredita in un vicoletto angusto è la ciliegina sulla mia personale vendetta.

Mi sono portato dietro Alex, Feliks, Leo, Anders e Anja.

Phoenix, Zoe, Lara e Melinda hanno deciso di starne fuori – bene, perché non voglio che Lara veda questo mio lato. Ho cercato di farne uscire anche Anja, ma lei mi ha dato ancora del sessista e poi ha proclamato che le mie regole con lei non valgono perché è lesbica. E quindi tanto valeva farla venire invece di mettersi a discutere. Vabbè, non c'è problema: con noi sarà al sicuro.

Feliks lo tiene bloccato dal braccio mentre Aleks e Leo lo picchiano a turno.

Io mi metto teatralmente il tirapugni. "Dunque, a casa tua abbiamo trovato i soldi, la siringa e il Rohypnol. Riesci a venire solo stuprando?"

Nella morsa di Feliks s'accascia come volesse scendere in ginocchio. "No!" Gli trema la voce di paura. "Non stupro nessuno io. Giuro. N-N-Non ho violentato Melinda Tracy! Le ho solo fatto l'iniezione e l'ho portata in ospedale. È sempre stata al sicuro!"

"Hai una strana concezione dell'espressione *al sicuro*." Anders di solito non è violento quanto noi eredi della bratva, ma stavolta è diverso; gli dà un bel gancio destro alla mascella. "Melinda non si sente per nulla al sicuro da quando quello che viene pagato per proteggerla l'ha aggredita." Gli rifila un uppercut che gli fa volare la testa all'indietro.

Che poi ciondola un attimo, prima che si riprenda.

Meglio che intervenga, prima che Anders si lasci prendere. "Chi ti ha pagato? Voglio i nomi."

Singhiozza. "Casa Titan. Hanno detto che se l'avessi fatto mi avrebbero fatto entrare."

Questo *svoloč* non l'ha fatto neanche per i soldi, ma per entrare in una stramaledetta confraternita! Ecco perché ho dovuto aprirne una mia. La Thornecroft è un letamaio di elitarismo e figli di papà.

"*I nomi*," ringhio avvolgendogli le dita attorno al collo carnoso e colpendolo alle costole col tirapugni.

In un mezzo fischio, espira dal dolore. "Te li dico, ti dico tutto... sono stati... sono Ashton Basen e Charlie Daggert," fa rapido. "Sono venuti loro da me."

"Cosa ti hanno detto di fare?"

"Solo di farle l'iniezione e portarla all'ospedale. E poi di dire dov'ero andato a prenderla." Gregory ansima. Dall'angolo della bocca sanguina. "Tutto... tutto qui! Basta. Non c'è altro." Ormai farfuglia.

"Chi ha avvisato il *New York Times*?"

L'espressione è vuota, gli occhi sgranati di terrore. Quando scuote il capo fa volare sangue dalla bocca. "Non ne ho idea."

Gli rifilo un altro pugno. Geme. "Poi?"

"I soldi!" Urla come aggrappandosi a un salvagente. "Mi hanno pagato all'ospedale. C'era Charlie... insieme a uno nuovo. Un candidato. Aveva lui i soldi. Un bruttino basso. Straniero." Gli s'illuminano gli occhi: la rivelazione! "Russo! Era russo come te!"

È proprio un genio questo qui, eh.

Guardo gli altri.

"Denis Penkin." Anja arriccia il labbro.

Denis Penkin, la spia di Rostov. Che cazzo c'entra adesso?!

Mi si rizzano i peli del collo e mi guardo intorno. Maglianera, il fantasma al soldo del governo, è in agguato in fondo al vicolo.

Be', se proprio ci tiene ci fermerà. Se invece non fa nulla... lo spettacolo resta mio.

Coi pantaloncini cortissimi e le Doc Martens, Anja balza in avanti. "Tocca a me adesso!"

Arretro e sventolo la mano. "Fa' con comodo."

"Senti, Gregory Smith, droga un'altra donna soltanto e te lo taglio via e infilo su per il culo con le mie mani. Chiaro?"

La guarda vacuo; temo non abbia chissà quanta paura di cinquantadue chili di rossa maniaca dei computer.

Lei però gli dà una seria ginocchiata nelle palle; si piega in due. Il grugnito che gli scappa è tanto sofferente che credo sia sfuggita una smorfia di dolore a tutti i maschi presenti.

Poi si tira indietro. "Ecco. Adesso potete spaccargli la gamba," fa disinvolta.

"Aspettate." È il fantasma: avanza. È vestito di nero e ha in mano un tessuto dello stesso colore. "C'è qualcun altro che ne vuole un pezzetto, prima." Gli schiaffa sulla testa il cappuccio e gli lega le mani dietro alla schiena con delle fascette di plastica. "Vi spiacerebbe caricarmelo nel bagagliaio?"

Feliks e Alex mi guardano; annuisco. "Andate."

Fa subito retromarcia nel vicolo e apre il bagagliaio. Feliks e Alex vi buttano senza tante cerimonie Gregory e maglianera lo chiude.

"Il senatore apprezza tanto interessamento nei confronti della figlia." E mi porge la mano.

Me la stringe con decisione.

"Se dopo la laurea avrà bisogno di un lavoro, ci contatti tramite Melinda. Abbiamo qualcosina da assegnare a persone dotate... delle sue particolari competenze." Lancia un'occhiata agli altri. "Vale anche per voi."

Quando se ne va Anja domanda: "Secondo te cosa gli faranno?"

"Non ne ho idea," dico. "Ma sono sicuro che avrà ciò che si merita."

CAPITOLO VENTIDUE

Lara

Martedì pomeriggio vado alla libreria della Thornecroft per prendere uno dei manuali che mi servono per una lezione, ed ecco che colgo i bassi toni di un uomo che parla in russo. Naturalmente mi giro a guardare.

Che sia uno dei miei amici?

No, questo è più vecchio; sembra un professore. Dev'essere quello di matematica di Baron e Lili: Vasil'ev. Quello che stando a Baron lo odia perché sa che è della bratva. Parla con Denis.

Oh, non lo vedevo dal *Whisper's End*! Ha il naso incerottato, come se lo fosse rotto. Opera di mio marito, immagino.

Mi si annoda lo stomaco dal senso di colpa.

Almeno gli ha rotto solo il naso. Quel sangue non ero sicura di dove provenisse.

Non che ciò giustifichi tanta violenza, eh!

Mi guardano tutti e due, e Denis brontola qualcosa al professore e mi saluta con la mano.

Rispondo con aria dispiaciuta – che lui prende per un invito ad abbandonare l'altro e venir da me.

"Ciao, Denis." Lo saluto in russo. "È stato mio marito?" Mi indico il naso con una smorfia. "Mi dispiace davvero..."

Ha un'aria cupa. Il socievole cucciolotto è sparito. "Sì. Non l'ho denunciato solo per farti un favore." Mi tira di lato dal gomito e abbassa il capo.

Cerco di scollarmelo di dosso. Ci manca solo che Baron ci veda e s'incazzi di nuovo!

"Ti serve aiuto? Sei in pericolo?! Credo sia della bratva. Lo sapevi?"

Devo liberarmi con forza il gomito; faccio un passo indietro. "Sì. Sono una principessa della bratva, Denis."

Mi aspetto ne rimanga sconvolto, invece nulla. Anzi, s'avvicina ancora per dirmi piano: "Ho delle conoscenze. Posso farti uscire dal matrimonio. Non sei costretta a starci insieme."

Gospodi, parla come Brash! Questo mi sentirò ripetere per tutta la vita?!

Bah, troppo deprimente per starci a pensare. Lascio perdere.

Con Baron sono felice... il più delle volte. Ma comunque è una questione che resta fra me e le nostre famiglie. Non sono affari degli altri.

"Non mi serve aiuto, no," dico secca. "Grazie lo stesso."

"Ti do il mio numero. Chiamami se ti serve una mano," insiste.

Come no. Così poi Baron scopre che ho il numero di un altro. "No, *grazie*." Mi scosto trattenendo il fiato finché non capisco che è uscito dalla libreria.

Mi ci vuole qualche minuto per sciogliere la tensione alla pancia.

Uscendo guardo fuori dalle vetrate; sta passando Baron. Mi vede anche lui e si ferma; un sorriso si fa strada nel volto solitamente serio.

Alzo un dito per fargli capire che arrivo subito, ma lui viene alla porta.

Alle mie spalle, a bassa voce e in russo, qualcuno dice: "Gli stia lontana. È pericoloso."

Mi giro: dietro di me, in coda, c'è il professor Vasil'ev.

Bože moj, comincio proprio a stufarmi di tutta questa gente che vuole salvarmi! Gli scocco un'occhiataccia raccogliendo libro e ricevuta. "Sì, so che odia Baron." Alzo il mento. "È mio marito, quindi probabilmente odierà anche me."

"No, non parlavo di Baron." Guarda il punto in cui priva stava con Denis. "Alludevo all'altro."

Le porte si aprono e non riesco a chiedere altro. Vasil'ev si volta di scatto e se ne va appena prima che compaia Baron.

Deglutisco a fatica; il mio povero cuoricino corre un po' troppo.

Ma che succede?

Perché m'ha detto che Denis è pericoloso? Non ha senso... forse s'è confuso.

"*Privet*." Levo il viso per rivolgere a Baron sorriso e bacio.

Cui risponde. "*Privet, malyška.*"

Giuro, almeno un terzo degli studenti presenti ci guarda!

"È sua moglie..." mormora qualcuno. E sento snocciolare altri pettegolezzi.

"...matrimonio combinato... *mafija* russa..."

Certo che Baron è proprio famoso nel campus!

Quindi adesso lo sono anch'io.

Bah, le attenzioni non mi dispiacciono.

Mi prende il libro di mano e la borsa dalla spalla per cingermi con un braccio mentre usciamo fra i bisbigli.

"Oddio, quanto sono gelosa... sono carinissimi!"

"Sì, ma dici che durerà?"

CAPITOLO VENTITRÉ

Lara

Mercoledì sera Baron mi porta fuori per una cena elegante durante la quale mi fa quasi ubriacare con aragosta e una bottiglia di vino da cento dollari.

Mentre usciamo dal ristorante mi tira a sé. "Bello questo primo appuntamento..."

"Ah, così si chiama?" scherzo. Uscire per il primo appuntamento con un uomo con cui avevo già fatto tutto il resto – matrimonio, fantastico sesso selvaggio, reati, giochini nella segreta – è proprio uno spasso!

Però ha ragione. È sembrato proprio un primo appuntamento. Ho provato un fremito di trepidazione quando mi ha detto che m'avrebbe portata fuori... e lo provo ancora adesso che sto tornando a casa con lui.

È la prima volta che *mi va* di uscire con lui. Anche se ha insistito tanto, adesso che m'interessa se mi ama o no tutte queste attenzioni mi fanno risplendere di gioia.

Andiamo al SUV; mi apre la portiera e mi aiuta a salirci.

Appoggia il braccio alla macchina, come ha fatto il giorno in cui è venuto a prendermi all'aeroporto. Pare sul punto di dire qualcosa... ma poi cambia idea, chiude la portiera e monta in auto.

Mentre torniamo al campus sentiamo delle sirene.

Allungo il collo per guardare fuori dal finestrino. "Cosa starà succedendo?" domando. "È fumo quello?!"

"Credo sia possibile sia scoppiato un incendio a Casa Titan mentre era vuota."

Inspiro forte: allora l'appuntamento era un alibi per lui! Ci penso su un attimo. Detesto davvero che se la sia presa col gruppo che ha cercato di farlo accusare di stupro aggredendo una ragazza?

No. Figuriamoci.

E apprezzo anche che abbia detto che era vuota. Non ha fatto del male a nessuno. S'è solo vendicato. E per quest'anno che le feste di Casa Titan siano meno belle delle nostre non sarà più un problema.

"Be'," dico, "mi puzza tanto di karma."

Baron mi guarda con una punta di sollievo, e mi rendo conto che temeva la mia reazione. E riecco le farfalle allo stomaco.

Accostiamo davanti a Casa Baranov, ma non esce.

Spegne il motore però. "Lara... voglio rispondere alla domanda che ho ignorato l'altra sera: che ci fai qui."

Mi preparo io adesso – il cuore accelera. Di cosa si tratterà mai? Cosa vogliono da me? In che guai s'è cacciato papà?

Che cavolo succede... e di quale gioco sono la pedina?

"Mio padre mi ha chiesto di sposarti per tenerti al sicuro."

Lo guardo sbattendo le ciglia. Ma non ha senso. Il problema è proprio suo padre... e le sue minacce. "Non capisco."

Apre la bocca, ma poi guarda oltre, fuori dal finestrino. E il volto gli si trasforma in un'inquietante maschera di rabbia. "*Bljad'*." Spalanca la portiera.

Mi giro. Mi ci vuole un attimo per capire quel che vedo. Sul serio.

Brash Rostov. È qui. E cerca di aprirmi la portiera!

Raggelo un attimo. È venuto per me? Ricordo che Baron ha detto d'averlo conosciuto al collegio. Che sia una cosa fra loro due?

Apre e sento Baron ringhiare: "Sta' lontano da mia moglie!"

Brash s'infila dentro per slacciarmi la cintura; chinandosi mi dà pure un bacino sulla guancia.

Confusa, io mi scosto di scatto. "Brash, che ci fai qui?! Ti avevo detto di non venire!"

Baron lo piglia dalla spalla e lo tira indietro.

Brash ruota su sé stesso per dargli un pugno, ma Baron si china e con la sinistra gli rifila un colpo rapido alla pancia.

"Nessuno si muova!" sbraitano in russo svariate voci mentre un'orda di uomini con fucili automatici si precipita qui.

"*Bože moj*! Fermi!" Salto fuori dall'auto.

I miei timori sono tutti per Baron... e anche i fastidi. Ma perché deve fare tanto il possessivo?!

Brash arriccia il labbro superiore, ma ignora Baron per voltarsi verso di me. "Lara, dimenticati pure questo matrimonio. Non sei costretta a lasciare studi, appartamento e tutto ciò che adori di Parigi per farti comandare a bacchetta da questi delinquenti!"

Ho una fitta al petto. "Brash, ti avevo detto di non venire." Cerco di guardare Baron dietro di lui, ma Brash è in mezzo. Mi sa che crede di proteggermi. E anche Baron lo pensa. Dolce... non fosse una sciocchezza assoluta: io non ho bisogno di essere salvata!

"Sai perché hai dovuto sposarlo?" Lo indica beffardo col pollice.

Cerco ancora di guardare mio marito, ma lui non guarda me; lo sguardo assassino è tutto per Brash.

Non dovrei ritrovarmi costretta a dargli spiegazioni. Sta decisamente esagerando. "Te l'ho già detto: i nostri genitori decisero così quand'eravamo bambini. Adesso la mia vita è con lui. E mi sta bene."

Be', magari non ho accettato ancora del tutto questa nuova vita... ma Baron mi sta bene eccome.

"È solo per me," ringhia Brash.

Aggrotto la fronte. Che uscita narcisistica e arrogante!

Solo che finalmente riesco a vedere bene in faccia Baron... che è furibondo. Come se Brash avesse appena svelato un mistero da mantenere tale.

Come... fosse vero.

Cos'è che voleva dirmi prima? Ah sì: la vera ragione che mi ha portata qui.

"'Un altro si stava interessando' a te." Fa pure le virgolette con le dita. "*Io*. Benji Baranov non riusciva a sopportare che mettessi mano su una sua proprietà. Sapeva che avevo il potere di fermarlo, perciò ti ha portata via prima che potessi dirmi del matrimonio e chiedermi aiuto."

Ma dato che io non sapevo del matrimonio, non avrei avuto nulla da dirgli...

Assurdo, ma vedo la verità farsi faticosamente strada sul volto di Baron. Non nega mica. Guarda in cagnesco le armi che ci attorniano come chiedendosi se riuscirebbe a scamparla.

Mi viene la pelle d'oca. La sensazione di tradimento che m'invade è identica a quella provata quando papà si è presentato a casa mia.

"Baron?" domando. "È così?"

Digrigna i denti ed espira come sputasse fuoco. Ha lo stesso sguardo che aveva quando Lili stava cercando d'impedirgli d'ammazzare il suo amico. Come fosse entrato in modalità guerriero, pronto a fare l'impossibile per proteggere ciò che è suo.

"Baron!"

Non stacca gli occhi da Brash, però mi risponde. *"Non esattamente."*

Non esattamente. Non... esattamente.

Prego?!

Possibile? Vuol dire che è sempre stato un piano di papà e del padre di Baron! Papà mi ha fatto credere che lui e la mamma fossero in pericolo solo per paura che l'uomo che frequentavo potesse proteggermi dalle sue macchinazioni... e salvarmi dal mio ruolo di pedina e dai suoi stupidi giochini. Nonché dalle nozze con Baron.

E Baron... be', o è tanto competitivo nei confronti di Brash o così possessivo nei miei − una donna che neanche conosceva! − da rapirmi. Conquistarmi.

Mi viene da vomitare.

M'inondano gli occhi lacrime di rabbia. Devo andarmene... da tutti e due! Soprattutto da Baron però. Mi giro per percorrere il marciapiede sulle scarpe alte con le cinghie.

"Lara!" È Brash.

Baron non dice nulla; se ne sta impalato con l'apparente intenzione d'ammazzarlo. Mi sa che il senso di colpa è troppo forte. E chissà perché ma la cosa mi fa incazzare ancora di più.

Come ha osato sedurmi, manipolarmi... sapendo di strapparmi dalle braccia di un altro, sapendo che papà aveva messo fine alla mia vita parigina per capriccio e che mi aveva fatto credere si trattasse di una questione di vita o di morte? Ha collaborato con lui fin dall'inizio. Hanno tutti giocato con la mia vita, il mio affetto, la mia realtà.

Gospodi!

Come ha osato farmi innamorare, spingermi a desiderare d'essere amata a mia volta?

E come osa adesso star lì senza dir nulla a parte *non esattamente*?!

tamente?!

È lui il traditore peggiore di tutti.

"Muoviti e muori," gli abbaia addosso in russo uno dei soldati.

Bene. Così non mi segue. Non sono più soggetta al suo controllo. Non lo sarò mai più. E neanche a quello di papà.

"Lara." Brash accosta con la sua auto accanto a me mentre procedo a passo pesante. La portiera del passeggero si apre e rallenta.

Non voglio stare con lui. Non voglio stare con nessuno... ma senza il suo aiuto non ho posto dove andare.

Mi fermo, quindi lui frena. Ci guardiamo.

È bello; elegante, col Rolex al polso. Sa essere affascinante e rispettoso. Ha soldi e potere. È vero. Suo padre probabilmente ha modo di proteggermi dal mio.

Non che io abbia bisogno di protezione.

Eh, invece sì; e mi vien voglia di urlare con tutto il fiato che ho in gola!

Se adesso vado con lui, può farmi uscire da questa situazione. Mi serve un po' di spazio per capire cosa voglio fare.

Mio malgrado, mi giro verso Baron, che se ne sta sul prato anteriore della Casa. Ha le armi puntate contro.

Mi guarda in faccia, e capisco d'aver ragione perché non è più né geloso né controllante. È distrutto. Non tiene le mani alzate, ma lì, immobile, ha l'espressione sconvolta. Sa d'aver sbagliato.

Sa d'avermi persa.

Ed è proprio adesso che il cuore mi si spacca in due pezzi – che finiscono sul marciapiede. Una metà ancora vuole che Baron venga a raccoglierla per sistemare tutto. L'altra non vuole mai più rivolgergli la parola.

Mi levo la fede dal dito e la lancio nella sua direzione, poi salgo in macchina e sbatto la portiera. Quando Brash parte vengo percorsa tutta da un panico malsano... mentre passiamo sulla metà di cuore che ho lasciato a terra, fra le convulsioni.

Chiudo forte gli occhi ed esprimo il desiderio che muoia insieme a tutti i ricordi che ho di Baron.

È finita. Non sarebbe dovuta nemmeno cominciare.

Con Benjamin Baranov ho chiuso.

———

Baron

Resto inchiodato al prato a guardare la macchina di Brash.

Non avrei potuto combinare casino peggiore.

L'unica cosa che dovevo fare era tenere mia moglie lontana dalle grinfie di Brash Rostov... e ho fallito.

È scappata via da me per infilarsi nella sua auto. Il ricordo del suo viso arrossato e degli occhi lucidi di lacrime mi fa venir voglia di crollare in ginocchio. Il tradimento non potrebbe essere più chiaro di così... secondo lei.

Non posso autoflagellarmi fino in fondo perché qualcuno mi fa finire a terra con un colpo alla nuca di quello che dev'essere il calcio di un AK-47. Atterro carponi con un fischio alla testa. Mi si buttano addosso. Uno mi prende a calci alle costole e un altro in faccia con la punta d'acciaio dello stivale.

Neanche ci provo a reagire – sono disarmato. Non sopravvivrò. Non mi resta che raggomitolarmi e proteggermi la testa con le braccia. Insistono con colpi che non posso fare a meno di pensare di meritare.

Ecco cosa mi merito per aver fatto soffrire Lara...

...non fosse che lei ha ancora bisogno di me.

Sarà anche fuggita per andare volontariamente da Rostov, ma con lui non è al sicuro. Nemmeno un po'. Devo uscire da questo macello e andare da lei.

Continuano a picchiarmi, mi fischiano le orecchie.

No: è l'allarme antincendio!

Deve averlo acceso uno dei miei. Phoenix, probabilmente.

Dalle labbra insanguinate mi scappa una risatina: funziona. Qualche altro calcio e la piantano per risalire in macchina e seguire Brash.

Cerco di tirarmi su, ma l'erba mi corre incontro – e tutto si fa nero.

CAPITOLO VENTIQUATTRO

Lara

A malapena vedo dove andiamo, a causa delle lacrime. Non riesco a scacciare la sensazione d'allontanarmi dalla mia stessa esistenza.

Ma Baron mi ha ingannata. Stava facendo un giochetto con papà, e non glielo perdonerò mai.

Brash parla, ma non lo ascolto. Continuo a rivedere l'espressione di Baron: consapevolezza colpevole, rimorso.

Risento la conversazione avuta con papà a casa mia. Le parole di Brash: *un altro si stava interessando a te.*

C'è ancora qualcosa che non torna, in questa storia. Per esempio: perché farmi sposare Baron? Che bisogno c'era di legare le due famiglie visto che mio padre e il suo collaborano da anni?

E se poi era una faccenda della massima importanza... perché non me l'hanno mai detto? Perché aspettare l'arrivo di un altro?

Be', porrò queste domande quando sarò tornata a Parigi. Avevo smesso di parlare con papà, ma adesso insisterò per avere risposte.

Non che prima sia stato molto diretto, eh.

Perché raggirarmi? Solo per allontanarmi da questa fantomatica tentazione costituita da Brash Rostov? Non mi aveva mai impedito di uscire con qualcuno...

Avrebbe potuto dirmi che non gli piaceva e basta!

Bah. Non c'è nulla che abbia senso.

Torno di colpo al presente quando Brash imbocca la strada che porta all'aeroporto che ho visto solo una settimana fa.

"Che ci facciamo qui?" Non so dove pensassi mi volesse portare, ma questa sì che è una sorpresa.

"Devo allontanarti da quei delinquenti che cercano di controllarti." Parcheggia e smonta.

Io no. Volevo lasciare Baron, sì, ma pure Brash adesso fa il prepotente.

Mi apre lo sportello e tende la mano. "Vieni. Vuoi tornare alla tua vecchia vita, no? Posso proteggerti io."

Non mi torna.

Mi asciugo gli occhi.

"Non ho le mie cose. Devo fare i bagagli."

Me ne vado da Whisper? Ce l'ho con Baron, ovvio, però... il periodo vissuto con lui è stato il migliore − e il peggiore − della mia vita. Sono arrivata qui furiosa e spaventata, ma c'era lui. Credo di essermi innamorata, d'aver fatto amicizia con qualcuno. Sono entrata a far parte di qualcosa... di mia sponte. E poi le lezioni di questa università non mi dispiacciono.

Parigi sembra lontanissima. Come se la donna che viveva quella vita fosse ormai scomparsa, si fosse trasformata in un'altra. Un tirocinio e una futura carriera laggiù sono adesso meno entusiasmanti di una vita alla Thornecroft.

Ricordo la trepidazione provata ieri quando mi sono intrufolata in casa dell'aggressore di Melinda... e quando ho visto quel figo di mio marito all'opera.

No, dai. Non è un figo. È un bastardo con manie del controllo che praticamente mi ha rapita e sedotta. Mi ha manipolata... come papà. E non posso farmi trattare così!

"Ti comprerò roba nuova, *milaja*."

Esito. Non sembra male come offerta – soprattutto dato che non ho voglia di tornare a Casa Baranov – ma c'è qualcosa che non torna.

Brash ha detto che mi avrebbe riportata alla mia vita parigina... e adesso vuole comprarmi tutto nuovo? Lo fa perché è ricco o c'è una forma di possesso sotto? Cioè... starò *con lui*?

Perché io non ci penso neanche!

Adesso che so cosa vuol dire avere il cuore in fiamme, è evidente che per lui non provo un bel niente.

"Non ho neanche il passaporto..."

"Non ti serve. Vieni, il jet è in pista."

Il jet è in pista. Nel senso... che ci aspettava? Sapeva che mi avrebbe portata via? E perché non mi serve il passaporto? Ha corrotto qualcuno? Sempre più strano...

Il mio cervello è lento a mettere insieme tutto. Probabilmente perché il cuore è ancora in piena emorragia per il tradimento di Baron.

Ok, comunque. Sì. Lasciare Whisper è la cosa migliore. Una volta a Parigi potrò concedermi il tempo di soffrire e far chiarezza. Magari darò pure a Baron modo di spiegarsi.

Sicuramente chiamerò papà per mettere le cose in chiaro.

Consento a Brash d'accompagnarmi al jet; ci allacciamo le cinture.

Mentre rulliamo sull'asfalto, fa una telefonata. "Fatto." Mi guarda. "Ho la Turgeneva. Preparate i documenti per il divorzio. Li voglio pronti per la firma all'atterraggio."

Tutto in me si ferma. Il cuore dimentica di battere. Il respiro s'annulla. Il dolore m'abbandona le vene... per farsi sostituire dall'adrenalina.

Mi slaccio la cintura e mi alzo – troppo tardi però. Stiamo decollando.

"Ah-ah." Mi agguanta dal polso per tirarmi sul suo grembo. Mi morde il lato del collo, neanche si credesse un vampiro.

"*Ou!*" strillo. Non so se mi ha fatta sanguinare, ma di sicuro mi rimarrà l'ematoma!

"Tu non vai da nessuna parte." Mi fa male al polso. La voce trasuda un'allegria da pazzo che mi raggela. "Tuo padre non avrebbe dovuto rifiutare l'offerta iniziale."

I neuroni balbettano. Quale offerta? Di che parla?! Cerco di liberarmi.

"In quanto mia moglie, presto imparerai che sono veloce a punire... e lento a perdonare." Mi butta giù. Sbando, e prima di recuperare l'equilibrio vado a sbattere col fianco contro al mio sedile. "Adesso siediti e allacciati la cintura, o la prima punizione te la somministro in volo."

Baron

Perdo continuamente conoscenza. Sento le voci degli amici, che a fatica mi trasportano dentro di peso.

Se n'è andata.

Ho perso Lara.

Mi costringo ad aprire gli occhi e mi ritrovo disteso sul divano. Mi si sono raccolti tutti intorno con espressioni preoccupate. Alcune pure arrabbiate.

"Anja," gracchio cercando di scovarla nel gruppo.

"Sono qui." Alza la mano e riesco a metterla a fuoco.

"Dov'è?"

Pare sconcertata. Per una volta non è riuscita a prevedere la mia domanda. "Lara, intendi?"

"Sì, Lara!" Mi metto in piedi a fatica e scaglio le braccia in fuori, dove ho il campo visivo nero.

Phoenix m'infila la spalla snella sotto all'ascella per tenermi su. "Non sei nelle condizioni di correrle dietro."

"Dov'è?" Già solo il suono della mia voce basta a spaccarmi la testa in due. Mi asciugo un po' di sangue dalla bocca. Un molare traballa.

Anja mi sblocca lo schermo crepato del telefono. Dev'essermi caduto dalla tasca quando l'esercito di Brash mi ha menato. "Oh, merda..." brontola.

"Cosa?" tuono.

"È alla pista d'atterraggio."

Whisper non ha un aeroporto commerciale; solo la pista privata per ricconi.

"Portatemici." Zoppico verso la porta.

"Baron, nel caso in cui non te ne fossi accorto, avevano degli AK-47," fa Zoe. "Noi roba del genere ce la sogniamo. E anche l'avessimo... non puoi dichiarare una guerra senza prima parlarne con tuo padre."

"Ha ragione," fa calmo Leo. "Io voglio assolutamente prendere quello stronzo, ma dobbiamo pensarci bene."

Mi accascio contro al muro; respirare mi fa male alle costole rotte. Mi si chiudono gli occhi. *Pensa, Ben. Pensa.*

Hanno ragione: non possiamo dare inizio a una guerra senza l'appoggio di papà.

Bljad'!

Mi sarei dovuto inventare qualcosa da dire a Lara per tenerla qui. Perché non gliene ho parlato prima? A cena magari? O mentre tornavamo a casa? Il fatto poi che avessi intenzione di dirglielo stasera peggiora solo il dolore. Avrei potuto evitare tutto, se solo avessi avuto il fegato di parlare un'ora prima. O qualche giorno prima. O qualche settimana prima. O dall'inizio.

Adesso è nelle grinfie di Abraša Rostov – che temo non se la lascerà scappare una seconda volta.

"Riesci a scoprire dove vanno?" Il labbro inferiore mi si gonfia sempre più.

"Non posso hackerare l'aviazione così su due piedi!" Ha la fronte aggrottata.

Zoe prende il suo telefono. "Magari posso farmelo dire da qualcuno." Alza lo sguardo e mette il vivavoce.

"Sì, sono Zoja Novikova," fa col forte accento russo preciso a quello che scappa alla madre di Leo, Saša, quand'è alticcia. "Il mio amico Abraša Rostov ha per caso un aereo lì da voi?"

All'altro capo dicono: "Sì."

"*Da.* La sua ragazza ha lasciato l'anello da me. Volevo sapere se è ancora lì. Ho tempo di portarglielo?"

"Ehm... proprio non so..."

Zoe leva gli occhi al cielo. "È già decollato il jet di Rostov?"

"Di Rostov? Be'... sì. È sulla pista al momento."

"Aaaah, allora non faccio in tempo. Dovrò scrivergli un'e-mail. Sa per caso se stanno tornando a Parigi? O vanno a Mosca stavolta?"

"Il jet di Rostov, dice? No, è diretto a Istanbul."

Sento freddo.

Non la riporta a Parigi. Vanno in Turchia. I Rostov avranno un palazzo lì. La porta dove può rinchiuderla. E tenermi lontano.

"Ah, Istanbul, vero. Vabbè. Mi farò dare l'indirizzo. *Spasibo.*" Aggancia.

"Brava, Zoe," dico.

Il portone si spalanca ed entra di corsa Lili. "Oddio, Baron, cos'è successo?! Leo mi ha scritto di venire!"

Prendo mentalmente nota di dargli un bel pungo... quando non mi farà più tanto male muovermi. Mentre le faccio il riassunto più breve possibile, Leo fa una videochiamata e Phoenix mi porta del ghiaccio per la faccia.

Maksim, il padre di Leo, compare sullo schermo. La madre s'intrufola con un sorrisone.

"Leonid! Come stai?"

"Ehm, bene, mamma... ma posso parlare con papà in privato per un minuto?"

"Se prometti di chiamarmi domani."

"Promesso."

"Ok. Ti voglio bene." Saša gli dà dei baci mentre Maksim si allontana.

"Ciao, papà." Muove il telefono per mostrargli per un attimo come sono ridotto, poi torna a inquadrarsi. "Possiamo fare una videoconferenza con te e lo zio Ravil?"

Con una parolaccia − e un gran barcollio del video − Maksim esce dall'attico per andare dai miei. "Rostov?"

"Sì." Leo appoggia il telefono sul davanzale della finestra; gli eredi della bratva vi si radunano intorno. Phoenix e Anders restano sul fondo, fuori dal campo visivo.

"Ok. Dammi un minuto, così dovrete dircelo solo una volta." Un attimo dopo ci videochiama dalla scrivania di papà. Che ci restituisce lo sguardo insieme a Maksim e Dima.

Ormai ho avuto il tempo di pensarci. Di vagliare tutte le possibilità. Una mezza idea su come salvare Lara me la sono fatta.

"Stai bene, Ben?" mi chiede papà.

Sto bene? Neanche per il cazzo. E non solo perché mi hanno riempito di botte, ma anche perché Lara se n'è andata. Una cosa dovevo fare − proteggerla − e non ci sono riuscito.

Peggio ancora, l'ho ferita. Non volevo altro che conquistarne l'amore e la fiducia...

Credevo di essere sulla strada giusta, ma un solo passo falso ha distrutto tutto ciò che con gran fatica avevo costruito.

"Lara se n'è andata." Quant'è amaro ammettere il fallimento... "Brash ha messo una spia alla Thornecroft che ha partecipato a un'aggressione ai danni della figlia di Gabe Tracy. Miravano a me e a Casa Baranov; l'hanno drogata e portata in ospedale, dove la spia deve averci parlato, in qualche modo. Penso che mentre era ancora fatta lei gli abbia detto una cosa che le avevo confidato in privato sul matrimonio: che è stato affrettato perché *un altro si stava interessando a lei*."

Gli amici mi fissano tutti stupiti. Non erano al corrente di ciò che è accaduto sul prato; v'hanno solo assistito dalle finestre.

"Brash ha usato proprio queste parole — quelle che io avevo usato con Melinda — stasera. Ah, nel caso in cui non lo sapeste: Adrian non s'è fidato a dire a Lara la verità, quindi è arrivata qui pensando che davvero le nozze fossero state decise fin dalla nostra nascita e che io fossi uno stronzo. Due paroline non sarebbero state male. Vabbè, comunque si è comprensibilmente arrabbiata e se n'è andata con lui."

"E si sono presentati armati di AK-47, quindi Baron non ha potuto seguirli," interviene Anja.

Proseguo. "Al momento sono su un volo diretto in Turchia. Andrò da solo e la riporterò indietro. Potete trovarmi un aereo?"

Papà mi fissa impassibile. Ho preso da lui la capacità di rimanere imperscrutabile in situazioni complicate. "Pensi che verrà via con te?"

Il dolore per averle fatto del male affiora fresco, come nuovo. Troverò le parole per farmi perdonare?

No, aspetta un attimo. Non importa! Che scelga d'amarmi o no è meno importante della sua sicurezza! Come suo padre, sceglierei di tenerla al sicuro dai Rostov anche a scapito del perdono.

"Saprò essere persuasivo," dico.

Zoe e Lili mi sparano occhiatine dubbiose. Mi sa che hanno riconosciuto il tono deciso, la sicurezza con cui so che la riporterò qui – che voglia essere salvata o meno.

"I Rostov hanno proprietà a Istanbul. Ci saranno dieci volte più guardie di quelle che sono venute a prenderla. Come farai?" domanda Maksim.

"Bassissimo profilo. Come nelle missioni segrete. Così possiamo scongiurare la guerra."

Papà continua a non palesare nulla. Mi scruta per quella che sembra un'eternità. "Ok," fa infine. "È tua moglie. È giusto che vada tu."

Ecco il sollievo: temevo cercasse di proteggermi e mi rifiutasse l'aiuto di cui ho bisogno per non farmi partire.

"Attenderai che Adrian e i suoi siano arrivati lì come rinforzi. Nel caso in cui andasse male."

Annuisco. Ci sta. Possono arrivare da Mosca – prima di me. "Non fateli entrare senza di me."

Papà esita, ma poi annuisce. "Darò l'ordine, ok. Ma non posso garantirti che Adrian lo seguirà. Un padre farebbe di tutto per sua figlia; incluso disubbidire al *pachan*."

Vero. Ecco perché di solito avere famiglia è proibito nella bratva. Ma quando la mamma è rimasta incinta di me per la bratva di Chicago è cambiato tutto... e ormai anche per il ramo moscovita comandato da Adrian.

"Ma il tuo piano potrebbe scongiurare la guerra. Certo, non funzionasse..." – allarga le braccia – "combatteremo. Quel maledetto Rostov non può permettersi di rapirmi la nuora e prendersela con mio figlio senza pensare che io reagisca."

Deglutisco, grato del pieno appoggio.

"Penserà Dima a infiltrarsi nei suoi sistemi di sicurezza e darti tutto ciò che ti serve."

"Posso aiutarlo io," fa Anja.

Papà annuisce. "Collaboreremo come un'unica squadra."

"Io vado con Baron," dice Leo.

"No," intervengo. "Tu devi restare qui a proteggere la Casa. Soprattutto dopo ciò che è accaduto con Casa Titan."

Papà alza un sopracciglio, ma visto che non spieghiamo nulla lascia perdere.

Leo si acciglia, però non insiste.

"Vedrò di trovarti un aereo il prima possibile," dice. "Maksim preparerà una lista di cose che ti darà Adrian – armi e kevlar, roba così. Ci faremo sentire. Intanto riposa e mangia. Ti serviranno energie."

Annuisco, ma cibo e riposo non mi servono. La rabbia mi dà tutte le energie di cui ho bisogno.

Mia moglie è in balia di un sociopatico. E per riaverla manderei a fuoco il mondo intero.

CAPITOLO VENTICINQUE

Lara

Sono in guai seri.

Cammino su e giù per la grande camera nella quale mi ha portata Brash. È padronale, con enorme lettone e una finestra immensa che dà su un frutteto. Non siamo a Parigi. Siamo nella residenza della sua famiglia... in Turchia.

La porta è chiusa a chiave. Se ancora avevo dei dubbi, eccoli dissipati: sono prigioniera.

Sono stordita, dato che venendo qui non ho chiuso occhio; e poi nell'Illinois saranno le cinque del mattino.

In aereo c'erano solo Brash e i suoi uomini. Nessuno cui chiedere aiuto. Ho atteso che s'addormentasse per usare il telefono, ma non prendeva; e non c'era nemmeno il Wi-Fi con cui scrivere a qualcuno.

All'atterraggio me l'ha preso dalla borsa per buttarlo fuori dal finestrino della limousine venuta a prenderci.

"Respiri profondi," brontolo fra me e me cercando di tenere a bada il panico. Mi sento il personaggio di un film dell'orrore che s'è appena reso conto che nulla era come sembrava.

Quello troppo stupido per sopravvivere. Ma perché sono andata via con Brash?

Cosa mi ha fatto credere che con lui sarei stata più al sicuro che con Baron?!

Oh, Baron. Pensarci ancora mi spacca il petto in due.

Cerco di rimettere i pezzi insieme. Ho avuto tutto il volo per riflettere, esaminarli e accorparli nel modo giusto.

Brash ha detto che il matrimonio è stato escogitato perché un altro si stava interessando a me: lui. E l'espressione che aveva Baron l'ha confermato. Cos'ha detto poi sul jet? *Tuo padre non avrebbe dovuto rifiutare l'offerta iniziale.*

Ossia voleva sposarmi? Dopo qualche uscita appena? Senza nemmeno chiedermelo?!

Do uno scossone del capo. Siamo nel Medioevo. Quindi non si tratta di desiderio; sono una pedina... e forse il piano è semplice quanto sembra: un matrimonio combinato per stringere un'alleanza con papà – se escludiamo il fatto che rapirmi non fa all'auspicabile suocero una buona impressione. Brash ha sbagliato qualcosina, se pensa che finirà come vuole lui. O forse non gli interessa più niente e vuole solo pareggiare il conto con papà dopo che questi l'ha snobbato.

Però mi ha definita sua moglie.

Ha parlato di punizioni.

Mi viene la nausea. Chissà perché, ma sospetto non si tratterà delle punizioni seducenti somministratemi da Baron... quelle in cui un pizzico di dolore termina col piacere per entrambi. Credevo che Baron avesse un'indole sadica, ma temo non sia nulla in confronto alla violenza vera che percepisco in Brash.

Mi butto sul letto. La mancanza che provo per Baron mi fa bruciare gli occhi... maledizione a lui, però!

Se il matrimonio è stato affrettato – o addirittura inventato! – per tenermi alla larga da Brash, perché non me l'ha detto e basta?

Anzi, perché non me l'ha detto papà?! È stato lui che, non fidandosi di me, mi ha messa in quest'orribile situazione. Oh, dovessi uscirne temo non glielo perdonerò mai!

Vabbè; tutti pensieri che non mi faranno uscire di qui. Devo avere le idee chiare. Capire come gestire Brash. Trovare un telefono per sentire Baron o papà. Lui è più vicino alla Turchia... ma è Baron che voglio. È lui che il mio corpo brama. È suo il volto che voglio prendere a schiaffi!

E poi, conoscendolo, sarà già in arrivo.

A meno che non m'abbia creduta sul serio... a meno che non pensi che il mio fosse un addio vero! A meno che non pensi che mi sia decisa e non faccia tanto il gentiluomo da lasciarmi in pace. Insomma, la tendenza a mettere i bisogni altrui prima dei suoi ce l'ha, no?

Rinuncerebbe così facilmente a me?

Mi gela il cuore.

Ti scongiuro, non lasciarmi andare, Baron! Ecco la preghiera muta che invio a qualunque spirito sia in ascolto.

Sento il rumore della serratura; entra Brash. Mi tiro seduta. Sogghigna tanto che mi viene voglia di rifilargli un pugno alla gola... ma cerco di nasconderla.

Solo che non sono bravissima a mascherare ciò che provo.

"Ti sei ambientata, tesoro?"

Trattengo una rispostaccia. Respiri profondi. Finta cortesia. O almeno niente guerra. "Mi è difficile, senza le mie cose."

Ecco. Non troppo burbera.

Sventola una mano. "Te ne prenderemo di nuove. Cosa ti serve per il momento? Lo spazzolino? Sotto al lavandino ce n'è qualcuno. Shampoo e sapone sono in doccia." Gli occhi gli prendono un luccichio pericoloso. "E i vestiti non ti servono." S'avvicina...

Ci starebbe una bella ginocchiata nelle palle, invece mi scosto di lato e mi fiondo alla finestra. "Vorrei vedere il frutteto." È la prima cosa che m'è venuta in mente; proseguo sulla stessa linea. "Uscire aiuta ad abituarsi al nuovo fuso orario. Il jet-lag mi sta uccidendo," farnetico.

"Uscirai quando te lo sarai meritata." Copre la distanza che ancora ci separa e mi spinge verso il vetro mettendomi le dita alla gola. "E adesso spogliati."

Gli agguanto i polsi graffiandolo. Non respiro. Il dolore è spaventoso. Vedo le stelle, comincio a perdere i sensi. Di colpo mi molla; in un trasalito, tossisco mentre cerco disperatamente l'ossigeno.

M'impugna la camicia e tira, strappandola.

"Non si può!" sbotto. Be', non mi viene in mentre altro... "Ho le mestruazioni."

Ed è pure vero. Non so se il ciclo mi salverà dallo stupro, ma vale la pena tentare.

"E mi servono assorbenti. A meno che non ci siano anche quelli, sotto al lavandino."

Ops. Forse ho esagerato col tono, perché prende slancio col braccio per rifilarmi un manrovescio. Il dolore mi esplode in faccia, vado a sbattere contro alla finestra e mi accascio a terra. E per fortuna... finalmente perdo i sensi.

———

Baron

Controllo le munizioni di tutt'e due le pistole.

Adrian e i suoi sono venuti alla pista privata e m'hanno infilato in un furgone attrezzato di tutto l'occorrente per un assedio.

Dima e Anja hanno recuperato l'indirizzo della proprietà dei Rostov, con tanto di piantina. Hanno hackerato il sistema di sicurezza.

Dovrei aspettare che faccia buio, ma vado adesso.

Il localizzatore del telefono di Lara mi dice che si è spento vicino all'aeroporto, ma quello che le ho messo in borsa e l'altro, quello nelle scarpe, dicono che è nella camera padronale.

E già solo questo mi fa diventare violento. Conosco Abraša Rostov. Tortura i deboli per divertimento. Le farà violenza... cose terribili! Magari non stanotte. Magari riuscirà a trattenersi per cercare di convincerla a sposarlo.

Ne dubito però. Altrimenti l'avrebbe riportata a Parigi. Invece sono nella sua fortezza. È prigioniera. Ne sono certo.

Devo farla uscire di lì, prima che le faccia l'indicibile...

Posso scegliere le armi che voglio; qui c'è di tutto: mi sono messo due granate nelle tasche dei pantaloni cargo; la maglia aderente color oliva mi copre il kevlar; e ho pure coperto i capelli biondi con un copri elmetto mimetico. Al posto dell'arma automatica, ho scelto i revolver con silenziatore.

Il piano è ancora d'entrare e, senza farmi notare, portarla via. Stando alle conoscenze di Dima, siamo in minoranza: quattro contro uno.

"Entro con te." È Adrian, che si mette il kevlar.

"No. Vado da solo. Tu entra solamente se io non ce la faccio."

Arriccia il labbro superiore in un ringhio. Sono sicuro che quell'espressione faccia cagare addosso tutti i soggetti alle sue torture. L'aria del duro ce l'ha, c'è poco da fare. È uno da strada, meno raffinato di papà e del resto della bratva di Chicago. Malgrado abbia moglie e figlia, s'è indurito gestendo una banda in Russia. "Non è tua l'operazione."

"Col cazzo!" Certo, non è il modo di rivolgersi al suocero... ma chi se ne frega. "È mia moglie. E andrò a prenderla io... senza cominciare una guerra, speriamo."

Mi guarda in cagnesco. Sospetto stia cercando di capire se sia il caso di strapparmi a uno a uno i peli dello scroto.

Mi porgono l'auricolare e me lo metto. "Prova."

Sento Dima. "Sei a posto. Il sistema di sicurezza è spento. Ho occhi su tutte le telecamere e posso guidarti all'interno."

Apro lo sportello e scendo piano. "Entro adesso," brontolo.

"L'ingresso secondario è sul lato orientale," fa Dima.

Appiccicato al muro di cemento, mi avvio verso est senza neanche aspettare di vedere se Adrian mi segue.

"Ti sblocco l'entrata. Nella guardiola c'è uno che gioca col telefono."

Mentre procedo, il cancello in ferro battuto che impedisce l'accesso alle auto si sblocca dolcemente.

Grazie, Dima.

Prendo la pistola nella mano destra e lo spingo con la sinistra – il giusto per passare. Resto nell'ombra e punto l'arma verso la guardia... che però non alza neanche gli occhi.

"Sta' vicino agli arbusti finché non arrivi alla casa; dopo gira a destra e varca il cancello che porta al giardino circondato da mura. C'è una guardia appena dentro."

M'infilo nel giardino e mi guardo intorno: davanti a me c'è un piccolo frutteto con tanto di sentierini e panche. All'altro capo del quale passeggia un uomo.

"Prima porta alla tua sinistra. Te la apro."

Tengo sguardo e pistola puntati sulla guardia mentre m'intrufolo dentro – non mi guarda mai. Quasi quasi mi dispiace. Un po' di sangue mi andrebbe di spargerlo stanotte.

Ma conta solo Lara. Finché non l'avrò salvata dovrò essere cauto.

"All'interno non ci sono telecamere, perciò da qui procederai alla cieca."

"Mi arrangio." Ho memorizzato la piantina. Conosco tutte le strade che portano alla camera padronale. Da questa parte c'è una scala di servizio.

Giro l'angolo e mi ritrovo faccia a faccia con una guardia armata.

Merda.

Sparo prima che possa reagire. S'accascia muto. Grazie al cielo esistono i silenziatori.

E adesso devo darmi una mossa, prima che lo scoprano!

"Ho sentito uno sparo," fa Adrian. "Rapporto!"

"Ho ucciso uno," biascico.

Trovo i gradini e li salgo due alla volta. In cima c'è un altro. E un solo proiettile lo stende.

"Un altro," dico, prima che mi chiedano.

La porta della camera è in fondo al corridoio. All'esterno c'è una serratura a scorrimento – come se non fosse la prima volta che Brash c'imprigiona delle malcapitate – ma è aperta. Quindi o Lara non è qui... o lui è dentro con lei.

Dall'interno proviene un urlo.

Lara!

L'adrenalina m'invade. La bocca si riempie di saliva, come quella d'un animale che si prepari a mordere il nemico.

"Dov'è?" chiede Adrian.

Lo ignoro per aprire la porta con uno spintone ad arma puntata.

No. Cazzo, no... non la mia Lara!

Maledizione!

Non dovrebbe stupirmi. Mi aspettavo – eccome! – qualcosa di terribile. Ma vedere mia moglie appesa dai polsi a un gancio del soffitto mi scatena dentro una rabbia tanto feroce che potrei farlo a pezzi a mani nude. E *lo farò* a pezzi a mani nude.

Porta solo le mutande. Ha lividi sulla guancia e sulla gola. Brash le tiene un coltello davanti a un capezzolo.

Lara mi vede e strabuzza gli occhi. "Baron!"

Brash ruota su sé stesso e vede la pistola.

Una pallottola. Una sola: non serve altro per farlo fuori. Ma non adesso che dietro di lui c'è Lara. E poi una morte immediata sarebbe troppo dolce per questa bestia.

Tutti pensieri che vengono e vanno in una frazione di secondo perché... già mi muovo.

Brash si tuffa – pensa che spari. Ne seguo il movimento con la pistola, e appena s'è spostato di lì lo prendo alla coscia.

Si butta dietro al letto con un urlo.

"Rapporto!" sbraita Adrian tesissimo.

Non ho mica tempo di stare alle regole però. Balzo sul letto e subito mi lancio su Brash, che è disteso a terra, e gli calpesto il plesso solare per levargli l'aria dai polmoni. E poi la gola; dopo scendo per mettermi completamente su di lui.

Lui reagisce, ma io lo colpisco alla bocca con la volata della pistola e gli faccio partire un dente. Voglio che mi guardi negli occhi quando lo uccido.

Agguanta la lampada del comodino e me la schianta addosso, ma io ruoto per pigliarla sulla schiena e sparo.

Gorgoglia sangue.

Troppo veloce, accidenti.

Volevo farlo soffrire; perché ha toccato Lara, e per tutto il dolore che ha causato a questo mondo.

Rinfodero l'arma per dargli un pugno in faccia, felice e contento dello scrocchio del naso. E poi dello zigomo. E poi addio ad altri denti.

"Entriamo," fa Adrian.

Merda.

"Stacco tutte le telecamere," dice Dima.

Sento il *rat-a-tat-tat* di mitragliatore nel frutteto e torno alla realtà.

Brash è morto. Mi riscuoto e gli metto due dita sulla gola per accertarmene.

Devo portar via Lara. Mi giro e corro da lei estraendo un coltello per liberarla. "Lara. *Malyška...* cazzo."

Mi rendo conto d'aver perso il diritto di chiamarla *malyška...* però lei mi getta le braccia al collo. E mi viene da piangere.

CAPITOLO VENTISEI

Lara

Mi stringe tanto forte che non riesco a respirare; mi bacia i capelli, la tempia, la fronte.

"Mi dispiace tantissimo..." rantola.

Mi aggrappo a lui; le gambe ancora non mi reggono. Non vorrei, ma lo sguardo mi torna ad Abraša. Fossi una persona migliore sarei orripilata da ciò cui ho assistito: mio marito gli ha sparato e poi l'ha brutalmente pestato a morte. E invece ne ho assaporato ogni istante.

Infradicio Baron, che adesso è coperto di ematomi ma comunque ha l'aria tostissima... da sexy risolutore di situazioni impossibili.

Mai una volta ho dubitato che avrebbe vinto.

"È morto," fa.

Dall'interno della casa risuonano spari e urla.

"C'è tuo padre."

Si leva dalla testa la maglia a mezze maniche per mettermela; infilo le braccia nei buchi. Poi mi mette anche il suo giubbotto antiproiettile.

"Andiamo," dice. "Dobbiamo darci una mossa." Mi prende per mano per portarmi alla porta. "Resta dietro di me."

"Ma tu sei senza kevlar..."

Si gira con gli occhi accesi d'emozione e mi bacia con ferocia.

Trasalisco quando ci separiamo. Cos'era? Un addio nel caso in cui non ce la facesse?!

"Tieni a me," mormora.

Ho un tuffo al cuore. Certo che tengo a lui! Non avevo mai smesso. È mio. Sono sua. È destino che stiamo insieme. Non ero mai stata più sicura di qualcosa in vita mia.

Sono ancora incazzata, ma il mio cuore ha cominciato a guarire nell'istante in cui ha varcato la soglia della camera. Anche se me ne sono andata io, non volevo chiudere con lui. Ero ferita e furiosa, ma speravo mi seguisse... speravo trovasse il modo di sistemare le cose

Abbiamo ancora un problema enorme da risolvere, certo, però è qui. Sexy da morire, col torso muscoloso nudo e i pantaloni cargo muniti di armi su ogni gamba...

Mi porge una pistola e levo la sicura. Annuisce quando vede che so usarla e mi spinge giù, in modo da proseguire accovacciati. Usciamo dalla stanza scavalcando il cadavere di una guardia. Baron sta di sbieco davanti a me, per proteggermi.

Sparano da diverse parti. Ho visto una dozzina di uomini quando siamo arrivati. Prego che papà si sia portato dietro un esercito, perché questo posto è difeso come una fortezza. Arriviamo in fondo alle scale, dove giace un altro corpo. Gli salgo sul petto a piede nudo. Porto solo la maglia di Baron, il giubbotto e le mutandine, però sono armata... e sono con l'uomo più potente che conosca.

Non alludo a papà, eh.

Ogni briciolo di paura suscitatami da Brash ormai è diventato energia. Alzo la pistola, pronta a fare fuoco. Ho intenzione di proteggere Baron mentre lui protegge me.

È mio marito. Siamo fatti l'una per l'altro.

Io mi sono innamorato di te nell'istante in cui sei scesa dall'aereo, malyška.

Lo sapeva fin dall'inizio. E io l'ho saputo solo quando ci siamo lasciati. A volte deve accadere il peggio perché ci si schiariscano le idee.

Giriamo l'angolo e Baron scatta indietro. Pallottole di mitra bersagliano il pavimento – esattamente dov'eravamo un attimo fa!

Mi schiaccia contro alla parete piazzandosi davanti a me, pronto a sparare.

Quando i colpi cessano ne risuonano però altri due, e sento il rumore di un corpo che rovina a terra.

"Libero," urla papà in russo.

Baron mi molla e svoltiamo l'angolo.

Ai piedi di papà ci sono due guardie. Ci fa segno d'avanzare e corriamo giù per il corridoio.

Mi stringe rapidamente con un braccio solo e fa un cenno del mento a Baron. "Portala fuori di qui."

"Vieni." Mi tira dalla mano verso la porta che dà sul frutteto. Sento sparare, dentro. Nel giardino giacciono due uomini.

Scappiamo fuori da un cancello, passiamo a filo d'una siepe e poi varchiamo una cancellata più grande – e usciamo dalla proprietà.

Baron continua a correre verso un furgone bianco.

Riconosco il conducente che smonta: è uno degli uomini di papà.

Baron apre lo sportello posteriore e saliamo. "Lara è al sicuro," fa, e mi rendo conto che ha un auricolare.

"Portatela via," gli risponde papà.

"*Da.*" L'autista chiude di colpo lo sportello.

Tenendomi dai fianchi, Baron mi sistema su un sedile e si accovaccia davanti a me; coi polpastrelli – e uno sguardo preoccupato ancor più veloce – m'ispeziona gli ematomi in faccia e sul collo. "Ti ha..." La linea rigida della bocca e la minaccia che trasuda lo sguardo dicono una cosa sola: ammazzo tutti.

"No. Gli ho detto che ho le mie cose."

Gli vedo qualcosa spezzarsi in viso, prima che riprenda le fattezze del tosto cavaliere.

Il veicolo parte, ma Baron resta tranquillamente in equilibrio sulle dita dei piedi. Si leva l'auricolare dall'orecchio e preme un pulsante minuscolo. La luce si spegne.

"Anatolij Rostov, il padre di Brash, ha chiamato tuo padre dopo che avete cominciato a frequentarvi per proporgli l'unione delle due famiglie." Salta completamente i preamboli. Come avesse avuto il tempo di pensare a cosa dirmi e volesse riparare subito all'errore commesso.

È ancora accovacciato qua davanti; mi tiene le mani – lievi – sui fianchi e gli occhi incollati ai miei.

"Tuo padre ha avuto paura per te, e gli ha detto che era impossibile perché ti aveva combinato un matrimonio con me alla tua nascita. Rostov pensava che tuo padre, avendo solo una cellula, non fosse abbastanza equipaggiato per combattere contro il mio e la bratva americana."

Sbatto le ciglia. Ci penso su, riassemblo i pezzi alla luce delle nuove informazioni.

"Tuo padre ha chiamato subito il mio per chiedergli se fossi disposto a sposarti e portarti negli Stati Uniti per tenerti al sicuro. E io ho detto *certamente*."

Mi ribello a quest'improvvisa voglia di piangere! Ovvio che abbia accettato. Ha come priorità sempre la protezione dei deboli, anche a discapito dei suoi bisogni.

"Ho conosciuto Brash in collegio." Si rabbuia di nuovo in volto, minaccia tuoni e fulmini. "Ne ho riconosciuto le tendenze sociopatiche. E per aver vendicato una sua azione venni espulso.

"Tuo padre era preoccupato per la sua famiglia, ma anche per Brash e per ciò che ti avrebbe fatto se avesse avuto controllo su di te."

Le lacrime mi trafiggono gli occhi. Ma perché non me l'ha detto e basta?!

"Credevo sapessi che era una farsa, ma quando sei arrivata incazzata credendomi il nemico ho capito che non ti aveva detto nulla."

Oddio. Baron è sempre stato un eroe. E io l'ho trattato come il nemico. E lui ha subito tutto: la rabbia e le sfuriate. Ha accettato qualsiasi cosa senza difendersi. Senza farsi ferire. Ha accettato la mia mancanza di gratitudine con assoluto stoicismo. Da vero gentiluomo.

"Ho pensato che una ragione ci dovesse essere. Sei molto trasparente. Non so quanto tu sia brava a mentire, ma sospetto non molto."

Sarò anche furibonda con papà... ma forse Baron ha ragione. Sono una pessima bugiarda, e non riesco a nascondere ciò che provo.

"Non voleva che i Rostov capissero tutto. Ma ci sono riusciti. Brash ha mandato una spia alla Thornecroft: Denis."

Lo guardo a bocca aperta e con gli occhi sgranati. Denis? *Gospodi!* Per forza non voleva mi s'avvicinasse!

"Ha partecipato all'aggressione a Melinda. Era all'ospedale quando ce l'hanno portata, e credo ci abbia parlato mentre era sotto stupefacenti. Io le avevo detto del matrimonio combinato... e pure qualcosina che avrei fatto meglio a tenermi per me: che era stato affrettato perché un altro si era interessato a te. A Brash non è servito altro per capire che t'avevano spedita qui a causa sua... e per pensare di riuscire a convincerti a seguirlo."

Avrò una decina di domande da porre e di sicuro altre

cose di cui dovrebbe interessarmi di più… ma il cervello mi s'impiglia su Melinda, sul fatto che le abbia parlato di noi.

Mi tremano le labbra quando chiedo: "Stavi con lei?" Devo saperlo. Anche se è stato tanto sincero da dirmi tutto, devo sapere se stanno insieme. O *stavano*. Devo sapere quanto conta Melinda per lui.

L'amore gli illumina i lineamenti. Gli occhi s'addolciscono. Mi stringe più forte i fianchi con fare possessivo. "*Malyška*, no. Melinda è una masochista che usa il dolore per sopportare lo stress della sua personalità di tipo A. Le procuravo sofferenze. E quando quest'anno è venuta a chiedermene ancora, le ho detto che sono sposato e che non era più la benvenuta a causa delle attenzioni che la posizione politica del padre avrebbe attirato sulla Casa. E poi Anders ha un debole per lei."

Annuisco, ma con gli occhi annacquati. Baron mi ha ingannata molto… e mi sa che devo capire cos'è vero. Se *fra noi* poi c'è stato qualcosa di vero.

"Mi dispiace d'averti ferita. Non avrei mai voluto… e non ti mentirò mai più, promesso! Ti ho già detto che mi sono innamorato di te nell'istante in cui sei scesa dall'aereo. Ed è vero. Ho accettato di sposarti per dovere, ma quando ti ho conosciuta è cambiato tutto."

Lo fisso. Voglio credergli. Oddio, quanto lo voglio… ma non ho certezze.

"Credevo che sarebbe stata una finta. Solo per scena. Che avremmo dormito in camere separate. Ti avrei lasciata fare ciò che volevi e io mi sarei fatto i comodi miei. Ma quando ti ho conosciuta mi è sembrato destino. E poi chi se ne fregava del sistema che l'universo aveva scelto per metterci insieme: non avrei mai rinunciato a un dono come te."

Le lacrime mi bagnano le guance, inspiro con un singhiozzo. Mi porto la mano alla bocca per trattenerlo.

"Mi dispiace un casino d'averti ferita, Lara. Ti prego, perdonami..."

Una domanda aleggia nel suo sguardo, ma prima che possa rispondere continua.

"Brash è morto, ma io con te non mi arrendo." I duri lineamenti del volto sono segnati da un'espressione fin feroce.

"Né io vorrei che tu ti arrendessi... con me," dico trafelata.

"Oh, tesoro... *malyška*." Si alza un pochetto per prendermi il volto nelle mani. "Ti amo tantissimo."

"Ti amo, Baron." Gli butto le braccia al collo facendolo cadere sul pianale del furgone. Lui mi porta giù e mi tira su di sé per abbracciarmi tutta.

"Sposami, Lara," mormora.

Sorrido. "Siamo già sposati. O anche quella era una bugia?"

Ci rotola sul fianco per guardarmi bene in faccia. "No. Siamo sposatissimi. Sei mia. Ma voglio un'altra cerimonia. Sarò troppo moderno, ma voglio una sposa consenziente. I matrimoni consensuali sono all'ultimo grido al momento."

"Vuoi delle nozze da vestito bianco?" scherzo ricordando cos'aveva detto quel giorno.

Lo rifaremo più avanti. Avrai l'anello che vuoi e ti sceglierai un vestito. Fiori. Verranno tutti i tuoi amici e parenti.

Mi bacia il naso. "Con te voglio tutto. Un vero e proprio corteggiamento. Le nozze. Un amore folle. Voglio conoscere tutti i tuoi segreti. Farti da migliore amico." Deglutisce. "Ed essere il padre dei tuoi figli."

"Vuoi dei bambini?" D'un tratto mi ritrovo catapultata nello spazio profondo! Non sento più la terra sotto i piedi. Non c'è gravità. Solo stelle... che da ogni direzione mi fanno l'occhiolino.

Annuisce scrutandomi in volto. Come trattenesse il fiato.

Lo vedo, sì, un futuro con Benjamin Baranov. Un futuro che mai avrei immaginato. Un matrimonio vero con amore vero. E bambini. Il tipo d'affetto che unisce i miei. Ben sarebbe un padre bravissimo. Smuoverebbe mari e monti per dare ai figli tutto ciò di cui potrebbero mai aver bisogno. Sacrificherebbe la sua stessa vita per saperli felici e al sicuro. Come so che farebbe per me.

"Sì," sussurro.

Un sorrisone da ragazzino quasi gli spacca il viso in due! "Sì?"

Mi scappa da ridere. "Credevi ti dicessi di no?"

Il dolore gli annebbia lo sguardo. "Non ne ero sicuro. Temevo d'averti persa per sempre." Aggrotta la fronte. "Non per via di Brash... perché mai gli avrei permesso di averti. Ma ormai ti eri liberata di me." Espira. "Non sapevo se m'avresti perdonato. Sei stata manipolata molto da me e tuo padre. Ne hai di roba su cui passare sopra..."

Mi si stringe forte la gola.

"Per non parlare del fatto che a Parigi avevi una vita. Se vuoi tornarci verrò con te..." Deglutisce a fatica – praticamente lo vedo fare due conti rapidissimi in quel cervellino brillante che si ritrova. "Troverò un sistema. Mi trasferirò lì con te. Casa Baranov può gestirla Leo. Conti solo tu."

Ho una fitta al petto. Rinuncerebbe a tutto per me, a tutto ciò che ha costruito – a un regno intero! Alle persone che sente di dover proteggere, alle sue attività... "Non voglio andarmene da Casa Baranov."

E mi rendo conto che è vero. Persino mentre scappavo da Baron sapevo che sarei tornata, che quello è il mio posto: Casa Baranov, coi suoi abitanti, ormai è casa mia.

In quel momento avevo bisogno di spazio, ma volevo combattesse per me. Che sistemasse le cose. Che mi convincesse a tornare e governare al suo fianco.

Amo quest'uomo! In un lasso di tempo minimo è diventato il mio tutto. Il mio presente e, sì, adesso lo vedo... il mio futuro.

Baron s'accende di gioia e mi bacia con passione. "Ti amo, Lara."

Ha labbra diverse adesso.

Quando si scosta gliele tocco piano coi polpastrelli. Quello inferiore è gonfio, ha un taglio. "Come te lo sei fatto?"

Scuote con noncuranza il capo, come non volesse preoccuparmi. "Gli uomini di Brash. Dopo che te ne sei andata."

La rabbia mi assale. Mentre mi portava alla pista Brash faceva picchiare mio marito! Ah, quanto avrei voluto ammazzarlo con le mie mani... Brash è male allo stato puro. Come facevo a non rendermene conto?

Baron vede che sono tesa e mi scosta i capelli dal viso. "Ormai è finita."

"*Per lui* è finita," dico. "Per noi è solo l'inizio."

CAPITOLO VENTISETTE

Lara

Mi sveglio nella cameretta della mia infanzia con la testa posata sulla spalla di Baron. Ieri notte siamo venuti a Mosca. O forse stamattina, boh. Non so quant'ho dormito. So solo che ogni volta che mi svegliavo in preda all'agitazione, Baron mi stringeva forte e mi mormorava dolcemente all'orecchio finché non mi rilassavo e riassopivo. Sussurrava che era finita. Che ero al sicuro. Che non avrebbe mai permesso mi accadesse qualcosa.

Sei mia, Lara Baranov, e non permetterò a nessuno di torcerti un capello. Ecco l'ultima cosa che mi ha detto, qualche ora fa.

Lui dorme ancora – strano. Mi sa che avevamo bisogno tutt'e due di riposo. Scosto le coperte per scendere dal letto, e trasalisco quando vedo in che condizioni è. Porta i boxer – all'arrivo eravamo troppo distrutti per farlo – e ha le costole coperte di ematomi neri, azzurrognoli e verdi.

Gospodi, avrà qualche costola rotta o incrinata! E così è venuto a salvarmi... Ah, il termine *eroe* non descrive appieno la sua magnificenza. È un cavaliere. No, un principe: il *mio* principe.

Mi faccio la doccia e indosso i vestiti rimasti nella cassettiera dall'ultima volta che sono venuta a trovare i miei. Poi vado in soggiorno dalla mamma. L'ho già vista, ma in quel momento deliravo. Ho bisogno di un altro abbraccio!

Papà ha tre case in Russia. Quella di Mosca è un attico enorme dal lucido parquet ricoperto di sfarzosi tappeti. I soffitti sono a volta, e l'abitazione è piena di finestroni e lucernai perché alla mamma piace la luce.

La trovo nello studio dove lavora con l'argilla, solo che non sta lavorando. In piedi, guarda fuori dalla vetrata lunga tutta la parete con una tazza di tè nelle mani. L'ha fatta lei, e profuma di menta. Papà le sta dietro; le cinge la schiena con le braccia tatuate. Lei gli posa la testa sul petto.

"Lara, *ljubimaja*..." S'illumina quando mi vede; posa la tazza e spalanca le braccia.

"Mamma, papà!" Ho la voce rotta. Anche se il rapimento è durato poco, mi sembra ancora un miracolo esser tornata a casa, dalle persone cui voglio bene!

I miei mi stritolano, e io mi abbevero del loro affetto. Sono diventata una donna forte e indipendente capace di andare a studiare all'estero proprio perché sapevo che avrei sempre avuto il loro appoggio.

"Sono arrabbiata con te," dico a papà... ma con voce lacrimosa.

"Sono... un po' pentito." Ecco, brusco come al solito!

"Avresti dovuto dirmi che era Brash quello pericoloso, e non Baron. Non l'avrei mai lasciato!"

"Sì, avrebbe dovuto dirtelo," fa la mamma.

Inspiro forte per proseguire con la ramanzina, ma entra mio marito a torso nudo, coi capelli spettinati e addosso gli stessi pantaloni cargo che aveva all'arrivo. Incerto, si ferma sulla soglia.

Ed è questo il momento in cui mi rendo conto che non ha nessuna importanza.

Papà ha fatto ciò che credeva giusto per tenermi al sicuro. Potrei anche mettermi a discutere, ma se avesse agito diversamente... adesso quest'uomo meraviglioso non farebbe parte della mia vita. Se l'avessi solo preso per un ragazzo gentile che mi stava facendo un favore, magari avrei insistito per avere una stanza tutta mia − tanto mi avrebbe detto di sì. E non mi sarei infatuata di uno che credevo mio nemico.

E adesso non sarei perdutamente innamorata del mio principe sexy.

Perciò... no: non ho rimpianti. E *quindi* non posso certo prendermela con papà.

"Ci sposiamo," annuncio.

I miei mi mollano e la mamma allaccia le mani dalla contentezza. "Tu e Benjamin? Ma non siete già sposati? Oh, quanto sono felice!" Mi abbraccia di nuovo. "Ho sempre voluto che finissi con lui, *ljubimaja*. Da piccoli eravate migliori amici."

Ah. Ovvio... la mamma ci organizzava il matrimonio mentre noi ancora ci mettevamo le dita nel naso. Non riesco a evitare di chiedermi se il suo desiderio non sia finito nell'etere, dove ha imbrigliato allegramente chissà quali legami quantici per, anni dopo, manifestarsi così: con papà che mi ordina di sposarlo per tenermi al sicuro e Baron che nel vedermi si sente chiamato dal destino. Mentre io rimanevo ignara di tutte le magiche cospirazioni che si tessevano intorno a me... finché quasi non è stato troppo tardi.

La mamma si gira per stringere anche Baron.

"Attenta. Ha le costole rotte," l'avviso.

"Lo so," fa. "Possiamo fargli subito i raggi."

"Non serve," grugnisce il malato.

Papà gli agguanta il palmo per una stretta muta e sobria. Mi sa che approva.

Non dovrebbe importarmene niente − soprattutto dopo

tutte le macchinazioni cui mi ha sottoposta! – ma sono felice: i miei apprezzano il marito che mi sono scelta.

Senza mollarlo, papà gli posa l'altra mano sulla spalla. "Benjamin." È un momento alla bratva. Il tono ha un peso spaventoso.

In attesa, Baron lo guarda negli occhi. Fermo. Papà ha messo paura a ogni ragazzo con cui sono uscita... ma con Baron è impossibile, dai.

"*Spasibo, moj brat.*" Grazie, fratello.

Baron china il capo. "È stato un onore."

La mamma lo guarda raggiante. "Allora, dicevate che vi sposate..."

Papà lascia Baron, quindi io m'infilo sotto alla protezione del suo braccio per accoccolarmi al suo fianco. "Baron vuole delle nozze vere." Levo lo sguardo su di lui, che mi bacia sulla cima della testa. "Con una sposa consenziente."

Negli occhi della mamma passa quel suo luccichio malizioso... "E adesso consenti?"

"Sì."

"Che bello! Sono contenta per tutti e due! Non mi piaceva che ti credesse il nemico, visto che stava solo cercando d'aiutarti... ma tuo padre pensava fosse meno rischioso così." E lo guarda male.

Papà resta zitto.

"Ma alla fine ha funzionato," continua. "L'amore è ingarbugliato, difficile... fa affiorare i nostri bisogni più profondi e le nostre peggiori paure. Ma alla fine ci guarisce."

"Accidenti. Dovresti scriverti questa frase per il discorso." Rido. "A proposito... volete raccontarmi o no come vi siete innamorati voi due?" Li indico.

"*Net*," fa lui.

"Può reggerla, dai," dice però la mamma. "Dopo tutto quello che ha passato, capirà che le circostanze possono trasformare i peggiori nemici in... amanti." E scocca a Baron un'occhiata birichina. "Anche il nostro matrimonio è cominciato con un rapimento."

Baron di solito è bravo a non palesare nulla, ma lo sento irrigidirsi.

"Non vedo l'ora di chiamare Lucy. Possiamo organizzare le nozze insieme! Vi sposerete a Chicago?"

"*Da*." È papà a rispondere – anche se la domanda non era per lui. "Voglio che torni lì. Dopo la Turchia, qui le cose potrebbero farsi complicate."

La mamma annuisce.

"Scusatemi." Sento tutto il peso della responsabilità nel tono di Baron... e vorrei poterglielo levare. "Ho cercato di evitare la guerra ma... doveva morire."

"Sì," dice semplicemente papà. "E abbiamo ripulito tutto noi. Anatolij Rostov non saprà mai con certezza chi è stato. Perciò non fuggire o lo capirà... ma Kat deve restare al sicuro. E lo sarà al Cremlino con tuo padre."

"Al Cremlino?!" Sono sconvolta!

"Così chiamano i vicini il nostro palazzo di Chicago," spiega Baron. "Perché ci vivono un sacco di russi."

"Ah. Tipo il gulag per Casa Baranov alla Thornecroft..."

"Esatto." Gli vedo l'accenno di un sorriso e un certo calore negli occhi, come stesse pianificando un altro giretto nella segreta con me.

Mi s'inturgidiscono i capezzoli.

"Ottimo!" La mamma batte le mani. "Organizzerò il matrimonio! E voi due tornate al gulag." Alza lo sguardo sul marito. "Mi dispiacerebbe però allontanarmi da te..." dice dolce.

Papà è invaso da rimpianto e desiderio; gli leggo in faccia il profondo e sempre appassionato amore che li unisce.

L'amore che ho trovato anch'io.

Con l'uomo cui affiderei la mia vita.

E il cuore.

E... l'anima.

CAPITOLO VENTOTTO

Baron

Domenica pomeriggio sono alla griglia sul giardino sul retro di Casa Baranov a girare bistecche e würstel. Melinda è in braccio ad Anders, sul divano. Alex, Feliks e Phoenix giocano a frisbee con qualche altro abitante della Casa.

Zoe fa la padrona in tutto e per tutto: distribuisce piatti e posate. Il dj è Anja.

Siamo tornati alla Thornecroft una settimana buona fa, che abbiamo trascorso a guarire dai lividi e recuperare nello studio. Ma oggi ho deciso che era ora di una festa, e ho invitato tutti per un barbecue.

La mia bellissima moglie mi porge una birra presa dal frigo e io le do un bacio. Sono sette giorni che siamo in luna di miele; abbiamo ricominciato da capo la relazione, e ci stiamo innamorando sempre più. Lei ha fatto amicizia con tutti qui, e si fa ogni giorno più spontanea e allegra.

L'atmosfera è più leggera che mai. O forse sono solo io. *Io* sono più leggero che mai. Ho ancora un lato serio; so di essere responsabile della sicurezza e del benessere fisico e materiale degli altri, ma la sensazione d'aver l'anima chiusa – il timore di perdermi qualcosa, dovessi distrarmi un secondo – è sparita.

Lara mi ha tolto il coltello dal cuore – quello che avevo messo lì io dopo aver visto morire Valentina – e mi ha guarito la ferita. Che c'è ancora, eh, e ancora duole... ma non passo più le notti a chiedermi se sopravvivrò.

"Ciao, fratellone." Lili arriva con uno e mi abbraccia. "Ti presento Carlos." È un biondo alto e allampanato in pantaloncini da calcio e maglietta del Manchester United. Si tengono per mano.

"Carlos." Cerco di tirar fuori un'aria minacciosa per fargli capire che con mia sorella non si scherza... ma non mi c'impegno poi troppo.

"Fa' il bravo," mi dice Lara in russo; arriva da dietro e mi piazza la mano al centro della schiena. Che bello, cazzo! Questi tocchi casuali, i suoi ordini... il fatto che sia davvero moglie.

Mi sa che Leo pensa mi stia impigrendo, perché viene di corsa a scoccare al ragazzo un'occhiataccia.

"È pronto da mangiare?" domanda Lili.

"Dieci minuti." Faccio saltare un hamburger e lo riprendo al volo con la spatola, poi lo rimetto sulla griglia. Tutto per Lara.

"Leo ha preparato i Bloody Mary," le fa Lara. "E ci sono anche i Mimosa."

"Non ha compiuto i ventun anni," ringhia Leo, sempre guardando in cagnesco il povero Carlos. "E secondo me neanche lui."

Lara leva gli occhi al cielo.

Visto che le gemelle bevono – e nemmeno loro sono maggiorenni – strano che Leo rompa tanto le palle. Però non intervengo.

"Come vanno le lezioni?" Mi sento in colpa a non chiederle di più. Ma perdere Lara mi ha fatto capire che, malgrado l'organizzazione, non posso tenere tutti continuamente al sicuro. Forse devo lasciarla libera di commettere i suoi errori. "Vasil'ev ti crea ancora problemi?"

Accanto a me, Lara trasalisce. "Vasil'ev!"

"Cosa?"

"Mi aveva avvisata su Denis!"

Mi giro verso di lei. "Eh? Ma quando?!"

"La settimana in cui è arrivato Brash. Quel lunedì, quando sono andata in libreria. Ricordi d'avermi trovata lì?"

Adesso vado da Denis e gli strappo via la lingua. L'ho cercato quando siamo tornati, ma sembra svanito nel nulla. Stando alle ricerche fatte da Anja, la scorsa settimana non ha seguito i corsi. Annuisco. "Sì." Diffidente, sono in allerta massima.

"Be', Denis ha cercato di parlarmi in libreria. In pratica ha detto le stesse cose che mi diceva Brash al telefono: che poteva aiutarmi a scappare da te, se ne avevo bisogno."

Arriccio il labbro in un ringhio. Fossi un leone mostrerei mortali canini. "E poi?" Sono tanto brusco che Lara arretra appena, poi però mi afferra l'avambraccio per rassicurarmi: è ancora qui. Ancora mia.

"Poi me ne sono andata, e quando stavo pagando mi sono ritrovata Vasil'ev dietro, in coda. Ti avevo appena salutato dalla vetrata, e lui mi ha detto di stare attenta perché sei pericoloso."

Altro ringhio.

"Così mi sono scocciata e gli ho detto *Sì, so che odia Baron*. Allora lui ha detto *No, non parlavo di Baron. Alludevo all'altro.*"

Mi saltano in su le sopracciglia. Cosa saprà mai Vasil'ev su quel *mudak* di un oligarca? "Alludeva a lui? Interessante... li avevo visti parlare e pensavo stessero dalla stessa parte. Ma così sembra che tenessero in pugno Vasil'ev."

Archivio l'informazione per il futuro. Potrebbe essere una

leva interessante da usare, mi occorresse. O qualcosa da offrire in cambio di qualcosa...

Suona il campanello attraverso il telefono di Leo. Che guarda e sgrana gli occhi, poi si volta verso di me. È il rettore Ogden.

Ruoto le spalle. Me l'aspettavo, visto l'incendio a Casa Titan. "Be', fallo entrare. Il pranzo è pronto."

Un attimo dopo ce lo porta in giardino.

Zoe lo vede e versa il Bloody Mary in una pianta.

Ha da poco passato i sessanta, ma si muove con la stessa grazia discreta del tipo delle operazioni speciali di Gabe Tracy. È decisamente in forma; spesso ci superiamo durante la corsa mattutina, e lui pare all'erta, come studiasse tutto ciò che lo circonda.

"Benjamin." Mi porge la mano senza l'ombra di un sorriso.

La prendo. "Rettore Ogden." Non sorrido neanch'io. Ci siamo conosciuti quando ho fatto domanda per donare Casa Baranov all'università come luogo di ritrovo per la confraternita. "Giusto in tempo per il barbecue." Gli porgo un piatto.

Lo accetta – ohibò! Gli do hamburger e pane, che lui assembla; poi si serve dei semplici ma gustosi contorni che ci ha lasciato Emma: insalata di patate, anguria e verdura con hummus.

"Le presento mia moglie Lara. Lara, lui è il rettore Ogden. Il *pachan* della Thornecroft." Le faccio un debole sorriso nell'usare il termine russo per capo della bratva.

Attendo, ma lui non rompe il ghiaccio; allora servo gli altri e me stesso.

"Si accomodi. Dubito sia venuto per l'hamburger."

Ci sistemiamo su uno degli sfarzosi divani da esterni, l'uno accanto all'altro. Ogden trasuda vibrazioni da interrogatorio: mi rifila lo stesso mutismo che ho ricevuto al commissariato – quello che si usa quando si spera sia l'altro a riempire il vuoto con le chiacchiere.

Ma non sarebbe da me.

Finisce di mangiare prima di dirmi: "Dunque, dietro all'aggressione ai danni della signorina Tracy c'era Casa Titan."

"Ah sì?" Faccio il finto tonto.

Melinda ci guarda nel sentirsi nominare; le muore il sorriso in volto. Ecco, adesso ho voglia di rifilare un pugno al rettore per averle ricordato quell'esperienza! Anders dice che è più sofferente che mai, anche se secondo me ora che ha lui sta meglio.

"Capisco che lei voglia vendicarsi. Mandare un messaggio: mai romperci le scatole."

Allora è venuto davvero per l'incendio. Ho verificato che per quella sera tutti gli abitanti di Casa Baranov avessero un alibi. La bomba aveva un timer attivato da Leo dalla biblioteca, dove una decina abbondante di persone l'ha visto studiare. Ha organizzato l'attacco per il momento in cui erano tutti fuori per un evento coi candidati, e per sicurezza ha persino attivato l'allarme prima del tempo.

"Il maresciallo dei vigili ha detto che l'allarme è partito prima dell'inizio dell'incendio. Bizzarro, no?"

Prendo uno stuzzicadenti con sottaceto e gli faccio un educato – benché disinteressato – cenno del capo.

"In questo campus non accetto violenze d'alcun genere. Mi sono impegnato a garantire la sicurezza di tutti gli studenti. Ecco una delle ragioni per cui si fidano a farci studiare i figli personalità del calibro di Gabe Tracy, del sultano Khalid al-Nasir e... degli appartenenti alla *mafija* russa."

M'irrigidisco. Oddio, mi sembra d'esser tornato al collegio. Mi espelle adesso?!

Posa il piatto vuoto sull'ampia tavola squadrata d'ardesia che ha davanti e porta le mani sulle ginocchia. "Perciò finisce qui. Ho detto ai ragazzi di Casa Titan che, venissi a sapere d'altre guerre tra confraternite, perderebbero l'autorizzazione. E lo stesso vale per voi. Chiaro?"

"Messaggio ricevuto," faccio tranquillo. E mi alzo insieme a lui. "Grazie della visita." Gli porgo la mano.

Lui me la stritola – praticamente – senza staccare gli occhi dai miei. L'azzurro grigio delle iridi mi trafigge. "So cosa succede qui, Benjamin."

Ho un tuffo al cuore.

"Lei è calmo e discreto, per questo la scampa. Ma nell'istante in cui attirerà attenzioni negative sull'università... finirà tutto."

Accolgo la mite minaccia col silenzio; lui mi molla la mano.

"Grazie del pranzo. Buon divertimento. Trovo l'uscita da solo."

"Passi quando vuole, rettore," gli urlo.

CAPITOLO VENTINOVE

Lara

Mi giro a guardarmi allo specchio a figura intera della cabina armadio.

Ehm... accidenti. Che *mise*. Posso tirarci fuori qualcosina...

Nel pomeriggio ho preso in prestito la Range Rover di Baron e insieme a Zoe e Anja sono andata nella città vicina, dove c'è un centro commerciale con un negozio di *Victoria's Secret*. Ho comprato un bustino vinaccia coi lacci sulla schiena e un perizoma coordinato. Che adesso indosso con un paio di stiletti neri aperti in punta.

Non m'ero mai messa niente del genere. Mi sento al contempo sexy e sporcacciona... nonché pronta agli sculaccioni!

E adesso devo solo trovare il mio maritino.

Mentre cerco la vestaglia, la porta della camera si apre; Baron ammutolisce a metà frase – sta parlando con qualcuno su FaceTime. "È qui se vuoi sent..."

Raggelo.

Raggela anche lui. E sgrana gli occhi. Spalanca la bocca.

Mi s'inturgidiscono i capezzoli anche solo per come mi guarda.

"Ehm, anzi, adesso è occupata, mamma. Ti chiamo dopo, ok? Ciao!" Aggancia senza smettere di guardarmi. "Porcaccia puttana." Butta il telefono sul comodino e viene veloce da me. "Ma cosa succede qui in mia assenza?!"

Mi sale un formicolio su per le gambe. Un ronzio d'eccitazione.

Sorrido. "Non succede niente... in tua *assenza*. Solo in tua *presenza*. Volevo scendere per trascinarti nella segreta."

Mi tira su mettendomi un braccio sotto al sedere per portarmi nell'armadio. "Eh no. Di sotto così non scendi. Nessuno vede mia moglie così tranne me!"

Sbatto la schiena contro alla parete e lui mi ci schiaccia ancora contro; gli avvolgo le gambe attorno ai fianchi.

Rido. "Ma avrei messo la vestaglia, dai..."

"La *vestaglia*?" Mi passa la bocca aperta dalla clavicola alla spalla. "No. Figurati. Neanche per idea. Nessuno ti vede in vestaglia." Prende fra i denti il minuscolo fiocchetto di lacci e me lo tira giù per la spalla. "T'immaginerebbero tutti nuda, sotto. E *solo io* posso immaginarti nuda."

"Temo tu non abbia il controllo delle fantasie altrui..."

Mi struscia la protuberanza dell'uccello in mezzo alle cosce. "Io ho il controllo *di tutto*. Sono il cazzo di *principe* del controllo, io!"

Vado a fuoco. Il clitoride pulsa piano. Oh, adoro quando si fa così passionale...

Mi spinge un po' più su per portarmi le labbra al capezzolo che ha denudato spostando il laccetto coi denti. Prima vi passa la lingua, poi succhia forte.

Trasalisco. Ho una fitta in mezzo alle gambe.

"Allora ti piace il completino, eh?" Sì, sono a caccia di complimenti. Anche se è chiaro che ne è estasiato.

"Mi piace," ringhia abbassandomi brusco il corpetto. "*Da matti.*"

D'un tratto mi mette a terra, mi gira e mi schiaccia le mani sul muro.

"Sei sexy da morire, *malyška*." M'infila un dito sotto all'orlo delle mutande e su, fino al sedere. Ci passa in mezzo. "Mi stai facendo impazzire."

Mi dà uno schiaffetto alla natica destra.

"Devo scoparti subito!" dice di colpo aprendomi le gambe coi piedi. "Altrimenti ti strappo di dosso questa roba. E ti renderebbe triste che ti rovinassi il completino nuovo, no?"

Schiaffo alla natica sinistra.

"Perché è *nuovo*, vero?!"

Che bello quando fa il geloso! "Nuovissimo," ansimo quando mi afferra la vita per tirarmi indietro il sedere. "Comprato apposta per te."

"Così mi uccidi..." Recupera il filo del perizoma per scostarmelo con una mano, poi usa l'altra per accarezzarmi lì in mezzo.

Sono bagnata per lui, tutta un succo; le carni sono gonfie e polpose di sangue.

Mi seppellisce il volto fra i capelli tenendomi le labbra sul collo. "*Malyška*, mi piace un sacco che ti bagni tanto per me." Sento il rumore della cerniera.

E adesso che ha accennato ai miei succhi zampillo addirittura di più!

Mi sfrega la cappella contro alla fessura e gemo.

"Inarca la schiena," ordina.

Eseguo e mi penetra.

"Così. Sì, tesoro. Prendilo, da brava..." Non fa fatica. Come sempre parla da dominatore brutale ma nei gesti presta attenzione, fa con calma. Verifica sia pronta.

E lo adoro! Mi sento sexy, bellissima, totalmente sua. Mi

fa sentire il centro dell'universo, e nulla potrebbe farmi rinunciare a questa sensazione.

"Hai comprato questo completino sexy per me, *malyška?*" Mi riempie e si ritira, poi mi riempie di nuovo.

Ormai non riesco più a parlare! Gemo un: "Ah-ah..."

"Sapevi che effetto mi avrebbe fatto?" Mi agguanta i fianchi per accelerare.

Sempre gemiti.

"Eh?"

"Mmm..."

Ci mette più forza; devo reggermi sui gomiti per non sbattere contro alla parete. "Quanto sei brava... stasera per premiarti ti scopo da morire, tesoro."

Rallenta per avvolgermi gli avambracci attorno alla vita e schiacciare i fianchi contro ai miei per farmi salire. A ogni spinta salgo sulle punte... e poi la gravità mi riporta con decisione sul suo uccello.

Gemo – è incredibile!

"Ti piace così, bellissima? Ti piace prenderlo finché non vieni?"

"Sì..." gemo.

Accelera ancora, mi porta a livelli celestiali. Ho le vertigini dal piacere. Non riesco a reggermi, ma non importa: mi tiene lui. È Baron a controllare il mio corpo, e non mi farà scivolare né cadere.

Adesso ci credo, e con tutto il cuore. In passato ho equivocato, ma non dubiterò mai più di lui. È solido. Più di una roccia: è praticamente una montagna.

"Baron..." gemo. "Sì..."

"Sei stupenda. Incredibile..." Continua coi complimenti mentre mi scopa alla follia. "Sto per venire," m'avverte. "E sarà meglio che tu mi venga sull'uccello. Vuoi venire con me?"

E già solo le sue parole mi fanno esplodere! I muscoli interni cominciano a contrarsi. Mi penetra un altro paio di volte e poi se ne resta in me mentre io lo stritolo e infradicio del mio orgasmo.

"Brava," mi ansima nell'orecchio. "Sei proprio brava, cazzo."

Ecco un altro orgasmo pulsargli attorno al pisello.

"Ti amo alla follia," mormora mordicchiandomi il padiglione auricolare.

Sbatto le palpebre per scacciare le lacrime. Che momento perfetto...

Non è così che avevo immaginato sarebbe andata quand'ho messo il completino... ma è stato tutto sincero, brutale. E totalmente perfetto.

"Ti amo anch'io."

Esce e mi prende in braccio per portarmi al letto. "Non pensare che non ti terrò sveglia tutta la notte con questo completino sexy, eh!" E mi butta al centro del materasso.

Rido e me lo tiro sopra. "Vediamo un po' che sai fare..."

EPILOGO

Lara

"Ci siamo." Parla con voce rotta dall'emozione.

L'argentata luce della luna fa scintillare l'acqua. Siamo sul pontile di legno del lago Michigan, a mezzo isolato dal Cremlino. È quasi la mezzanotte della vigilia di Natale. Il vento gelido proveniente dal lago ci sferza il viso, ma non m'importa. Sono russa: mi basta una giacca di lana e sono a posto. Mi basta il calore del letto di Baron...

...che tiene in mano rose rosso sangue; praticamente ne strangola gli steli con le nocche.

Dopo l'amore stavamo parlando, a letto, quando gli ho chiesto di mostrarmi dove fosse accaduto. Lui è raggelato, come se l'idea lo uccidesse dentro, perciò ho consigliato di farlo subito. Stasera. Siamo andati al negozietto all'angolo a comprare le rose, e adesso eccoci qui.

Spero che più parlerà della morte di Valentina meno ne soffrirà.

Lo abbraccio dal lato e stringo.

"Onoro Valentina, che ha dato la vita per proteggervi." Mi

vacilla la voce anche se non la conoscevo. È chiaro che voleva un mondo di bene a quei bambini, e che loro adoravano lei.

"Onoro Valentina, che ha dato la vita per proteggerci." Le parole appena riescono a uscirgli di gola.

"Non fu colpa tua." Continuerò a dirglielo finché non mi crederà. "Nulla di tutto ciò fu colpa tua. Eri un bambino. Solo delle persone orribili possono uccidere una donna innocente che sta badando a bambini innocenti."

Odio lo sguardo spiritato che ha adesso. Oh, vorrei tanto cancellarglielo con un abbraccione! O un bacio. Vorrei farlo dimenticare... ma non siamo venuti qui per dimenticare, bensì per ricordare. Onorare. Commemorare.

Gli sfilo le rose di mano per posarle al centro del marciapiede. Domani saranno una dolce sorpresa natalizia per chi si ritroverà a fare una passeggiata qui.

"Grazie, Valentina. Ti vogliamo bene. Ci manchi." No, io neanche la conoscevo, ma sto cercando di dar voce a ciò che Baron probabilmente non riesce a dire.

Infatti a lui esce un suono strozzato.

"Puoi anche piangere, sai," dico. "Le lacrime saranno un tributo a lei. E lasciandole scorrere onorerai lei e il bambino che tanto ha sofferto."

Non so neanche da dove mi venga tanta saggezza, ma la seguo. Non contano tanto le parole che dico, ma il fatto di condividere il momento, il fatto che Baron non sia più solo col suo dolore e il suo tormento. Che sappia che sono qui, se vuole parlare. Sempre e comunque.

Mi abbraccia fra i singhiozzi. Io lo stringo immaginando d'abbracciare anche il bambino che ha dentro: quello che s'è preso tutto il mondo sulle spalle.

Dura solo pochi attimi. Si concede di sfogare il dolore represso derivante da quel traumatico momento di tanti anni fa. E poi mi stringe sempre più forte.

"Ti amo tantissimo," mi bisbiglia nei capelli. "Più della luna nel cielo notturno. Più del sole nei giorni più freddi. Sei *tu* il sole che è comparso nella mia vita e mi ha scaldato." Gli scappa una risata brusca. "Ok, come poeta faccio schifo... ma dicevo sul serio, eh!"

Levo il viso sul suo. "E io ti amo più della luna e del cielo della notte e del sole nei giorni più freddi. Sei il mio guerriero, il mio difensore. Il mio protettore. Il mio amante. Il mio uomo. Sono contentissima che ci siamo trovati. E adesso credo nel destino. Credo fosse scritto così: che tu sia fatto per me. Che siamo fatti l'una per l'altro."

Fra una settimana ci sposiamo, ma sembrano questi i voti veri. Le parole che ci diciamo nei reciproci cuori e che ci vengono dritte dall'anima. Le parole che ci legheranno per sempre... non nel vincolo legale del matrimonio, ma in quello dello spirito.

Baron mi prende la mano e si mette a correre sulla sabbia, verso l'acqua. Rido correndogli appresso. Ogni istante con lui profuma di nuovo inizio. Questo... quello appena passato. E ogni istante che verrà.

Corriamo lungo l'acqua; l'aria gelida mi fa contrarre i polmoni, e la risata che ne sboccia è un'offerta agli stessi dei.

Grazie d'avermi donato quest'uomo. Aiutatelo a guarire. Benedite la nostra unione. Eccola, la mia preghiera.

———

Baron

In smoking, sono a bordo della navata con le mani giunte. Non all'altare perché non ci sposiamo in chiesa; comunque un bianco e sottile tappeto di raso coperto di petali di rosa delimita la navata che passa fra le sedie poste per gli invitati. Leo è accanto a me; mi fa da testimone. Vicino a lui ci sono Alex,

Feliks, Phoenix e Anders. Dal lato della sposa ci sono Zoe, Anja e Lily, Melinda e le cugine di Lara: Dar'ja e Niko.

Abbiamo deciso di sposarci la vigilia di Natale perché siamo a Chicago per le feste. Anders è venuto fin qui dalla Norvegia. La madre di Lara – Kat – s'è trasferita al Cremlino, dove papà può tenerla al sicuro. Adrian è arrivato due settimane fa, quindi quest'anno si festeggia in pompa magna. È venuta l'intera famiglia della bratva di Los Angeles: Nadja – la zia di Lara – e il celeberrimo zio Flynn – del gruppo Storytellers – nonché i suoi due cugini. Oleg e la sorella di Flynn, Story, e i loro tre figli. Pavel, Kayla e la figlia Mila, che dice che forse il prossimo semestre si trasferirà alla Thornecroft dall'Università della California meridionale.

La settimana è stata pazzesca: i giovani hanno fatto amicizia mentre i genitori si occupavano delle loro cose.

I miei adorano Lara. Lei mi ha detto che, anche senza tutto questo casino, sua madre segretamente aveva sempre voluto che finissimo insieme. E anche la mia, pare! Be', sicuramente ci hanno organizzato il matrimonio del secolo. Niente di enorme, eh – ci sono quasi solo quelli della bratva, eccezion fatta per Gabe Tracie e qualche altro politico invitato dai miei per gli affari – ma è sontuoso e studiatissimo.

La mamma ha pagato una fortuna per affittare per la serata un ristorante con sala sul tetto a cinque stelle del centro. Non è proprio un tetto – fa troppo freddo! – ma siamo all'ultimo piano di un grattacielo. Ha vetrate che prendono tre pareti intere e danno sul lago Michigan e Chicago. La loro American Nouveau cuisine è squisita, ma per oggi hanno fatto un menù d'ispirazione russa.

È tutto decorato con fresche rose pesca e rosa pallido; ovunque luccicano catenarie.

Il gruppo di cinque componenti assunto dalla mamma attacca col coro nuziale e mi sale un groppo in gola.

Cinque mesi fa di sposarmi non mi passava neanche per

l'anticamera del cervello. Non ero nemmeno interessato a mettermi con una ragazza. Ero totalmente dedito alla missione di controllare tutto di Casa Baranov – per tenere gli altri al sicuro.

Solo adesso mi rendo conto che non è possibile. Accadono cose che esulano dal mio controllo... e quando succede non è necessariamente colpa mia.

Su questo ci sto ancora lavorando, ma Lara me lo ricorda ogni volta che mi vede chiudermi a livello emotivo. La vigilia di Natale mi ha chiesto di mostrarle il posto in cui Valentina fu assassinata, e ci abbiamo lasciato delle rose. Da allora sento che mi sto liberando. Sul petto ho sempre avuto un peso che adesso va sciogliendosi.

All'arco della soglia compare la sposa e mi si mozza il fiato. Ha i capelli sciolti arricciati in morbide onde. Dalla tiara parte un velo – che le fluttua sulle ciocche scure – tutto di tulle che le arriva a metà schiena.

Il vestito è incredibile: senza spalline e corto davanti, si affusola dietro. I seni sono gonfi sotto al corpetto di perle e cristalli; la vita è aderente e le gambe abbagliano a ogni passo che fa. Riesce a essere incredibilmente alla moda e una principessa da fiaba al contempo. Non lo credevo possibile... ma mi sto innamorando ancora di più!

Giuro: m'innamoro sempre più ogni giorno. Della sua dolcezza e della sua forza, del suo coraggio e della sua vulnerabilità. Della sua sicurezza e di quanto insista a farmi da compagna in ogni aspetto della vita. Inutile negarlo.

Amo aver imparato altre cose su di me ed essere cresciuto attraverso e con il suo amore. Amo che mi tenga testa. Amo vederne ogni più piccola emozione, che non scappi dalla miriade di sentimenti che prova. Che cerchi di far sì che anch'io accetti ciò che provo.

Adoro poterle leggere il corpo come una mappa deliziosa. Che s'arrenda a me e si fidi. Che mi rispetti. Che ci deliziamo a vicenda dei nostri corpi, che cavalchiamo ogni sorta di piacere e dolore che propongo. Amo che la nostra vita insieme sia una bellissima esplorazione durante la quale ogni tanto posso pure abbassare la guardia.

Come bouquet ha in mano un mazzo di morbide rose pesca e rosa.

Si alzano tutti gli ospiti per vederla fluttuare lungo la navata... ma lei tiene gli occhi su di me. L'amore le brilla nelle iridi; la scelta che ha fatto è chiara. Un minuscolo sorriso – d'intesa – le smuove appena le labbra. Qualsiasi cosa legga sul mio, di viso, deve confermarle quanto conta per me. E lei sa bene di distruggermi.

Mia moglie – la mia bellissima mogliettina – mi sta sposando. Sul serio, stavolta. E più che consenziente.

Officia mio zio della bratva Nikolaj. L'ho chiesto a lui perché è uno che sa esserci senza essere invadente. Ha un modo di fare calmo e tollerante che me l'ha sempre reso il preferito. Dato che non è un matrimonio vero, non importa che non abbia la licenza.

"Ci siamo riuniti qui oggi per celebrare l'unione di due dei nostri: Benjamin Baranov e Lara Turgeneva," dice. "Come nel caso di molti dei presenti, ricordo la loro nascita. Ricordo che da piccoli giocavano insieme. Le loro madri ne programmavano scherzosamente il futuro matrimonio. E adesso, dopo molti anni e altrettanti colpi di scena, trame escogitate così alla leggera diventano realtà."

Mi si chiude la gola.

Non ce la faccio più. Sfilo a Lara il bouquet per buttarmelo alle spalle e le metto la mano a lato del viso per baciarla come non ci fosse un domani!

Scoppiano tutti in risate ed evviva.

"Ehm... ok." Nikolaj sta al gioco – si finge colto alla sprovvista. "Pare che qualche paragrafo l'abbiano saltato. Va bene.

Ci sta. Siete già legalmente sposati. A cosa vi servo però allora?"

"Scusa." Interrompo il bacio e sfrego le labbra l'una sull'altra. "Adesso sono a posto."

Altra risata generale.

Sto meglio ora che l'ho toccata. Non reggevo più tutta l'emozione che montava da quando l'ho vista.

"Ok, bene. Proseguiamo." Si fa dare i fiori da Leo; li aveva presi lui. "Ah, per la cronaca: è la sposa a lanciare il bouquet, non lo sposo."

Si ride ancora.

Lo riprendo per darlo a Lara, che sorride raggiante. Io le rispondo abbeverandomi della luce che luccica dal suo viso.

"Che ne dite dello scambio degli anelli?" butta lì Nikolaj. "Ce la fai o devi sbaciucchiarla ancora?"

Be', visto che lo chiede... me la sbaciucchio di nuovo! Spiaccicando il bouquet fra i nostri corpi.

"Fiori!" strilla Lili.

Lara se li lancia alle spalle; sento gli ospiti ridere ed esultare ancora un po' quando ribacio la mia bellissima moglie.

E stavolta quando mi scosto sto *decisamente* meglio.

"Ok, passiamo agli anelli, dai. Lili, tieni lì il bouquet. Dovrò fare una corsa per chiudere la cerimonia e dare inizio ai festeggiamenti... se questi due non passano direttamente alle luna di miele. Chissà."

Ormai è diventato uno spettacolo comico; si ride a ogni virgola.

La leggerezza di stasera non c'entra proprio nulla con la serietà che ha costellato la mia intera esistenza. O gli ultimi anni della mia infanzia. O l'università. Mi sembra che il mio cuore stia mettendo le ali, pronto a spiccare il volo...

"Veloci, dai. Ripeti dopo di me, Ben: *Io ti do questo anello come simbolo del mio amore e del mio impegno per oggi, domani e per sempre.*"

Altre risate.

Prendo la fede dalla scatolina che ha Leo: è quella scelta da me e Lara, insieme. Si tratta di una pietra di smeraldo incorniciata da diamantini. "Lara, mia compagna, moglie e migliore amica, ti do questo anello come simbolo del mio amore e del mio impegno per oggi, domani e per sempre."

Dato che stiamo facendo tutto al contrario, lei ha ancora il semplice anellino che ha portato Lili al nostro primo matrimonio, perciò ci infilo quello di fidanzamento davanti.

Gli occhi le luccicano di lacrime, le tremano le labbra.

Ripete la frase anche lei, e m'infila al dito la vecchia fede di Lili. Mi sono affezionato troppo all'oggetto in sé e a ciò che rappresenta: l'inizio di quella che è diventata una bellissima unione. Non vorrei nient'altro.

"Benjamin e Lara, davanti ad amici e parenti e secondo un antico rito che crea legami e custodisce significati più profondi d'ogni legge umana, vi dichiaro marito e moglie."

Applauso.

"Puoi baciare la sposa... *di nuovo!*"

Terzo bacio. Dopodiché prendo in braccio Lara per percorrere la navata così, mentre gli ospiti esultano e il gruppo suona. Testimoni e damigelle ci seguono eleganti.

Chi se ne frega della cena – siamo pronti alla festa! Di cui, per una volta, non dovrò occuparmi io...

———

Grazie d'aver letto *Il principe del controllo*! Se ti è piaciuto, ti prego di lasciarmi una recensione o scriverne sui social. I tuoi consigli aiutano gli scrittori indipendenti come me a farsi conoscere da nuovi lettori e tenere bassi i costi della pubblicità.

Per conoscere tutte le novità sull'uscita del prossimo libro degli **Eredi della bratva – *Next generation*** e leggere l'**epilogo bonus** sulla sera in cui Lara e Ben pretendono di sapere dai genitori come si sono sposati, clicca qui e iscriviti alla newsletter. Se già l'hai fatto, ti basterà cliccare sul pulsante in fondo a qualsiasi email della stessa e arriverai al capitolo in più!

Per conoscere la storia di Lucy e Ravil, leggi *Il direttore* .
Per conoscere la storia di Kat e Adrian, leggi *Il pulitore*.

LA BRATVA DI CHICAGO

il Direttore

Lucy

Alzai la testa, mantenendo la postura che assumevo in aula finché le porte non si chiusero. Poi divenne più facile mantenere la posa quando le porte si aprirono al mio piano e mi avviai con passo sicuro verso la scrivania in comune della segretaria.

«Primo appuntamento?» Di solito conoscevo l'agenda senza che mi dicessero niente. Ero il tipo di persona con la proverbiale mente a trappola d'acciaio, ma gli ormoni stavano giocando anche con la mia memoria. Mi sentivo confusa. Con gli angoli smussati.

E ne odiavo la vulnerabilità e la mancanza di controllo.

«Il primo appuntamento è con Adrian Turgenev, il giovane accusato di incendio doloso alla fabbrica di divani l'11» mi disse Lacey, la segretaria.

Giusto. *Mafia* russa, o bratva, come la chiamavano. Il cliente era stato segnalato da Paolo Tacone, uno dei miei clienti facenti parte della famiglia criminale italiana.

Buffo: i russi e gli italiani erano in combutta adesso? Non mi importava. Non era compito mio conoscere i veri dettagli della loro attività.

Il mio lavoro consisteva solo nel difenderli con i fatti raccolti dalle forze dell'ordine.

Tuttavia dovevo ammettere la leggera inquietudine che mi solleticava la nuca al coinvolgimento con i russi. Non per una posizione di superiorità morale nei confronti dei clienti. Non si poteva fare l'avvocato difensore in groppa a quel cavallo.

Era solo a causa *sua*.

Padron R, il sexy criminale russo che avevo incontrato a Washington DC a San Valentino.

L'inconsapevole donatore di sperma per la mia avventura nella genitorialità da single.

Ma lui era a Washington DC. Probabilmente non aveva nessun collegamento con la cellula di Chicago.

Aprii la porta dell'ufficio ed entrai, quindi presi il fascicolo su Adrian Turgenev per rivedere gli appunti presi dalla segretaria. Mi accomodai alla scrivania prima di levarmi i tacchi da dieci centimetri in cui mi stavano affondando i piedi gonfi.

Signore. La gravidanza non era una passeggiata. Soprattutto a trentacinque anni.

«Lucy, ho sentito che stai per occuparti di una nuova fazione della criminalità organizzata.»

Cercai di non socchiudere gli occhi su Dick Thompson, uno dei soci di mio padre dello studio. Lo conoscevo da quando ero una bambina, e avevo dovuto lavorare molto duramente per impedirgli di trattarmi ancora come tale.

«Hai sentito bene.» Alzai le sopracciglia per chiedere il suo punto di vista.

Scosse la testa. «Non so se sia una buona idea. Abbiamo passato molte ore a riflettere sull'opportunità di affrontare i Tacone ai tempi in cui tuo padre rappresentava Don Santo o come si chiamava. Non possiamo permetterci di far affondare lo studio con una cattiva reputazione.»

Ricordavo. Avevo preso a lavorare lì nelle vacanze estive e invernali fin dai miei sedici anni. Ricordavo anche quello che aveva detto mio padre all'epoca.

«Lo studio è famoso perché difende assassini e criminali. Molto semplicemente, la criminalità organizzata garantisce un ritorno monetario.» Mossi le sopracciglia con un sorrisetto freddo.

Non era altezza morale. Era Dick che faceva lo stronzo. Mi provocava apposta. L'aveva sempre fatto. Avevo dovuto lavorare il doppio per dimostrare di meritarmi il posto nello studio, sia in quanto donna sia perché mio padre mi aveva aiutata a ottenerlo. Ora in corso c'era una sorta di campagna alle mie spalle riguardo al fatto di farmi diventare socia. Dick stava costruendo un caso contro di me. O forse contro mio padre. Probabilmente contro entrambi.

Saremmo stati a vedere.

Come donna in un business spietato in uno degli studi più spietati, mi aspettavo sempre di avere un pugnale a pochi centimetri dalla schiena.

Mi squillò il telefono.

«Probabilmente è lui. Devo andare» dissi a Dick mentre infilavo i piedi nelle scarpe da ginnastica e rispondevo.

«Il signor Turgenev e il signor Baranov sono qui per vederti.»

«Falli entrare, per favore.»

Mi alzai e feci il giro della scrivania, pronta a stringere mani.

Avrei dovuto esservi preparata, però.

Avevo avuto quella sensazione fastidiosa. Tuttavia, quando la porta si aprì e vidi il viso bello e brutale dell'uomo, la stanza mi piombò addosso, si abbassò e per un momento divenne nera.

Era lui. *Padron R.* Il mio partner del Black Light, il club sadomaso di Washington.

Il padre di mio figlio.

~~~

NESSUNO PRENDE CIÒ CHE È MIO.

L'adorabile avvocatessa mi ha nascosto qualcosa.

Un bambino che porta in grembo dalla notte di San Valentino.

La notte in cui siamo stati abbinati dalla ruota della roulette.

Non mi ha mai contattato. Voleva tenermi all'oscuro.

Sta per scoprire cosa succede quando ostacoli un capo della bratva.

La punizione è già organizzata. Sequestro fino alla nascita.

E userò quel tempo per ottenerne la resa.

Perché non ho solo intenzione di tenere il bambino...

ho intenzione di fare di sua madre la mia sposa.

E sarà molto meglio per entrambi che lei sia disposta.

- Il direttore -

il pulitore

Adrian

Tirai fuori il telefono e studiai la foto che mi aveva inviato Dima per paragonarla alla giovane donna alla fermata dell'autobus.

La ragazza della foto combaciava perfettamente. Nella foto era di qualche anno più giovane, indossava un'uniforme più conservatrice con giacca e cravattino e appariva tanto innocente e giovane quanto quell'altra versione sfacciata.

L'autobus si avvicinò e io attraversai la strada, rimanendo indietro fino a quando lei non salì a bordo, poi montai e scivolai su un sedile della parte anteriore.

Tirai giù sulla fronte il berretto di maglia che indossavo.
~~~

Lei era dietro di me, ma potevo vederne il riflesso sul parabrezza.

Portava un sottile cerchietto d'oro al naso. Si mise gli auricolari nelle orecchie e scorse qualcosa sul suo telefono. Non mi aveva notato, il che era positivo perché non avevo intenzione di prenderla quella sera.

La nave mercantile che avevo organizzato per trasportarla negli Stati Uniti non avrebbe attraccato che di lì a qualche giorno. La stavo solo tenendo d'occhio, al momento. Probabilmente non la mia mossa più intelligente, visto che non ero pratico di discrezione quando si trattava di stalkerare. Non volevo che si accorgesse di me. Ma non volevo nemmeno perderla di vista. Cercavo suo padre da oltre un anno. Da quando mi era sfuggito dopo che avevo bruciato la sua tana di schiave del sesso travestita da fabbrica di divani.

Quando Dima, mio fratello bratva e miglior hacker russo, mi aveva detto di aver scoperto che Poval aveva una figlia, avevo dovuto cogliere l'occasione.

Non le avrei fatto del male.

Al contrario di quanto Poval aveva fatto con Nadja.

Ma era dannatamente certo che glielo avrei fatto credere. Volevo che soffrisse, volevo mettere in atto ogni trauma e fino all'ultima umiliazione che lui aveva inflitto a mia sorella. L'autobus si fermò un paio di volte e poi Kateryna scese. Aspettai qualche istante, fino alla chiusura delle porte, poi mi diressi verso l'uscita, facendo imprecare l'autista, che spalancò di nuovo le porte.

- Il pulitore -

OTTIENI IL TUO LIBRO GRATIS!

Iscrivetevi alla newsletter di Renee per ricevere Indomita, scene bonus gratuite e notifiche riguardo a nuove pubblicazioni!

https://subscribepage.com/reneeroseit

ALTRI LIBRI DI RENEE ROSE

https://reneeroseromance.com/italiano/

Chicago Bratva

Preludio

Il direttore

Il risolutore

Posseduta

Il sicario

Il soldato

L'Hacker

L'allibratore

Il pulitore

Il playboy

Il guardiano

Gli eredi della bratva – Next generation

Il principe del controllo

Vegas Underground

King of Diamonds

Mafia Daddy

Jack of Spades

Ace of Hearts

Joker's Wild

His Queen of Clubs

Dead Man's Hand

Alfa ribelli

Tentazione Alfa

Pericolo Alfa

Un premio per l'Alfa

Una Sfida per l'alfa

Obsession Alfa

Desiderio Alfa

Guerra Alfa

Missione Alfa

Tormento Alfa

Segreto Alfa

La Preda dell'Alfa

Il sole dell'Alfa

Sangue Alfa

La luna dell'Alfa

Giuramento Alfa

La vendetta dell'Alfa

Fuoco Alfa

Salvataggio Alfa

Ordine Alfa

Wolf Ridge High

Alfa Bullo

Alfa Cavaliere

Fratellastro Alfa

Re Alfa

Bastardo alfa

Wolf Ranch

Brutale

Selvaggio

Animalesco

Disumano

Feroce

Spietato

Primitivo

Vigoroso

Due Segni

Indomita (gratuito)

Tentazione

Deseada

Sedotta

Padroni di Zandia

La sua Schiava Umana

La Sua Prigioniera Umana

L'addestramento della sua umana

La sua ribelle umana

La sua incubatrice umana

Il suo Compagno e Padrone

Cucciolo Zandiano

La sua Proprietà Umana

La loro compagna zandiana (gratuito)

Le spose zandiane

Notte degli zandiani

Comprata dagli zandiani

Dominata dagli zandiani

L'AUTORE RENEE ROSE

L'autrice oggi bestseller negli Stati Uniti Renee Rose ama gli eroi alfa dominanti dal linguaggio sboccato! Ha venduto oltre un milione di copie dei suoi romanzi bollenti, con variabili livelli di erotismo. I suoi libri sono comparsi su *USA Today's Happily Ever After* e *Popsugar*. Nominata *Migliore autrice erotica da Eroticon USA* nel 2013, ha vinto come autrice antologica e di fantascienza preferita dello *Spunky and Sassy*, come miglior romanzo storico sul *The Romance Reviews* e migliore coppia e autrice di fantascienza, paranormale, storica, erotica ed ageplay dello *Spanking Romance Reviews*. È entrata dieci volte nella lista di *USA Today* con varie antologie.

Iscrivetevi alla newsletter di Renee per ricevere scene bonus gratuite e notifiche riguardo a nuove pubblicazioni!
https://www.subscribepage.com/reneeroseit

facebook.com/Autrice-Renee-Rose-101548325414563
instagram.com/reneeroseromance
tiktok.com/@reneeroseromance